LOUISE VIANEY

Une mariée de trop

Roman

MOSAÏC
poche

Le visuel de couverture est reproduit avec l'autorisation de :
Bouquet : © SYBILLE STERK / ARCANGEL
Pétales : © ISTOCKPHOTO / ROYALTY FREE / GETTY IMAGES
Réalisation graphique couverture : LAURENCE VERRIER

MOSAÏC, une maison d'édition de la société HARLEQUIN
83-85, boulevard Vincent-Auriol, 75646 PARIS CEDEX 13
Tél. : 01 42 16 63 63

www.editions-mosaic.fr

ISBN 978-2-2803-5817-0 — ISSN 2430-5464

1

Samedi

Une pluie battante inondait les toits de Paris, la radio dévidait ses éternelles informations calamiteuses, et pourtant ce samedi de décembre promettait d'être le plus beau jour de ma vie. Terminées les années de solitude, les déceptions sentimentales, je m'apprêtais dans moins de deux heures à épouser Gabriel, un homme fait tout exprès pour moi. Je jetai un coup d'œil au miroir qui me faisait face et souris. Cette jeune femme rayonnante dans sa sublime robe de mariée froufroutante et immaculée, c'était moi ! Le bonheur m'emplissait à tel point que j'avais par moments l'impression d'exploser. Je ne me reconnaissais plus, tout me faisait rire : les humoristes à la télévision, les blagues idiotes de mes collègues. Ainsi c'était cela être heureuse !

L'avenir en effet s'annonçait parfait : j'allais devenir Mme Dupré, emménager dans un superbe appartement du Marais et vivre aux côtés de l'homme de ma vie durant les quarante années à venir. Quand je songeais que j'aurais pu rater un tel bonheur si Gabriel ne m'avait pas recontactée par le biais d'Amispourtoujours.com, un site de retrouvailles d'anciens amis perdus de vue ! Lui et moi nous connaissions depuis toujours, nous avions usé nos fonds de culotte sur les mêmes bancs d'école, mais sans véritablement nous parler. Il passait en effet son temps avec une dizaine de garçons chahuteurs, moi avec un groupe de filles aux nattes brillantes et au regard sage… Puis lorsque son frère aîné Manu et ma sœur Audrey avaient intégré la même bande d'adolescents, nous avions tous deux pris l'habitude de nous imposer régulièrement à leurs soirées, ce qui bien sûr nous avait rapprochés. Nous commencions même à éprouver des sentiments l'un pour l'autre, à nous embrasser dans les coins quand nous avions un peu bu, lorsque ma famille avait brusquement décidé de déménager à Paris en cours d'année. Bien entendu, nous nous étions, comme tous les amoureux du monde, promis de nous écrire, de nous retrouver pour les vacances, mais la distance avait inévitablement fait son œuvre : après plusieurs appels téléphoniques où Gabriel s'était montré étrangement distant, nous avions fini par nous perdre de vue. Jusqu'à ce qu'il me recontacte… Et voilà que la vie nous donnait une nouvelle chance en me permettant de passer le reste de mon existence aux côtés de cet homme fabuleux !

La seule chose qui m'inquiétait un peu, c'était cette absurde promesse de secret autour de l'événement qu'il était parvenu à m'arracher à force de persuasion. Après une demande en mariage romantique à souhait, il m'avait en effet expliqué qu'il jugeait les mariages traditionnels ennuyeux et guindés, et qu'il avait une autre idée incroyable pour le nôtre. Une idée qu'il n'était pas prêt à me révéler, mais qui nous marquerait longtemps mes proches et moi.

— Tu ne dois te préoccuper que d'une chose, m'avait-il dit avec une lueur enflammée dans les yeux, me rejoindre à l'église Saint-Vincent-de-Paul dans le 10e arrondissement de Paris. Tout le reste, je m'en charge.

Mon éternel besoin de tout contrôler s'était éveillé : et en ce qui concernait l'organisation, les invitations ?

— Tu vas fixer rendez-vous à ta famille et à tes amis au *Loft*, place Franz-Listz, sous le prétexte d'une fête, je ferai la même chose de mon côté, et tu apparaîtras dans une robe de mariée à couper le souffle. A cet instant, il ne te restera plus qu'à me rejoindre.

Ce mystère m'avait bien évidemment rendue folle, et j'avais

ensuite passé toute la soirée à l'interroger. Mais il n'avait pas lâché la moindre information, se contentant d'insister afin que je lui donne mon feu vert pour ce mariage-surprise. Malgré mon bonheur, j'avais longuement hésité : cela faisait si longtemps que je rêvais de ce moment que j'avais moi aussi de nombreuses idées pour la cérémonie. Et puis, l'idée d'arriver à mon propre mariage sans connaître l'organisation des événements ne me plaisait pas outre mesure, j'éprouvais le besoin de me préparer psychologiquement, de connaître un tant soit peu la manière dont cette journée si spéciale allait se dérouler… Mais Gabriel semblait tellement tenir à cette idée de surprise que j'avais fini par céder. Je l'aimais tant, comment aurais-je pu lui résister ?

Résultat : je n'avais pas la moindre idée de ce qui m'attendait dans les heures à venir. Une cérémonie des *Mille et Une Nuits* lors d'un voyage express au Maroc, une journée à la russe avec calèche et musiciens tziganes ? Il me semblait avoir tout imaginé en me retournant sous ma couette ces dernières semaines ! Le fait qu'il nous ait donné rendez-vous dans le 10e arrondissement ne signifiait malheureusement pas grand-chose, des limousines pouvaient très bien nous y attendre pour nous conduire à l'aéroport… Depuis, les seuls signes de la réalité de ce mariage avaient été la remise à Gabriel de certains papiers tels que ma pièce d'identité, des justificatifs de domicile ou la copie de mon acte de naissance, ainsi que les trois rendez-vous de préparation avec le prêtre de la paroisse. Il s'était occupé lui-même de la publication des bans, et même l'identité de nos témoins était restée secrète, ce que j'avais trouvé particulièrement frustrant… Tandis que je remplaçais mon chignon trop sophistiqué par une simple queue-de-cheval, de nouvelles questions revinrent m'importuner telles des guêpes furieuses : nos invités allaient-ils mesurer l'importance de l'événement, ne risquaient-ils pas de nous faire faux bond ? Mes parents et mes deux vieilles tantes s'étaient en effet montrés fort surpris d'être conviés dans un restaurant proche de la gare de l'Est, un arrondissement où ils n'avaient probablement jamais mis les pieds de leur vie… Quant au traiteur et autres loueurs de salles, j'avais beau savoir Gabriel organisé jusqu'à l'obsession, la crainte d'un détail oublié continuait de me ronger. Attacher les boucles d'oreilles en perles, léguées par ma grand-mère, me permit de faire refluer la vague de panique qui menaçait de me submerger. Ce n'était plus guère le moment de me laisser déstabiliser par des doutes importuns à une heure à peine de la cérémonie, je n'avais d'autre choix que de foncer…

Un coup de Klaxon impérieux me fit sursauter alors que je terminais d'enfiler mes ballerines blanches. Déjà 11 h 10, j'allais être en retard ! Je me dirigeais d'un pas pressé vers le taxi commandé voilà plus de deux semaines, lorsqu'une gitane au visage sillonné de rides fondit brusquement sur moi, alléchée sans doute par ma tenue trop voyante. Dardant ses petits yeux noirs sur moi, elle me happa la main de ses doigts crasseux dans l'intention manifeste de me lire l'avenir. Seul un réflexe dicté par la frayeur me permit de lui échapper. Merci bien, je n'avais nul besoin de ses prédictions de mauvais augure…

— Désolée, je n'ai pas le temps…

— Je dois te parler, ma belle. Le malheur plane autour de toi, tu es en danger…

Et naturellement, elle allait me dire qu'elle pourrait m'éviter ce malheur si je lui versais quelques dizaines d'euros. Pressée de m'éloigner, j'évitai son regard fiévreux et m'engouffrai dans le taxi.

Bien trop vite, nous atteignîmes la place Franz-Listz, surplombée de l'église gracieusement posée au sommet d'une envolée de marches. Impatients, mes yeux se dirigèrent aussitôt vers la brasserie où nos amis et familles avaient déjà dû se mêler pour s'abreuver d'interrogations perplexes. Allons, inutile de prolonger leur supplice, mon apparition en robe de mariée allait définitivement leur imposer silence… Ma main tremblait au point que je dus m'y reprendre à trois fois pour ouvrir la portière et extirper mes bouillonnants jupons de la Mercedes. Oh ! mon Dieu, j'allais m'évanouir, faire un accident cérébral, mon cœur cognait contre ma cage thoracique comme un oiseau affolé tandis que je franchissais la centaine de mètres qui me séparait encore du bar. Dans ma hâte, je tentai d'apercevoir à travers les vitres des visages amis, en vain. Le trop-plein d'émotion perturbait mes sens, brouillait ma vue comme le réglage imparfait d'un objectif photographique.

Ma main se posait sur la poignée de la porte lorsque le soulagement inonda mes veines comme du Prozac en injection. Thomas, Clara, Marion, Xavier, mes parents… Ils semblaient tous là. Exception faite malheureusement de mon grand-père adoré, immobilisé dans le fauteuil roulant d'une maison de retraite. Malgré moi, mon regard ne put s'empêcher de chercher Gabriel dans le groupe pressé autour du comptoir alors même que je le savais dans l'église. Quand quelque chose soudain me parut étrange. Pour quelle raison ne semblait-il y avoir que *mes* invités dans la brasserie ? Les autres, les amis et collègues de Gabriel que je n'avais rencontrés qu'en de rares occasions, s'étaient-ils regroupés dans le fond ? Mais, déjà, une nuée de points d'interrogation venait me percuter, des voix rendues plus fortes par le vin m'interpellaient. Le premier à réagir fut mon oncle Emmanuel, un sémillant sexagénaire à la carrure de rugbyman et à la voix de stentor :

— Alors, ma belle, toujours le chic pour étonner ton monde, hein ! Tu aurais pu nous dire qu'il s'agissait d'une fête costumée, j'adore me déguiser…

Sa phrase me cloua sur place. Oh non, cela ne prenait pas du tout la tournure que j'espérais… Ce fut ensuite au tour de ma sœur Audrey d'attirer mon attention, toujours impeccable dans son jean de couturier hors de prix.

— Pourquoi es-tu habillée en mariée ? Tu nous avais pourtant parlé d'une fête informelle !

Toutes les voix soudain me semblaient répercuter sans

fin les mêmes mots, les mêmes questions, les invités se pressaient autour de moi dans un bourdonnement excité, me donnant l'impression d'absorber tout l'air de la salle. Les autres clients du bar nous regardaient avec curiosité, probablement surpris par cette mariée incongrue entourée de gens simplement vêtus de jeans ou de pantalons en velours. Mon regard éperdu parcourut les alentours, comme pour évaluer les possibilités de fuite. Je ne pouvais plus faire attendre mes proches, il me fallait expliquer la situation. En un instant, j'oubliai tout ce que j'avais préparé — la mise en scène un peu théâtrale, le discours dans lequel j'avais savamment mêlé émotion et promesses de fête — pour lancer cette phrase inconsciemment couvée, façonnée avec amour depuis que j'avais atteint l'âge de raison :

— J'ai une grande nouvelle à vous annoncer : je me marie !

2

Exclamations de surprise ou de joie, reproches enjoués, embrassades… Je m'attendais à tout, sauf à ce silence embarrassé. Avais-je rêvé, ou mes parents venaient-ils d'échanger un regard anxieux avec Sonia, l'une de mes cousines qui avait autrefois coutume de partir avec nous à l'île de Ré ? Allons, l'émotion me perturbait les sens, la présence rassurante de Gabriel allait très bientôt suffire à m'apaiser. Les minutes suivantes furent consacrées à tout expliquer : les raisons de cette étrange comédie, les détails de la journée, tout au moins ceux dont j'avais connaissance. A un certain moment, comme dédoublée, je m'entendis répéter comme une litanie : c'est Gabriel qui a voulu ça, Gabriel qui a organisé ça… Gabriel, le maître de cérémonies, à qui je n'avais pas parlé depuis plusieurs heures interminables. Mais patience, ce n'était plus désormais qu'une question de minutes avant de l'avoir pour toujours à mes côtés…

Engourdie par l'émotion autant que par la chaleur du lieu, je maintenais le regard rivé sur ma meilleure amie, Sarah, comme sur un point d'ancrage rassurant. Ce qui malheureusement ne m'aida guère. Son visage consterné en disait plus long que toutes les paroles du monde : je me mariais aujourd'hui, et je ne lui en avais pas soufflé mot… Mais comment aurais-je pu faire autrement sans trahir mon futur époux ?

Les questions continuaient à fuser autour de moi, sans que je sache quoi rajouter. Si j'étais en effet parvenue à stupéfier mes proches avec ma spectaculaire apparition, je me trouvais désormais au même point qu'eux, j'ignorais tout des instants à venir. Mais Gabriel me l'avait répété encore et encore avec une impatience gourmande dans la voix : jamais je n'oublierai cette journée, pas plus que ma famille. Trente-six paires d'yeux circonspectes me tirèrent soudain de mes pensées, attendant que je dise, que je fasse quelque chose. Je m'apprêtais à donner le signal du départ lorsque Sarah me chuchota à l'oreille :

— Margot, je dois te parler, tout de suite.

— Je sais ce que tu vas me dire, mais pas maintenant, Sarah, s'il te plaît. Venez, tout le monde, suivez-moi !

Je lançai un chèque en blanc à un serveur que j'espérais honnête pour régler les consommations, avant de me précipiter vers l'église, suivie par une troupe docile qui immobilisait les voitures rue Lafayette. Tout mon esprit était tendu vers cet endroit sombre et frais comme une grotte qui semblait me guetter avec placidité à quelques mètres de là. Quand une image me vint soudain à l'esprit : le joueur de flûte de Hamelin, entraînant derrière lui sa horde de rats pour la noyer. Curieuse pensée tout de même pour une jeune femme à quelques minutes de se marier… Je tentai de me ressaisir. Courage, Gabriel, l'homme de ma vie, m'attendait. De même que tous ses proches apparemment…

Jamais une montée de marches ne m'avait paru à la fois si courte et si longue, avant que je pousse enfin la lourde porte capitonnée. Aussitôt, l'odeur familière d'encens et de poussière mêlés me sauta aux narines, faisant jaillir en moi une bouffée de bonheur vertigineuse. Cette fois, j'y étais, je m'apprêtais à vivre l'un des moments les plus essentiels, les plus merveilleux de ma vie. Pour souligner encore cet instant magique, le soleil effectua une soudaine percée à travers le vitrail le plus proche, essaimant ma robe immaculée d'une multitude de pétales colorés. Comme toujours, mes yeux d'astigmate mirent quelques instants à s'accoutumer à la pénombre, tandis qu'une musique d'orgue m'assourdissait soudain les oreilles. Quelle touchante attention… Sans doute un regard ami avait-il guetté mon arrivée, dissimulé derrière l'un des poteaux de l'entrée pour donner le feu vert à l'organiste. Quelque chose cependant m'alerta : cette musique ne ressemblait en rien à la marche nuptiale, elle paraissait plutôt être l'un de ces chants de milieu de messe précédant le sermon ou la communion. S'il s'agissait d'une erreur, elle était plutôt énorme ! Je continuais à avancer, quand je me rendis soudain compte que mes proches ne suivaient pas. Tous me contemplaient avec l'air d'avoir avalé un sabre, figés tout au fond de l'église tels des animaux rétifs. J'avançais de quelques pas supplémentaires, lorsque je manquai défaillir. L'église était en effet occupée par des individus endimanchés que je n'avais encore jamais rencontrés de ma vie, me contemplant avec des yeux exorbités de curiosité. De qui diable pouvait-il s'agir ? D'organisateurs, de proches de Gabriel ? Cela faisait tout de même beaucoup de monde ! Et il y avait plus grave : plus aucune place n'était disponible. Où allais-je pouvoir installer mes propres invités ? Je me sentais soudain transie de froid tandis que, dans un lointain brouillard, la voix du prêtre commençait son prêche d'une voix tonnante. Je ne comprenais pas : pourquoi ne m'attendait-il pas, moi, la mariée ? Comme par un effet miroir, les yeux de mes invités me renvoyèrent mon regard agrandi par l'incompréhension.

Et soudain je les vis.

Tout au bout de l'allée, superbe dans son costume gris perle, se tenait comme prévu Gabriel. Mais un Gabriel rayonnant de fierté, occupé à glisser une alliance au doigt d'une blonde sublime en fourreau crème. Je ne comprenais plus rien, que se passait-il ? Malgré tout, je continuais bravement à avancer lorsque le prêtre s'interrompit brusquement, venant sans doute d'apercevoir à son tour notre groupe. Durant quelques instants, le temps se suspendit comme par le coup de baguette d'un sorcier malfaisant. Je me sentais en même temps anesthésiée, et étrangement consciente des murmures furieux autour de moi. Il me sembla vaguement reconnaître sur ma droite le visage d'un homme distingué d'une soixantaine d'années, sans parvenir pourtant à le resituer. Le silence s'étirait indéfiniment, mon cœur battait à tout rompre, ma bouche s'était brusquement asséchée. Et puis tout aussi brusquement, les choses se remirent en mouvement. Et en premier lieu Gabriel, qui s'avança vers moi d'un air immensément contrarié. Sa haute silhouette vint s'interposer entre les rayons solaires et moi, me donnant l'impression d'être violemment repoussée dans l'ombre glaciale.

— Margot, qu'est-ce que tu fais là ? Tu te fais du mal, je croyais que tu avais compris. Il faut vraiment que tu me laisses tranquille maintenant.

Mais de quoi parlait-il donc, qu'aurais-je dû avoir compris ? La tête me tournait, je me trouvais en plein cauchemar. Je n'osais cette fois me retourner, me retrouver face à une famille et à des amis qui ne devaient plus rien y comprendre. Pire : qui étaient probablement déjà occupés à me plaindre, à me croire folle… Puis Gabriel reprit la parole, sa voix trop forte résonnant sous les voûtes de l'église comme s'il s'y était entraîné :

— Margot, écoute-moi. J'ai bien conscience que l'annonce de mon mariage t'a blessée, que tu attendais un engagement de ma part. Mais je ne t'ai jamais menti ! J'aime cette femme et je veux passer ma vie à ses côtés. Mieux vaut repartir chez toi, tu mets tout le monde mal à l'aise, et en premier lieu tes pauvres parents.

Oh non, mourir sur place, me dissoudre en particules insensibles à l'humiliation et à la douleur… Ce n'était pas vrai, comment osait-il mentir aussi effrontément dans un lieu saint ? Je tentai de capter son regard, mais ses yeux parvenaient à errer sur mon visage sans jamais s'y fixer. Quand tout à coup, une main amie me tira par la manche :

— Viens, Margot, tu n'as rien à faire ici.

*
* *

Tel un automate, je tournai docilement les talons, avant de passer au milieu du groupe compact de mes proches qui s'écartèrent silencieusement sur mon passage. Comme sur celui d'une pestiférée… Juste avant d'atteindre la porte, je jetai malgré moi un ultime coup d'œil en arrière, pour voir la mariée me lancer un regard narquois. Gabriel de son côté ne bougeait pas d'un cil, comme pour s'assurer que je vidais bien les lieux. N'y tenant plus, je me précipitai dehors, submergée par une nausée qui me fit vomir par à-coups douloureux sous le porche de l'église. Jamais de ma vie je ne m'étais sentie aussi pitoyable…

De quelle manière étais-je parvenue à héler un taxi, à m'engouffrer dans cette 405 à bout de souffle en aplatissant mes ridicules froufrous ? Peu importait, je ne parvenais plus qu'à penser à la manière dont les traits de Gabriel s'étaient tendus en m'apercevant, dont sa bouche s'était tordue en une grimace de dégoût. Un instant, j'en arrivai même à douter de ma raison : n'avais-je pas pris mes désirs pour des réalités, inventé de toutes pièces cette histoire de mariage ? Quand soudain je la revis, imperceptible pour tout autre que moi : cette manière particulière qu'avait eue Gabriel d'abaisser ses paupières, une fois, très lentement, comme pour se congratuler intérieurement d'une victoire remportée. Une expression subtilement triomphante que je lui avais vue un jour où il avait négocié l'achat d'une commode ancienne à un vendeur peu informé.

Une expression qui signifiait : *Je t'ai eue, et en beauté.*

3

Rester dans ce taxi bloqué dans les embouteillages m'étant intolérable, j'achevai le chemin à pied, insouciante de ma robe déchirée et des regards moqueurs croisés sur ma route. Tout s'embrouillait dans mon esprit, je titubais, seul un instinct d'animal blessé me permit de retrouver le chemin de mon appartement. Malheureusement, une fois en sécurité chez moi, les vestiges de mon bonheur passé me sautèrent avec violence au visage : les cartons de déménagement à moitié remplis, le joyeux désordre des préparatifs de mariage, la valise abandonnée sur le lit… Quand je songeais que je ne comptais revenir ici qu'en coup de vent, mariée, prête à m'envoler pour mon voyage de noces ! Ce fut à cet instant que je pris réellement conscience du déchirement que cela allait représenter pour moi de quitter cet appartement que j'adorais. Ce deux pièces m'avait conquise dès le premier regard : avec ses hautes fenêtres, son parquet ancien et ses moulures au plafond, il n'avait pas son pareil pour me réconforter dans les moments les plus sombres. Je faisais en effet partie de ces personnes viscéralement attachées à leur terrier, et il avait bien fallu la promesse d'un mariage avec Gabriel pour me décider à l'abandonner…

Un bruit extérieur me ramena brutalement à la réalité. Je ne pouvais continuer à me terrer de cette manière, alors que tous mes proches devaient être occupés à me chercher. Ma main me sembla peser une tonne lorsque je rallumai mon téléphone portable éteint pour la cérémonie. Aussitôt, l'écran se mit à clignoter furieusement, affichant bientôt quarante-deux messages ou textos. Au lieu de me réconforter, cette avalanche d'appels me donna la sensation d'étouffer, et j'éteignis de nouveau précipitamment l'appareil après avoir vérifié qu'aucun d'entre eux ne provenait de Gabriel.

Une surprise. Gabriel m'avait bien dit qu'il me préparait une surprise inoubliable. Si l'on y réfléchissait bien, il ne m'avait pas tout à fait menti. Cette journée promettait en effet de rester marquée au fer rouge dans ma mémoire jusqu'à ce bienheureux moment où j'allais enfin basculer dans la sénilité. Mon esprit tenta de trouver un semblant de cohérence aux événements de la matinée. Pourquoi m'avait-il demandée en mariage s'il ne souhaitait pas m'épouser ? Pourquoi avait-il organisé une mise en scène aussi abjecte en s'assurant de la présence de tous mes proches ? Ce n'était tout de même pas moi qui lui avais mis la pression, je craignais tellement de me montrer envahissante que j'osais à peine préparer le café ou utiliser son gel douche lorsque je passais la nuit chez lui ! S'il avait pris peur, s'il avait réalisé qu'il était allé trop vite, il lui aurait tout bonnement suffi de rompre, je ne l'aurais pas harcelé… Alors qu'aujourd'hui, je me retrouvais par sa faute au milieu des décombres d'une existence ravagée. Non seulement les gens que j'aimais me voyaient probablement désormais comme une folle doublée d'une mythomane, mais j'allais également devoir quitter mon appartement dans les trois semaines et négocier l'annulation de cette année sabbatique arrachée de haute lutte dans l'agence de relations publiques où je travaillais. C'était comme si, un instant, je tenais entre mes mains tout ce dont j'avais toujours rêvé, et que l'instant suivant ce rêve avait fondu comme une boule de neige nichée entre les mains chaudes d'un enfant. Je me ruai vers le réfrigérateur, bien décidée à ne le refermer qu'après une orgie de fromage et de chocolat qui me laisserait nauséeuse et écœurée de moi-même.

Un long moment plus tard, submergée par une nouvelle vague de chagrin, je faisais, en bonne masochiste, défiler sur mon téléphone tous les textos enflammés de Gabriel pour tenter de trouver un début d'explication, lorsque des cris résonnèrent dans la cage d'escalier. Je reconnus la voix grave de mon père :

— Margot ! Nous savons que tu es là, ouvre immédiatement !

Puis le ton crispé de ma mère :

— Tu vois bien qu'elle ne veut pas nous parler ! Laissons-la tranquille, nous la rappellerons plus tard.

Mes relations avec ma mère étaient depuis longtemps complexes. Elle avait toujours été présente pour moi, avait comblé sans faillir tous mes besoins, ce qui n'avait pas empêché un subtil fossé de se creuser entre nous à partir de mes 15 ans sans que j'en comprenne la raison. Comme si c'était elle, et non moi, qui avait eu besoin de prendre de la distance lorsque j'étais entrée dans l'adolescence !

Je me surpris à jeter un regard de bête traquée autour de moi. Si je m'obstinais à ne pas ouvrir, ils allaient finir par aller chercher le concierge, peut-être même les pompiers pour forcer ma porte. Mais c'était au-dessus de mes forces, l'idée même que quelqu'un m'entoure de sa compassion me révulsait. Je voulais simplement être seule. Oui, mais où, comment ? Quand soudain me revint à la mémoire le souvenir de cet ouvrier peintre envoyé par le propriétaire, qui m'avait fait une peur bleue en enjambant ma fenêtre grâce à son escabeau. Cela me donna une idée : mon logement ne se situant qu'à mi-étage, j'allais m'échapper par la fenêtre. Et tant pis pour ce que tout le monde penserait : à cet instant, je n'aspirais plus qu'à me réfugier dans un endroit rassurant où nul n'aurait l'idée de venir me chercher… C'est à ce moment-là que l'hôtel *Raphael*, dans lequel je m'étais à plusieurs reprises rendue pour des rendez-vous professionnels, surgit dans mon esprit comme une évidence. Une chose était certaine, personne ne risquait de me trouver là-bas ! Je me saisis de l'énorme cabas qui me servait de sac pour y jeter en vrac mon téléphone, une brosse à dents et une petite culotte, seuls objets qui me venaient à l'esprit dans ce moment de panique pure.

Puis je sautai dans le vide.

4

Dimanche

La sonnerie lancinante du téléphone me réveilla en sursaut. Hébétée, je portai sans réfléchir le combiné inconnu à mon oreille.

— Bonjour, vous avez demandé à être réveillée. Il est 9 heures, passez une excellente journée.

Je ne comprenais pas, j'étais pratiquement certaine de n'avoir rien demandé. Et d'abord, où étais-je ? Compatissants, les souvenirs mirent quelques instants à se frayer un chemin à travers les brumes épaisses qui obscurcissaient mon esprit. Ce qui n'avait rien d'étonnant, avec ces deux cachets de Lexomil fournis en toute illégalité par un serveur de l'hôtel. Mais trop vite encore, je me souvins.

Gabriel… le mariage… l'humiliation…

Chaque souvenir produisait un choc douloureux dans mon corps meurtri. Je parcourus avec effarement les lieux alentour, presque apeurée par le luxe qui y régnait. Il allait sans dire que cette chambre Louis XV avec son coin salon, ses fauteuils de velours et son bureau ancien de bois miel finement ouvragé n'était pas dans mes moyens. Comment avais-je pu me laisser aller à une telle folie dans la situation catastrophique où je me trouvais ? Comme chaque matin depuis que j'avais l'âge de marcher sans doute, mon premier réflexe fut de foncer dans la salle de bains afin de vérifier mon allure, pour sursauter comme si je m'étais trouvée confrontée à une revenante. Pas étonnant que le réceptionniste de l'hôtel m'ait regardée d'un œil suspicieux la veille au soir, ma robe de mariée déchirée pendouillait autour de moi, mes yeux hagards semblaient avoir croisé ceux du diable, je ressemblais à l'une de ces folles sans domicile fixe qui poussaient leurs Caddie emplis de chiffons. Je ne m'étais en effet toujours pas déshabillée, comme si, en ôtant la robe qui lui était destinée, Gabriel allait se dissoudre pour toujours dans des limbes mystérieux. Pathétique en diable, j'éprouvais une délectation mauvaise à ne pas trouver le réconfort espéré dans le luxe de cet hôtel qui m'avait pourtant toujours fait rêver. Après avoir réintégré frileusement mon lit, je contemplai mon téléphone comme s'il s'agissait d'un animal vénéneux. Une fois que je l'aurais rallumé, la relative quiétude de cette chambre allait voler en éclats, plus aucun retour en arrière ne serait possible. Mais je ne pouvais plus tergiverser, mes proches attendaient une explication depuis près de vingt-quatre heures. Et puis qui sait, peut-être Gabriel m'avait-il laissé un message ?

Aussitôt mon téléphone allumé, les bips se succédèrent une nouvelle fois à une vitesse vertigineuse, n'illustrant que trop l'affolement probable de mon entourage. Textos, messages ? Je réfléchis à ce qui serait le moins susceptible de me blesser. Une grande inspiration, puis je composai lentement le numéro de ma messagerie :

Allô, Margot, c'est papa. Mais où es-tu passée ? Tout le monde te… Effacé. *Allô, Margot, c'est encore papa…* Effacé. *Margot, c'est Audrey. Rappelle-moi, je m'inquiète vraiment pour toi…* Effacé.

Je ne fis plus ensuite qu'écouter les premiers mots des messages, les supprimant dès que je ne reconnaissais pas la voix de Gabriel. Il me semblait que toutes mes connaissances avaient téléphoné au fur et à mesure que les cercles concentriques de la rumeur s'élargissaient. Je pris ensuite connaissance de mes textos, pour n'y découvrir qu'une même litanie de questions inquiètes. C'est à cet instant seulement que mourut cet espoir insensé qui s'obstinait contre toute logique au fond de moi : Gabriel ne me téléphonerait plus.

Ma boulimie évidemment se réveilla : et si je m'offrais un somptueux petit déjeuner en *room service* ? Je me ruai sur le téléphone à côté du lit, soudain pressée d'étouffer ma souffrance sous un monceau de nourriture. Café, œufs brouillés, toasts... Il me sembla répondre par l'affirmative à toutes les propositions de la voix suave au bout du fil.

Tout en attendant mon repas, je réfléchis une nouvelle fois à ma relation avec Gabriel pour tenter d'y comprendre quelque chose. Dès le soir de nos retrouvailles, la magie avait fonctionné. Non seulement je découvrais un homme attentif et galant, mais je retrouvais cet amour de jeunesse qui m'avait laissé un goût d'inachevé. Durant notre premier dîner, nous avions parlé à bâtons rompus de nos souvenirs d'adolescence, avant d'achever la soirée dans mon appartement, de manière si naturelle que j'en avais oublié les appréhensions qui accompagnaient d'ordinaire mes premières nuits avec un homme. Le lendemain, il m'avait à peine quittée pour aller se changer que j'attendais déjà son appel. Ce que je n'avais d'ailleurs cessé de faire depuis... Ensuite ? Non, notre histoire n'avait pas été une longue suite d'évidences, il était arrivé par deux fois à Gabriel de prendre ses distances sans véritable explication. La première fois, nous sortions ensemble depuis plusieurs mois lorsqu'il avait subitement commencé à devenir distant, à ne plus répondre qu'épisodiquement à mes appels. Ce qui, bien entendu, m'avait rendue folle d'inquiétude. Je ne l'avais cependant pas relancé, et il avait fini par revenir une quinzaine de jours plus tard en m'expliquant que les choses avaient été un peu trop vite pour lui et qu'il avait eu besoin de prendre du recul. Il avait alors promis de se faire pardonner, et je l'avais cru. La seconde rupture avait été plus brutale encore. Il avait réfléchi, m'avait-il annoncé un soir d'un ton grave, et ne pensait pas m'aimer suffisamment pour passer sa vie à mes côtés. Une annonce que j'avais prise de plein fouet, inutile de le préciser. Sérieusement refroidie cette fois, j'avais pris, le cœur lourd, la décision de tirer un trait définitif sur cet amour de jeunesse idéalisé. Et puis il était une nouvelle fois revenu, avant de me demander en mariage quelques semaines plus tard. Ce qui, bien entendu, m'avait rendue folle de bonheur, bien qu'il ait obstinément refusé de me parler de ses agissements durant tous ces jours de séparation… Pour la première fois de ma vie, je me sentais pleinement heureuse. Enfin je cessais d'avoir peur de le perdre, de craindre qu'il ne m'aime pas ! Je me souvenais de sa demande en mariage comme si c'était hier. Après une soirée au théâtre, nous nous promenions sur la place Gustave Toudouze en profitant de la douceur du soir, lorsqu'il m'avait brusquement saisi le bras.

— Viens, je voudrais te montrer quelque chose.

Sa voix était étrange, et une onde aiguë d'appréhension m'avait parcourue. Même si depuis nos dernières retrouvailles il se montrait étonnamment amoureux et constant, la crainte d'une toujours possible variation de température ne me quittait pas. Après m'être laissé guider vers un bar cosy que je pensais choisi au hasard, j'avais réprimé un mouvement de surprise lorsque le physionomiste de l'entrée avait appelé Gabriel par son prénom. Avant de me ressaisir : après tout, il n'y avait rien d'étonnant à ce qu'il connaisse l'endroit puisqu'il avait travaillé trois ans dans le quartier. Mais lorsque nous nous étions enfoncés dans les profondeurs de la cave aux pierres apparentes, un comité d'accueil nous attendait : un homme tout de noir vêtu s'activait à ouvrir une bouteille de champagne, un autre disposait une petite boîte noire sur une grande assiette carrée. Mon regard avait balayé la salle avec stupéfaction : nous étions les seuls clients ! Profitant de l'effet de surprise, Gabriel s'était saisi d'une rose rouge piochée dans le bouquet de l'entrée, avant de s'agenouiller théâtralement devant moi :

— Margot, veux-tu me faire le grand, l'immense plaisir de m'épouser ?

Sans même prendre le temps de réfléchir, je lui avais sauté au cou, insouciante des serveurs qui nous regardaient nous embrasser passionnément. La soirée avait ensuite dépassé mes espérances les plus folles en matière de romantisme, ce qui avait permis à Gabriel de me faire accepter cette idée de secret autour du mariage. Quelle idiote ! Il semblait aujourd'hui évident que l'essentiel m'avait échappé…

Un accès de fureur me parcourut soudain et je saisis mon téléphone d'un geste déterminé. Je n'allais quand même pas lui faire le plaisir de lui laisser le dernier mot ! Il me devait une explication et il allait me la donner, foi de Margot ! Gabriel ne faisait jamais rien sans raison — même le choix de son menu était le fruit d'une mûre réflexion —, cette mise en scène sophistiquée devait par conséquent avoir une signification. Et il m'était impossible de reprendre le cours désormais bancal de ma vie sans connaître laquelle, même si cela devait se révéler plus douloureux encore. Depuis la veille, mon imagination ne cessait en effet de me le représenter nu, collé à cette fille avec sa robe de mariée remontée jusqu'à la taille, son minuscule string blanc déchiré par l'impatience, et j'appréhendais de lui entendre au bout du fil cette voix rauque et gorgée de sensualité que je lui connaissais si bien…

Mon cœur battait jusque dans ma gorge, je me sentais sur le point de défaillir en cherchant son nom dans le répertoire de mon téléphone. J'étais si certaine qu'il allait ignorer mon appel que je tressaillis en entendant quelqu'un décrocher. Malheureusement, j'eus beau lancer des « allô » de plus en plus pressants, seule une respiration forte et rapide me fit écho. Au bout d'une interminable minute, l'interlocuteur me raccrocha brutalement au nez, me laissant bouche bée de stupéfaction. Pourquoi décrocher pour refuser ensuite de parler ? Quand tout à coup, l'idée me frappa de plein fouet : pour parvenir à un tel degré de sadisme, il ne fallait pas seulement que Gabriel ne m'aime pas.

Il fallait qu'il me haïsse.

*
* *

Le petit déjeuner, enfin ! Les quelques minutes suivantes ne furent plus consacrées qu'à remplir frénétiquement ce ventre tordu de douleur dans l'espoir de lui apporter un léger apaisement. Mais une fois cette crise de boulimie désespérée achevée, seule une désagréable nausée s'était ajoutée à tout le reste. Cette fois, la magie des calories n'avait pas fonctionné. Peut-être un long bain empli de mousse parviendrait-il à desserrer ce nœud au fond de ma gorge ? Mais à peine m'étais-je glissée dans l'eau que la sonnerie de mon téléphone portable retentit dans la pièce voisine. Sortant de l'eau à la hâte, je me précipitai dans la chambre entortillée dans une serviette, pour être cueillie de plein fouet par la déception en lisant le nom qui s'affichait sur l'écran : Sarah.

— Oui, allô ?

— Margot ?

Le timbre de mon amie me sembla plus âpre que d'ordinaire. L'inquiétude, très probablement, qui l'empêchait à cet instant de trouver ses mots.

— Mais… mais tu étais où ? Qu'est-ce qui t'a pris de débarquer comme ça au mariage de Gabriel, déguisée en mariée ?

Déguisée. Le mot me fit l'effet d'une gifle. A l'idée d'avoir à tout expliquer, justifier, une immense fatigue me submergea.

— Tu ne pourrais pas venir ? Je suis au *Raphael.*

Un long silence s'installa.

— Oui, tu m'as bien entendue, à l'hôtel *Raphael*, chambre 98. Et s'il te plaît… apporte-moi de quoi me changer.

— Parce que tu es toujours habillée en mariée ? Dans un hôtel pareil ?

— S'il te plaît, plus de questions pour le moment…

— Mais qu'est-ce que je dois dire à tes parents, à ta

sœur ? Ils sont fous d'inquiétude et ont dû te laisser un millier de messages !

— Pour le moment, tu ne leur dis rien du tout. Viens, je t'expliquerai ce qui m'est arrivé et nous déciderons ensemble de la suite à donner aux événements.

5

Enfin, la main amie de Sarah frappa quelques coups légers à la porte de la chambre, que vingt-deux ans d'amitié me permirent de reconnaître immédiatement. Un immense soulagement déferla en moi, l'étau qui comprimait ma poitrine depuis la veille desserra légèrement sa prise. Un miracle… Sarah avait toujours été un véritable miracle, et ce dès la première fois où je l'avais rencontrée. J'étais nouvelle dans notre classe de quatrième, prise à partie dès le premier jour par un professeur belliqueux, lorsqu'une voix claire et effrontée avait troué le silence de la salle : *Eh, arrêtez de la draguer, monsieur!* Le pauvre homme, un instant interloqué par tant d'aplomb, avait rougi, bafouillé… et n'avait plus osé m'adresser la parole de l'année, probablement terrorisé à l'idée d'être accusé de perversion envers une élève ! Très naturellement, ma nouvelle amie s'était assise à mes côtés au cours suivant, pour ne plus me quitter. Je n'étais d'ailleurs pas la seule à trouver à Sarah quelque chose d'unique, de magique… Combien de fois en effet l'avait-on abordée dans la rue pour lui proposer des photos, un petit rôle au cinéma ? Mais toutes ces histoires de paillettes et de renommée ne la passionnaient guère. Malgré un physique spectaculaire — blonde fine et racée aux pommettes hautes et au regard azur, elle ne faisait absolument aucun effort pour sculpter une silhouette qu'elle savait parfaite —, mon amie ne s'intéressait qu'aux rouages, aux secrets de l'esprit humain, et rêvait d'ouvrir un cabinet de psychothérapeute. Un cabinet qu'elle se refusait à envisager concrètement avant ses 40 ans, partant du principe que l'on ne pouvait véritablement aider les autres qu'en ayant soi-même souffert et surmonté ses souffrances. En attendant cette ouverture tant espérée, elle occupait son temps en travaillant dans la même agence de relations publiques que moi, tout en exerçant allègrement ses talents de thérapeute sur ses amies, et notamment sur moi. Elle me connaissait d'ailleurs sans doute bien mieux que je ne me connaissais moi-même… Ce n'était certes pas un hasard si c'était elle qui était parvenue à me joindre la première. C'est à cet instant que je pris conscience d'un fait rarissime : elle portait le même pantalon crème que la veille. Fallait-il qu'elle soit bouleversée pour se laisser aller à une chose pareille ! Cela me fit me sentir plus proche d'elle encore. Si une seule personne au monde devait croire à mon histoire, ce serait elle.

Aussitôt entrée, elle se mit à l'œuvre après m'avoir brièvement serrée dans ses bras. Fascinée, je la regardai plier d'un geste expert la guenille qui avait autrefois constitué ma robe de mariée, rassembler mes dessous constellés de traces de vomissures avant d'exposer sur le lit plusieurs tenues extraites d'un sac de voyage en cuir. Puis ses mouvements se ralentirent, elle cessa de s'agiter pour me contraindre à m'asseoir à ses côtés sur le lit.

— Bon, Margot, peut-être est-il temps que tu m'expliques ce qui se passe non ?

Durant un moment interminable, je ne pus que la fixer d'un regard halluciné, comme pour l'aider à lire en moi ce que je ne parvenais pas à exprimer.

— Ne t'inquiète pas… Je te connais mieux que personne, je sais que tu n'aurais jamais fait une chose pareille sans une excellente raison.

JE n'aurais jamais fait une chose pareille ? Si je n'étais pas aussi abattue, la formulation me paraîtrait presque comique.

— Et les autres ? Ils pensent la même chose, que c'est moi qui ai voulu tout ça ?

Sa main se posant sur la mienne adoucit ce que son regard embarrassé laissait échapper.

— Laisse tomber les autres, et raconte-moi plutôt ce qui t'arrive.

A ma vive surprise, quelques phrases suffirent pour résumer cet écheveau dans lequel je m'étais empêtrée à mon insu. Sarah de son côté paraissait consternée.

— Attends… Tu es en train de me dire que Gabriel t'a demandée en mariage, que tu as acheté ta robe, tout cela sans m'en parler une seule fois ? Et ton congé sabbatique ? Je croyais que tu voulais faire une formation pour changer d'orientation professionnelle…

— Pardonne-moi, Sarah, tu ne peux pas savoir comme je m'en veux. Mais Gabriel m'avait fait promettre le secret et je ne voulais pas le trahir avant même de commencer notre vie commune…

Charitable, mon amie ne fit aucun commentaire sur cette loyauté bien mal placée.

— Je ne comprends pas, pourquoi t'aurait-il manipulée pour te faire débarquer avec tous tes proches à son mariage ? Ça n'a aucun sens !

— Mais tu me crois, hein ?

— Bien sûr que je te crois ! Mais je persiste à penser que tu aurais dû m'en parler, choisir de me faire confiance, à moi…

A la lumière des derniers événements, cela semblait l'évidence même, et je ne sus que répondre. Après avoir consulté l'heure sur son portable, elle se releva, me fourra un jean et une chemise dans les bras.

— Il va être midi, nous devons partir. Je doute en effet que tu aies les moyens de t'offrir une nuit de plus dans ce palace !

Son visage se voila soudain de tristesse.

— Tu sais, j'ai tenté de te retenir lorsque tu as quitté la brasserie, j'étais arrivée en avance et j'avais vu Gabriel entrer dans l'église avec sa famille. J'étais étonnée que tu n'aies pas voulu m'écouter lorsque j'ai voulu t'avertir, mais maintenant je comprends mieux pourquoi…

Une fois habillée, j'embrassai une dernière fois la pièce du regard. Probablement n'allais-je pas avoir de sitôt l'occasion de revoir une chambre aussi somptueuse… Au moment où nous nous apprêtions à refermer la porte, Sarah me tendit une paire de lunettes de soleil avec un regard interrogateur dont je compris aisément la signification : voulais-je dissimuler mes yeux rougis par les pleurs ? Je repoussai doucement sa main : ce matin, je me souciais de mon allure comme d'une guigne. Pire encore : j'avais *envie* de paraître malheureuse.

Dans le couloir, un jeune couple enamouré s'embrassait de manière indécente, dans l'évident prolongement d'une nuit que l'on devinait passionnée. Mon regard s'absorba dans la contemplation du tapis persan sous mes pieds : si notre nuit de noces s'était déroulée comme prévu, Gabriel et moi aurions dû nous aussi quitter la chambre d'un palace, repus et pourtant encore affamés l'un de l'autre. Juste avant de parvenir dans le hall, je saisis Sarah par le bras, foudroyée par une peur immense de quitter cette bulle hors du temps, de déchirer ce film Cellophane qui me protégeait du monde extérieur. Par chance, elle comprit sans même que j'aie à parler. *Tout va bien se passer*, tenta de me rassurer son sourire vacillant. Alors que le portier nous ouvrait déjà la porte, ce fut à son tour de m'immobiliser pour me demander :

— Rassure-moi, Margot, tu ne vas pas le rappeler, hein, même pas pour une explication ?

Comment lui avouer que je l'avais déjà fait ? Mes yeux qui ne savaient pas mentir fuirent son regard attentif.

— Non, bien sûr que non.

— Tu le promets ?

— Mais oui…

L'avenue Kléber avait beau être presque déserte en

ce dimanche matin, les bruits de la rue me vrillaient les nerfs, m'agressaient avec une violence que je n'avais pas anticipée. Par chance, Sarah, en Parisienne chevronnée, n'eut besoin que de quelques instants pour nous dénicher un taxi, malgré la pluie furieuse qui débordait des égouts en flots bouillonnants. Une vieille odeur de chien mouillé et de sueur rance régnait dans l'habitacle de la Picasso, qui me souleva instantanément le cœur. Nous passâmes le voyage dans un silence tendu, chacune les yeux perdus de notre côté de la rue, avant de parvenir enfin devant mon immeuble. Une fois le taxi immobilisé, je contemplai le portail d'entrée, incapable de savoir quoi faire. Je me sentais comme une convalescente tout juste libérée d'une clinique après six mois de confinement, hésitant à sortir dans une rue emplie de coups de Klaxon et de crissements de pneus. Consciente de mon trouble, Sarah me regarda avec compassion.

— Ne t'inquiète pas, je monte avec toi… Oh zut, je n'ai plus d'argent liquide pour payer la course, tu en as ?

— Malheureusement non, il ne me restait qu'un billet de 50 euros, et je l'ai dépensé hier en taxis. Je n'ai que ma Carte bleue…

— Et bien sûr, monsieur, vous ne prenez pas les chèques ?

— Ah non, ma p'tite dame ! Par contre, je peux vous déposer devant le distributeur, là-bas au coin !

Mon amie me lança un regard soucieux dont le chauffeur ne perdit pas une miette dans le rétroviseur.

— Tu m'attends ici, Margot ?

Je repensai à la gitane de mauvais augure, aux passants qui m'avaient dévisagée hier avec envie.

— Non, je préfère ne pas m'attarder dans le coin. Ne t'inquiète pas, ça va aller. Je monte, et tu n'auras qu'à me rejoindre, d'accord ?

— O.K., je me dépêche.

Juste avant que j'actionne la poignée de la portière, Sarah me saisit doucement par la manche.

— Margot, tu as vécu quelque chose de difficilement

imaginable, mais tu es forte, tu vas rebondir. Dès que tu auras récupéré tes affaires, nous appellerons un par un tous tes invités pour leur raconter une version édulcorée de ce qui s'est passé, je suis certaine qu'ils comprendront. Après tout, pour eux, il ne s'agit tout au plus que d'une fête manquée…

Cela paraissait être de la psychologie de bazar — Sarah semblait en effet presque aussi perturbée que moi —, et pourtant cela me rasséréna légèrement. Suffisamment tout au moins pour me donner l'impulsion nécessaire pour descendre du véhicule. Mais une fois dans le couloir sombre menant à mon escalier, je n'eus plus besoin de simuler une assurance qui me faisait cruellement défaut. Mes épaules s'affaissèrent, mon corps fut parcouru de frissons fiévreux. De toutes mes forces, je tentai de repousser le souvenir de la mariée rayonnante qui se précipitait la veille vers son bonheur. Si je me remettais une seule seconde dans la peau de cette inconsciente, j'allais m'écrouler pour de bon.

Parvenue sur mon palier, je sursautai : ma porte d'entrée était entrebâillée ! J'étais pourtant certaine de l'avoir refermée à clé derrière moi la veille, soucieuse de me barricader contre le monde entier. Ensuite, j'étais repartie par la fenêtre après avoir récupéré mes clés sur la serrure, je n'avais donc pas eu l'occasion de rouvrir la porte… Je chassai résolument la peur qui venait de me glacer tout entière, avant de pénétrer dans l'appartement plongé dans une grisaille hivernale. A terre, un bas filé, une paire de chaussures neuves délaissées, les fleurs de mon chignon défait constituaient autant de silencieux témoins de ma vie en miettes. Mais il y avait autre chose. Une odeur métallique se mêlait dans l'entrée au parfum dont j'avais abusé la veille, mettant aussitôt mes sens en alerte. Je tentai malgré tout de me rassurer : peut-être mes parents s'étaient-ils finalement décidés à appeler les pompiers pour enfoncer ma porte, ce qui pouvait expliquer ce sentiment dérangeant d'une présence étrangère.

Soudain, un léger bruit provenant de ma chambre à coucher me fit tressaillir. Sans réfléchir, je me précipitai, pour découvrir avec horreur la pièce constellée de taches de sang. Le verre de ma psyché était étoilé autour d'un point d'impact maculé de rouge, comme si la tête de quelqu'un était venue s'y cogner, des gouttes sombres jalonnaient la moquette écrue, les vêtements dans la valise posée sur mon lit étaient gorgés de sang bruni. Le même bruit que tout à l'heure me fit de nouveau sursauter, et je me retournai brusquement. Mais il ne s'agissait que de la fenêtre entrouverte qui battait sous les gifles d'un courant d'air. Comme pour se protéger, mon esprit sombra dans un étrange état anesthésié. Ma chambre était-elle réellement devenue… une scène de crime ?

Mais c'était insensé, que se passait-il dans ma vie ces jours-ci ?

Lorsque Sarah me rejoignit enfin dans le salon où j'étais retournée sans même en prendre conscience, je lui indiquai la chambre d'un doigt tremblant. Elle s'y précipita à son tour avant de pousser un cri étouffé. Qu'aurais-je pu dire pour la préparer à une pareille scène ? Comme tout innocent sans doute, un sentiment de culpabilité m'envahissait, mon esprit se repassait en boucle ma nuit à l'hôtel comme pour me convaincre de mon innocence. Sarah l'avait-elle perçu ? Alors que je la rejoignais dans la chambre, un doute inconcevable fit son apparition dans son regard. Ce ne fut qu'un infime cillement, un fugace instant où l'interrogation se décidait à se formuler, mais elle l'avait fait, elle s'était posé LA question : *Et si elle était en train de perdre l'esprit, et si elle avait agressé quelqu'un ?* Et puis tout fut terminé, le doute fut remisé avec célérité dans les méandres de sa conscience. Mais il n'avait pas disparu, nous le savions toutes les deux.

A cet instant, mes yeux se posèrent sur un couteau ensanglanté que je n'avais pas vu la première fois, abandonné près du lit. Je le reconnaissais, il s'agissait de celui que j'avais utilisé l'avant-veille pour découper une aile de poulet. Qu'est-ce que tout cela pouvait signifier ? Gabriel était-il venu se venger de mon irruption à son mariage ? Cela n'aurait pas plus de sens que le reste, puisque c'était lui qui l'avait précisément orchestrée… De plus en plus choquée, j'entendis à peine Sarah appeler la police d'une voix blanche, lui donner mon adresse, avant de tourner vers moi son visage livide.

— Margot, raconte-moi : que s'est-il passé hier soir ? Gabriel est venu chez toi après le mariage pour t'agresser, c'est ça ? Tu as été obligée de te défendre ? Tu sais que tu peux tout me dire, je te défendrai, nous trouverons une solution…

Malgré moi, je me tournai de nouveau vers le couteau doté d'empreintes graisseuses, tandis que des images de la série *Les Experts* tournoyaient devant mes yeux. Cela paraissait évident, il suffisait à l'intrus de piocher un couteau sale dans le lave-vaisselle pour trouver une arme sur mesure pourvue de toutes les preuves nécessaires pour m'incriminer. Mais dans quel but, pour agresser qui ? Cela restait un mystère…

— Tu dois me croire, Sarah, j'ignore ce qui s'est passé dans cet appartement, mais je n'ai rien à voir là-dedans.

— Mais tu ne vas pas me dire qu'il s'agit d'une coïncidence ! Gabriel commence par intriguer pour te faire débarquer à son mariage en robe de mariée, ensuite tu découvres tout ce sang chez toi, il se passe obligatoirement quelque chose de grave…

Ses yeux semblaient maintenant éviter les miens. Bouleversée, je compris qu'elle aurait préféré que je m'avoue coupable, que je lui raconte une bagarre avec Gabriel susceptible d'expliquer cette scène. Probablement aurait-elle su mieux gérer la situation… Je tentai de la comprendre : est-ce qu'à sa place je croirais une histoire aussi abracadabrante sous prétexte qu'elle sortait de sa bouche ? Je n'avais malheureusement pas la réponse, et c'était particulièrement déstabilisant.

Comme si elle avait suivi le cheminement de mon esprit, mon amie poussa un long soupir.

— Très bien, je te crois. Il ne peut donc y avoir qu'une explication : quelqu'un cherche à te nuire, et gravement.

— Quelqu'un ! Tu peux tout aussi bien nommer Gabriel, ça ira plus vite. La seule manière de me sortir de ce piège, c'est de découvrir ce qui s'est passé ici, et surtout la raison qui le pousse à s'en prendre ainsi à moi.

Elle paraissait réfléchir intensément, jamais encore je ne lui avais vu des cernes aussi noirs, un visage aussi anxieux.

— Ecoute-moi attentivement, Margot. La police ne doit surtout pas savoir que tu te trouvais seule cette nuit. Sinon tu vas être soupçonnée, quoi qu'il se soit passé ici. Des dizaines de témoins peuvent attester de ton comportement étrange à l'église, et personne, pas même moi, ne peut en revanche savoir ce que tu as fabriqué depuis hier midi.

Comment en étions-nous arrivées à ce genre de conversation surréaliste ? Les conseils de Sarah, également, me stupéfiaient. Jamais encore auparavant elle ne m'avait conseillé de mentir pour gérer une situation, son tempérament entier la poussait plutôt d'ordinaire à aborder les problèmes de front. Mais il est vrai que celui-ci sortait particulièrement de l'ordinaire…

— Je n'ai rien à cacher, je suis allée directement à l'hôtel en partant de l'appartement et je n'ai pas quitté ma chambre de la nuit.

— Par la fenêtre ! Tu t'es quand même enfuie de chez toi par la fenêtre !

— Et alors ? Je ne pouvais pas supporter d'affronter ma famille, ça ne fait pas de moi une meurtrière pour autant, n'est-ce pas ?

Elle savait ce que j'avais envie, besoin d'entendre, mais cela ne l'empêcha pas de rester muette. De désagréables bouffées de chaleur m'envahirent, j'éprouvais l'impression suffocante d'être entraînée dans un tourbillon maléfique qui aggravait ma situation à chaque tour sur lui-même… Je retournai dans le salon pour m'éloigner de ce cauchemar, suivie quelques instants plus tard par Sarah qui me saisit par les épaules pour attirer mon attention.

— Margot, regarde-moi. Si ça tourne mal comme je le crains, nous dirons que je t'ai rejointe dans ta chambre d'hôtel dans la soirée d'hier et que nous étions ensemble toute la nuit. Tu m'as bien entendue ?

Etonnamment, un obscur instinct m'empêchait de me laisser convaincre. Etait-ce parce que dans les séries policières, le mensonge se retournait inévitablement contre le suspect, même innocent ? Je cherchai à gagner du temps :

— Avant même de penser à me servir d'alibi, dis-moi une chose : tu étais bien seule hier soir ?

Depuis quelques semaines en effet, Sarah ne quittait plus Quentin, un DJ rencontré dans une boîte de nuit du 16e arrondissement qui passait presque toutes ses nuits chez elle.

— Bien sûr, je n'avais rien prévu puisque nous étions censés venir à ta fête, tu te souviens ? Et puis, de toute façon, Quentin bossait, il n'était pas dispo.

Je ne parvenais toujours pas à me laisser convaincre.

— Il sera toujours temps d'aviser en fonction des événements, tu ne crois pas ? Mieux vaut quand même réfléchir avant de mentir à la police, il y avait probablement un système de surveillance dans l'hôtel, des caméras, des témoins…

Une voix grave résonna soudain dans mon dos :

— Pour quelle raison voulez-vous mentir à la police ?

6

Sarah et moi sursautâmes, telles deux fillettes prises en faute, en découvrant derrière nous un homme que je n'avais jamais vu de ma vie. Que faisait-il dans mon salon, s'agissait-il de l'agresseur ?

— Bonjour, mesdemoiselles, je suis le lieutenant Daumas, officier de police judiciaire. Voici ma carte.

Etait-ce le ton employé, la manière sentencieuse dont il avait détaché les syllabes ? La précision « officier de police judiciaire » me fit l'effet d'une menace larvée. Mon amie fut la première à surmonter sa surprise :

— Vous avez fait vite !

— J'étais dans le coin.

Agé d'une quarantaine d'années, très brun, le nouveau venu semblait chercher à compenser son mètre soixante-dix par une musculature sans doute due à d'intensives séances en salle de sport. Instinctivement, mes épaules se voûtèrent légèrement comme pour ne pas le dépasser, tandis que Sarah s'avançait vers lui en tendant la main :

— Bonjour, je suis Sarah Brissac, c'est moi qui ai appelé le 17.

— Vous êtes l'occupante de l'appartement ?

— Non, la locataire de l'appartement est Margot Bellière, ma meilleure amie.

L'homme tourna des yeux inquisiteurs vers moi.

— Bon, alors, où se trouve ce sang dont vous avez parlé au téléphone ?

— Là-bas.

Nous suivîmes le policier qui se dirigeait d'un pas pressé vers ma chambre. Au bout de quelques instants d'examen, il releva la tête vers moi, plantant son regard intense dans le mien.

— Vous savez ce qui s'est passé ? Qui a perdu tout ce sang ?

Je tentai de prendre un ton convaincant, qui sonna effroyablement faux même à mes propres oreilles.

— Non, je vous jure que je n'en ai aucune idée.

— Où étiez-vous lorsque ça s'est passé ?

— Le problème, c'est que je ne sais pas ce qui s'est passé, et encore moins quand. Tout ce que je peux faire, c'est vous donner mon emploi du temps de ces dernières vingt-quatre heures.

— Je vous écoute.

— J'ai quitté mon appartement pour la dernière fois hier après-midi, pour n'y revenir qu'il y a quelques minutes à peine, accompagnée de mon amie Sarah. Et lorsque j'en suis partie, il n'y avait aucune trace de sang dans ma chambre, croyez-moi !

— Mais je vous crois, tout au moins pour le moment. Et où étiez-vous cette nuit ?

Je baissai la tête, consciente de parvenir à un passage délicat de mon histoire.

— Je me trouvais à l'hôtel *Raphael*.

— A l'hôtel, tiens donc ! Et pourrais-je connaître la raison qui vous a poussée à quitter si opportunément votre appartement pour aller dormir dans un hôtel parisien ? Avouez que c'est tout de même curieux.

La lassitude me coupa les jambes, me poussant à rejoindre le salon pour me laisser tomber sur le canapé.

— Je vous supplie de me croire, lieutenant, j'ignore ce qui m'arrive, tout dans ma vie semble s'écrouler autour de moi depuis hier…

L'homme sembla touché par cet élan de sincérité. Sa tension se relâcha légèrement, son regard s'humanisa tandis qu'il prenait place à mes côtés, s'enfonçant gauchement dans les coussins trop moelleux.

— Et si vous repreniez tout depuis le début ?

Durant quelques instants interminables, je restai muette, répugnant à parler à cet homme de mon humiliation de la veille. Un regard appuyé de Sarah fit pourtant tomber mes ultimes réserves, et je contai au policier la journée précédente, bien que de manière nettement édulcorée.

— Je sais que, raconté de cette manière, tout ça ne paraît pas très crédible, mais c'est pourtant la vérité.

— Ce Gabriel avait-il des raisons de vous en vouloir ?

— Euh, non… Je ne crois pas, enfin, je suis certaine que non.

Il m'observa de manière un peu trop insistante, comme pour juger de ma sincérité.

— Pardonnez-moi de vous dire ça, mais dans votre histoire, certaines choses ne collent pas du tout. Vous n'ignorez pas que l'on se marie d'ordinaire à la mairie *avant* l'église, non ? Cela ne vous a donc pas alertée ?

— Je me suis, tout comme vous, posé la question, mais je croyais que nous allions nous y rendre plus tard, après la célébration religieuse. Je me sentais si heureuse, vous comprenez, j'étais en train de vivre l'histoire d'amour que j'avais attendue toute ma vie…

Le lieutenant leva les yeux au ciel, comme pour souligner encore ma naïveté.

— Et l'entretien préalable avec l'officier d'état civil ? Vous savez que c'est désormais obligatoire pour se marier.

— Là encore, j'ai fait confiance à Gabriel, il m'a raconté qu'il était débordé et avait annulé le rendez-vous, que ce n'était pas systématique.

Enumérée à voix haute, cette succession de détails ne faisait que souligner cruellement ma stupidité. Le lieutenant dut lire ma reddition sur mon visage, car il se rapprocha de moi comme par inadvertance.

— Vous savez, il me serait plus facile de vous croire si vous aviez une preuve pour confirmer votre histoire.

Cela faisait plusieurs minutes que je retournais moi aussi cette même question dans ma tête, pour réaliser que Gabriel n'avait laissé pratiquement aucune trace susceptible de prouver ma bonne foi. Comme nous dormions presque chaque nuit à son appartement, il n'avait jamais vraiment eu l'occasion d'oublier des vêtements chez moi ou de laisser des messages sur le répondeur de mon téléphone fixe. Plus étonnant en revanche, il ne m'avait plus envoyé le moindre mail depuis notre dernière réconciliation, même pour de simples questions d'organisation. Tout à coup, je tressaillis. Bien entendu, comment n'y avais-je pas pensé plus tôt, il me restait ses textos ! Hier encore, il m'avait envoyé, deux heures avant le mariage, un adorable petit mot :

A très bientôt, belle fiancée. J'attends avec impatience le moment où je te verrai entrer dans l'église…

Une fois encore, il ne mentait pas. A la lueur de tout ce qui s'était déroulé ces dernières vingt-quatre heures, chaque phrase, chaque mot semblait receler une signification peu commune… Je me demandais soudain ce que j'avais pu rater d'autre.

Je dus déployer un gros effort pour revenir au présent.

— Gabriel ne cessait de m'envoyer des textos, j'en ai tout un tas.

— Très bien, montrez-les-moi, ce sera toujours quelque chose.

Fébrile, j'effectuai quelques fausses manœuvres avant de parvenir à accéder à ma boîte de réception… pour découvrir avec consternation qu'elle avait été vidée. Même le texto de la veille n'était plus là ! Je me souvenais pourtant parfaitement avoir relu ces messages hier en rentrant de l'église, enroulée dans ma couverture en mohair. Cela signifiait donc que quelqu'un avait vidé ma messagerie *après* que je l'avais consultée… Oui, mais qui ? Pas un instant je n'avais quitté mon téléphone depuis le moment où j'étais montée dans le taxi pour me rendre à l'hôtel. A moins qu'une manipulation informatique à distance ne permette aujourd'hui ce genre de choses ? Le policier détourna les yeux, manifestement gêné pour moi.

— Ne vous inquiétez pas, il doit bien y avoir une explication… Racontez-moi plutôt la manière dont vous vous êtes rencontrés, M. Dupré et vous.

Une bouffée écœurante de souvenirs heureux remonta dans ma mémoire, acidifiée par les derniers événements.

— Très bien, si vous y tenez. Gabriel et moi nous connaissons depuis l'enfance, son frère était un ami de ma sœur Audrey lorsque nous vivions à Noyon, dans l'Oise. Lui et moi étions les cadets encombrants qui ne perdaient pas une occasion de s'imposer dans les soirées organisées par leur petite bande.

— Il s'est passé quelque chose entre vous à l'époque ?

— Non, pas vraiment, nous nous sommes embrassés quatre ou cinq fois, mais nous étions trop jeunes pour prendre ce genre de choses au sérieux. Et puis ma famille a déménagé lorsque j'avais 15 ans et nous nous sommes perdus de vue. J'ignore si Audrey a eu des nouvelles des deux frères par la suite mais, de mon côté, j'avais presque oublié Gabriel. Jusqu'au jour où nous nous sommes retrouvés sur Amispourtoujours.com…

Les larmes me montèrent aux yeux, ce que je tentai de dissimuler de mon mieux. En pure perte, si j'en croyais l'air de commisération qui s'était peint sur le visage de mon interlocuteur.

— Amispourtoujours.com, hein ?

— Oui, c'est un site de recherche d'amis perdus de…

Il me coupa :

— Je connais le site, merci. Je m'interrogeais simplement sur les circonstances de ces retrouvailles. Qui de vous deux a recontacté l'autre ?

Le soulagement se diffusa dans mes veines comme une

drogue chaude et rassurante. Enfin une chose à laquelle j'étais en mesure de répondre concrètement !

— Gabriel. Il s'était inscrit sur le site pour me retrouver, nous avons commencé à discuter, de plus en plus souvent, avant de décider de nous revoir. Comme des milliers de gens, j'imagine… Ecoutez, ce n'est quand même pas parce qu'il m'a joué ce sale tour qu'il l'avait prémédité avant même de reprendre contact avec moi !

Mais en même temps que j'achevais ma phrase, des doutes dérangeants vinrent m'assaillir. Je me souvenais effectivement avoir été surprise par la fréquence de ses messages, par son impatience à me revoir que j'avais naïvement attribuée à la nostalgie de notre jeunesse. Mais s'agissait-il réellement de nostalgie ? Je déployai un gros effort pour me ressaisir, consciente du regard attentif qui ne perdait rien de mes expressions.

— Vous êtes sûre de vous, c'est bien lui qui vous a recontactée en premier ?

— Eh bien, oui, puisque je vous dis que je l'avais presque oublié…

Quand tout à coup, je me souvins, et j'eus soudain le sentiment d'un gouffre s'ouvrant sous mes pieds. Non, d'un point de vue purement technique, ce n'était pas lui en effet qui avait effectué la première démarche. Comment avais-je pu oublier un tel détail ? En réalité, un autre des anciens membres de la bande d'Audrey, Thibault, que j'appelais de loin en loin, m'avait téléphoné un soir pour m'informer que Gabriel me cherchait depuis des mois, qu'il venait juste de s'inscrire sur le site tout exprès pour me retrouver. Dans l'enthousiasme du moment, j'avais immédiatement été consulter sa fiche, sans m'interroger sur les raisons qui l'empêchaient de m'envoyer lui-même un message privé. Ce qui signifiait en clair que c'était moi qui avais concrètement fait le premier pas…

Ma bouche me sembla emplie de cailloux lorsque je racontai au policier ce qui s'était réellement passé.

Ce dernier tira un Smartphone rayé de sa poche.

— Comment s'appelle cet ami qui vous a prévenue ?

— Thibault Douzet. Je peux vous donner son numéro de téléphone si vous voulez.

— Ne vous inquiétez pas, nous allons le trouver.

Je n'en doutais pas. J'éprouvai l'impression désagréable d'avoir convenablement placé la pièce d'un puzzle dans l'esprit de mon interlocuteur. Mais un puzzle qui ne m'était guère favorable…

— Lieutenant, j'imagine que vous ne passeriez pas autant de temps à questionner Margot s'il ne s'était pas passé quelque chose de grave, alors vous pouvez peut-être nous dire de quoi il s'agit ?

La question de Sarah me tira de mon hébétement. J'avais presque oublié sa présence, mais elle se manisfestait fort à propos, car je me posais exactement la même question. Ce fut alors au tour du policier de paraître tiraillé entre le désir de parler et celui de se taire. Il se releva brusquement, comme pour reprendre la maîtrise de la situation.

— Gabriel Dupré nous a signalé très tôt ce matin la disparition de son épouse.

La mariée s'était évaporée ? Ce n'était pas possible, Gabriel ne pouvait m'avoir tendu ce piège pour m'impliquer dans un drame !

Mon cœur se mit à battre la chamade en repensant au sang dans ma chambre, tandis que le lieutenant se tournait de nouveau vers moi.

— Si vous voulez être innocentée, vous avez donc tout intérêt à me parler plus en détail de votre nuit passée à l'hôtel. L'hôtel *Raphael*, c'est bien ça ? Vous étiez seule ?

Je ne pus m'empêcher de lancer un regard paniqué à Sarah.

— Non, j'étais avec Sarah.

Les paupières de l'homme s'abaissèrent légèrement, ce qui lui conféra un air faussement débonnaire.

— Que disiez-vous déjà tout à l'heure ? *Mieux vaut quand*

même réfléchir avant de mentir à la police… Pensez-vous y avoir suffisamment réfléchi, mademoiselle Bellière ?

Je commençais à bafouiller lorsque Sarah m'interrompit de manière peu naturelle :

— Margot vient de vous le dire, nous sommes restées ensemble toute la nuit.

— Et bien sûr, le concierge de l'hôtel nous confirmera tout ça ?

— Je l'ignore, je n'ai fait attention à personne en passant dans le hall…

— C'est drôle, j'étais certain que vous diriez ça !

Il se tourna de nouveau vers moi.

— Et depuis hier matin, vous n'avez pas recontacté M. Dupré ?

Je sentis le regard de Sarah me brûler la nuque tandis que l'affolement me gagnait. Si le policier avait pris la peine de vérifier les relevés téléphoniques de Gabriel ou les miens, il avait trouvé la trace de mon appel de ce matin. Et Gabriel avait très bien pu lui raconter n'importe quoi, lui dire par exemple que je l'avais menacé ou fait chanter ! Tel que je le connaissais désormais, il n'avait certainement pas décroché pour rien…

Je n'avais pas le choix, il me fallait dire la vérité pendant qu'il en était encore temps.

— Si, je l'ai appelé ce matin en attendant mon petit déjeuner.

Mes sens perçurent le mouvement de surprise de Sarah, pourtant hors de ma vue.

— Vous voulez, bien entendu, parler de *votre* petit déjeuner, à votre amie et à vous…

Je choisis prudemment de ne pas relever la pique.

— Je vous assure que je n'ai rien à me reprocher, je voulais simplement une explication. Une explication que je n'ai pas eue… Quelqu'un a décroché, mais cette personne n'a pas prononcé un mot, je ne sais même pas s'il s'agit de Gabriel ou de sa femme !

Le policier semblant encore plus suspicieux, je tentai maladroitement de le convaincre :

— Vous ne me voyez tout de même pas enlever cette fille et avoir la bêtise de venir la tuer ici !

— Vous ne pouvez imaginer le nombre de choses stupides que je peux voir dans mon métier. Et puis lorsque je suis arrivé, vous étiez tout de même occupées à comploter, votre amie et vous. Je ne vois pas pourquoi vous auriez eu besoin de le faire si vous étiez innocente.

Une panique aiguë me coupa le souffle. Les événements allaient trop vite pour moi, j'avais le sentiment de perdre pied, de me noyer. Il fallait impérativement que l'on retrouve cette fille vivante, sinon le fait d'avoir perdu à la fois mon fiancé, mon appartement et mon travail serait bientôt le cadet de mes soucis.

Le policier interrompit mes réflexions d'une voix douce :

— Votre récit est si rocambolesque que je vais quand même mener l'enquête sur ce que vous venez de me raconter. Vous ne semblez pas stupide, j'imagine que si vous aviez voulu inventer une histoire, vous en auriez trouvé une plus crédible…

Il fouilla ses poches pour en extraire une carte de visite qu'il me tendit.

— Ce que je vous propose, c'est de vous assurer que rien n'a été volé dans votre appartement, de prendre quelques affaires et de nous laisser faire notre travail. Vous m'enverrez par texto dans la journée votre adresse temporaire, et je vous recontacterai très vite. D'ici là, avec un peu de chance, Mme Dupré aura peut-être réapparu…

Chaque fois qu'il prononçait les mots *madame Dupré*, mon cœur se serrait avec violence. J'avais tellement rêvé de porter ce nom… Quand je songeais que j'avais passé des jours à imaginer ma nouvelle signature ! Le lieutenant fit mine de s'éloigner, avant de revenir sur ses pas à la manière d'un inspecteur Colombo retors.

— J'oubliais, j'aimerais que vous me communiquiez le numéro de portable de M. Dupré.

— Pourquoi ? Il ne vous l'a pas donné lorsqu'il vous a signalé la disparition de sa femme ?

— Je préférerais m'assurer que nous avons tous les deux le même, mieux vaut ne négliger aucun détail.

Il m'offrit sa main à serrer, tout en me regardant droit dans les yeux.

— Evidemment, je n'ai pas besoin de vous dire qu'il vaut mieux éviter de vous approcher de lui ou de lui téléphoner, cela ne pourrait que vous porter gravement préjudice.

7

Abandonner mon cher appartement me fut particulièrement difficile, surtout de cette manière précipitée et honteuse. Un pan de ma vie se tournait, et très différemment de ce dont j'avais rêvé…

Je retirai ma robe de mariée du sac en cuir prêté par Sarah, la remplaçai par quelques dessous et tops piochés au hasard dans ma commode, une paire de chaussures trop légères, ainsi que mon ordinateur portable. En franchissant le seuil, je ne pus m'empêcher de lancer malgré moi un regard en arrière, comme pour jeter une passerelle entre présent et passé, mais les lieux déjà semblaient ne plus m'appartenir. Une fois dans les escaliers, Sarah et moi croisâmes deux hommes au regard las, porteurs chacun d'une mallette manifestement lourde. S'agissait-il de la police scientifique ? Je frissonnai. Probablement venaient-ils vérifier si le sang de la chambre appartenait à l'épouse de fraîche date de Gabriel. Voir ainsi les rouages d'une enquête policière se mettre en place chez moi était terrifiant, d'autant plus que je tenais bien malgré moi le rôle de la principale suspecte. J'hésitai un instant à rebrousser chemin et à les suivre pour connaître les résultats de cette analyse dont dépendait mon avenir, mais la voix impatiente de Sarah me tira de mes pensées :

— Viens, Margot, mieux vaut nous éloigner d'ici avant qu'ils ne changent d'avis et ne t'emmènent au poste.

En franchissant le portail de mon immeuble, je ne pus m'empêcher de me demander si je pourrais jamais y revenir un jour. Je repensai à toutes ces visites faites avant de trouver cet appartement, à ces dizaines d'heures fastidieuses passées à patienter au milieu d'inconnus prêts à me marcher dessus pour signer un bail. La perspective d'avoir à tout recommencer me semblait soudain insurmontable, j'aurais donné n'importe quoi pour pouvoir de nouveau ressentir une bienheureuse sensation de sécurité dans mon fauteuil préféré. Malheureusement, cela semblait un poncif mais l'on ne prenait effectivement conscience de la valeur des choses qu'une fois qu'on les avait perdues. Sarah ayant prévu d'aller récupérer sa voiture pour pouvoir se déplacer librement, je la suivis docilement jusqu'à la station de taxis, en état de choc. Le trajet se passa une nouvelle fois dans un silence de mort, et ce ne fut qu'une fois installée au volant de sa Smart que mon amie se tourna vers moi d'un air soucieux.

— Qu'est-ce que tu comptes faire maintenant, tu veux aller te reposer chez moi ? Nous allons aussi devoir appeler tes parents, ta sœur, tu ne peux pas disparaître comme ça éternellement.

— Je sais que ça ne va pas te plaire, Sarah, mais je ne pourrai faire aucun projet tant que je n'aurai pas tiré cette histoire au clair.

Ses yeux s'étrécirent sous l'effet de la méfiance.

— Qu'est-ce que tu veux dire par là exactement ?

— Je veux dire que j'ai l'intention d'aller immédiatement demander des explications à Gabriel.

— Tu es dingue, tu oublies ce que vient de te dire ce flic ? Et puis tu ne sais même pas où le trouver, il doit être fou d'inquiétude, occupé à chercher sa femme dans tout Paris ! A moins qu'elle ne soit revenue et qu'ils ne soient en train de…

La fin de la phrase mourut sur ses lèvres, tandis qu'une rougeur soudaine envahissait son visage confus. Voilà à quoi Gabriel m'avait réduite, à être une fille avec laquelle on pesait ses mots. Je me faisais horreur.

— De terminer leur nuit de noces, c'est ce que tu allais

dire ? Ne t'inquiète pas, ça ne cesse de me tourner dans la tête depuis hier, à force c'est un peu moins douloureux qu'au début.

Inutile de préciser qu'il s'agissait d'un mensonge éhonté. Mais si je ne prononçais pas les mots susceptibles de la rassurer, Sarah allait me surveiller comme du lait sur le feu toute la journée, je le savais. Or, je préférais mille fois être seule pour cette discussion qui promettait d'être houleuse.

Mon amie me dévisagea de son regard particulier, comme pour deviner ce que je préférais lui taire.

— D'accord, mais je te préviens, je viens avec toi. Ça crève les yeux que tu ne vas pas bien du tout et il est hors de question que je te laisse toute seule.

Je n'avais pas le choix, j'étais coincée.

— Très bien, si tu y tiens absolument.

Malgré la pluie, le trajet de Bastille à la rue des Francs-Bourgeois, où habitait Gabriel, ne dura pas plus de cinq minutes. Revoir ce lieu où j'étais venue tant de fois me bouleversait, chaque porche d'immeuble, chaque bar me renvoyait au visage son lot de souvenirs heureux qui me retournaient le cœur. Pressée de masquer mon trouble à Sarah, je m'échappai de la voiture sans lui laisser le temps d'achever son créneau, insouciante de la pluie fine et pénétrante qui imbibait la rue. Composer le code d'entrée de l'immeuble, sésame autrefois de tous les plaisirs, provoqua chez moi un nouveau déferlement d'émotions. Que ne donnerais-je pas pour revenir en arrière, pour avoir le pouvoir de changer les événements ! Mais… que se passait-il ? L'ouverture de la porte ne se déclenchait pas, mes coups de pied impatients ne parvenaient qu'à provoquer un vacarme assourdissant dans la rue assoupie. Le bruit finit bien évidemment par attirer la concierge, une Espagnole brune et sèche qui ne m'avait jamais appréciée. Une observation plus attentive me permit de remarquer que son regard, d'ordinaire furieux, était étrangement fuyant, que ses mains se crispaient nerveusement sur son foulard. Serait-il possible… qu'elle ait peur de moi ? Je m'efforçai d'adopter un ton guilleret qui, même à mes oreilles, parut épouvantablement contraint :

— Merci de m'ouvrir, c'est adorable. Je sais que vous changez régulièrement le code de l'immeuble, ce n'est vraiment pas de chance que ça tombe précisément aujourd'hui !

La concierge me regarda comme si elle ne comprenait soudain plus notre langue. Mais pourquoi restait-elle ainsi en travers de la porte, à me bloquer le passage ? Apercevoir par-dessus son épaule la petite cour claire où Gabriel avait coutume de garer son vélo accrut encore mon impatience.

— Ne faites pas l'innocente, hein ! Si nous avons été obligés de changer le code ce matin, c'est à cause de vous, alors vous avez intérêt à partir avant que j'appelle la police !

— Comment ça, à cause de moi ? C'est ridicule, vous ne savez décidément plus quoi inventer !

Mais aurait-elle réellement pu imaginer une chose pareille ? Depuis la veille, depuis que j'avais débarqué en robe de mariée au mariage d'une autre, que j'avais retrouvé mes maillots de bain imbibés de sang, tout me paraissait désormais possible. Cette garce de concierge semblait suivre avec délectation le cheminement de ma pensée.

— Mais vous ne pouvez pas le laisser tranquille, ce pauvre monsieur Dupré ? Les hommes, ce n'est pas ce qui manque à Paris, alors pourquoi vous accrocher comme ça ? Un peu de dignité ne vous ferait pas de mal, croyez-moi !

Elle avait besoin de reculer la tête pour que son regard brillant de plaisir parvienne à croiser le mien, mais cela n'atténuait en rien la hargne de ses propos. Submergée par un sentiment cuisant de honte, je tournai précipitamment les talons sans répondre. L'idée de me trouver à la fois si proche et si éloignée de Gabriel me donnait envie de hurler…

En retournant vers la voiture, je vis Sarah en grande conversation téléphonique. Une conversation qui ne semblait guère lui plaire, à en croire les éclats de voix qui filtraient à travers les interstices des vitres. J'eus le temps de l'entendre dire « Mais comment as-tu pu jouer la comédie aussi longtemps ? », avant qu'elle ne m'aperçoive et ne raccroche précipitamment, un air étrangement coupable peint sur le visage. J'eus envie de croire qu'elle avait pris fait et cause pour moi, qu'elle était en train de passer un savon à Gabriel et que je n'étais pas seule… Je m'engouffrai dans la voiture, fermai les yeux comme pour ne plus avoir à affronter le monde extérieur. La voix de Sarah me parvint comme assourdie :

— Il n'était pas là ?

— Je n'en ai aucune idée, la police a fait changer le code de l'immeuble pour m'empêcher d'entrer.

— Et ça te surprend ? Le lieutenant Machin t'a demandé de ne plus l'approcher pour le moment, il n'y a rien d'étonnant à ce que tu ne puisses plus entrer chez lui !

Pourquoi éprouvais-je l'impression qu'elle était soulagée ? Avait-elle craint que mon altercation avec Gabriel ne me blesse encore davantage ?

— Un instant, j'ai pensé que c'était avec lui que tu parlais au téléphone…

Elle parut à la fois surprise et gênée.

— Non, pourquoi pensais-tu une chose pareille ? Tu imagines bien que je te l'aurais dit ! Je suis désolée mais nous devons partir, Margot, mes parents m'attendent pour déjeuner.

— Déjeuner ? Mais il est déjà plus de 13 heures ! Et puis tu ne m'as jamais dit que tu devais les rejoindre.

— Oui, je sais, ça s'est décidé à la dernière minute et je suis en retard. Mais tu peux venir avec moi si tu veux, tu sais qu'ils t'adorent.

Ses parents, m'adorer ? Fallait-il vraiment qu'elle me croie désespérée pour me servir une fable pareille ! L'image des deux personnages guindés surgit dans mon esprit — son père maigre comme un épouvantail et toujours vêtu de gris ou de bleu marine, sa mère plus ronde, les cheveux délibérément poivre et sel —, m'arrachant malgré moi un pâle sourire. Tous deux originaires de Noyon, ils avaient profité de l'héritage de la famille Brissac pour s'enfuir dès qu'ils l'avaient pu dans le 7e arrondissement de Paris, nettement plus prestigieux à leurs yeux que la Picardie. D'après ce que Sarah m'avait raconté, son père, très conscient d'appartenir à une élite, n'avait jamais pu supporter d'hériter d'une prosaïque entreprise de travaux publics qu'il ne parvenait à gérer qu'à grand-peine, ce qui le conduisait régulièrement au bord de la faillite. Par chance, mon père et mon oncle lui avaient fourni à plusieurs reprises des chantiers, ce qui, étonnamment, semblait l'avoir rendu encore plus distant à mon égard. Ce n'était donc pas précisément le genre de personne avec qui je désirais passer l'une des pires journées de mon existence.

— Sarah, ne le prends surtout pas mal, mais je préférerais vraiment rester seule.

— Tu es sûre ?

— Oui, sûre et certaine !

Ce fut seulement en martelant ces mots que je compris à quel point ils étaient vrais. Si la présence de mon amie m'avait apporté un soulagement temporaire, le désir de me retrouver seule pour réfléchir se faisait de nouveau sentir.

— Tu veux que je te dépose quelque part, chez moi peut-être ?

— C'est gentil mais je vais me promener quelques heures dans Paris, ça va m'éclaircir les idées. Je t'appellerai en fin d'après-midi.

— Tu ne me fais pas le coup de te remettre sur messagerie, hein ?

— Non, promis.

— Et pour ce soir ? Quentin passe la nuit à la maison et, comme c'est plutôt petit, ça va être un peu compliqué de te loger. Mais demain matin je pars à New York pour une semaine, je pourrai te laisser les clés de l'appart.

— C'est adorable de ta part.

Sarah me regarda d'un air soucieux qui me donna envie de la prendre dans mes bras.

— Je suis ennuyée pour cette nuit, tu penses pouvoir trouver un endroit où dormir ?

— Tu plaisantes, avec ma sœur et ma mère dans les parages ? Ne t'inquiète pas pour moi, va déjeuner chez tes parents, je trouverai bien un endroit pour passer l'après-midi.

— Tu ne chercherais pas plutôt à forcer la porte de Gabriel par hasard, malgré ce que t'ont dit ce flic et la concierge ?

Cette fois, je n'étais plus attendrie mais agacée. Pourquoi avait-elle accepté de m'accompagner chez Gabriel, si c'était pour me le reprocher ensuite ?

— Sarah, je t'ai expliqué ce qui s'est passé, non ? Alors si je dois aller trouver Gabriel pour obtenir une explication, si je dois même forcer sa porte comme tu le dis, j'estime en avoir parfaitement le droit. Tu n'imagines quand même pas que je vais tranquillement reprendre le cours de ma vie en le laissant s'en tirer, si ?

Dans l'habitacle, l'air parut se raréfier, tandis qu'une soudaine pluie diluvienne s'abattait sur le pare-brise. Sarah détourna la tête pour masquer son expression.

— Je ne sais plus quoi penser, Margot, cette histoire me paraît complètement démente. Mais une chose est sûre : mieux vaut que tu restes éloignée de ce type pendant ces prochains jours.

Sa main enserra mon poignet, impérieuse.

— Alors promets-moi de ne pas t'en approcher pour le moment. Promets-le-moi !

Mais que lui arrivait-il ? Elle semblait déstabilisée, presque effrayée.

— C'est d'accord, finis-je par lâcher, je te promets de le laisser tranquille. Mais seulement jusqu'à la réapparition de sa femme. Ensuite, je compte sur toi pour me soutenir lorsque j'irai lui demander une explication. Marché conclu ?

Son visage s'assombrit encore davantage, ce qui me tira enfin de mes préoccupations égoïstes. Le souci qu'elle se faisait pour moi ne pouvait justifier à lui seul son air crispé et absent, quelque chose d'autre la perturbait qui avait probablement un lien avec son appel téléphonique de tout à l'heure…

— Et toi, Sarah, tout va bien ? Avec mes problèmes, je ne t'ai même pas posé la question.

Elle sembla se refermer à l'intérieur d'elle-même, comme derrière une porte qui se claque. Une réaction que je ne lui avais connue qu'en de très rares occasions. Et pas des meilleures.

— Je ne sais pas encore vraiment, mon père souhaite me parler après le déjeuner et ça m'angoisse un peu, je me demande ce qu'il veut me dire.

Etait-ce à lui qu'elle reprochait d'avoir si longtemps joué la comédie ? Cet homme si respectable avait-il mené une double vie, menti à sa famille ?

— Pourquoi tu ne l'as pas dit plus tôt ? Va vite le rejoindre, tu me raconteras tout ce soir.

— Très bien, nous dînerons ensemble toutes les deux avant l'arrivée de Quentin et je te donnerai les clés pour demain matin. En attendant, pas d'initiative malheureuse, d'accord ?

8

Je m'empressai de quitter la voiture comme une adolescente ayant arraché de haute lutte une autorisation de sortie, pour courir m'abriter de la pluie sous un porche voisin. Probablement la fatigue n'y était-elle pas étrangère, mais regarder la Smart s'éloigner m'emplit d'un étrange sentiment de liberté et de détresse mêlées. Et voilà, je me retrouvais à la rue, mon sac de voyage à la main, sans nulle part où dormir. Des images de documentaires sur les SDF dansèrent devant mes yeux, dérangeantes. Le fait de savoir que je raisonnais de manière complètement tordue, qu'il me suffisait d'un coup de téléphone à n'importe quel membre de ma famille pour me retrouver illico un toit ne parvenait pourtant pas à m'enlever de la tête cette idée qui me donnait le vertige : j'étais seule au monde. J'étais seule parce que j'avais perdu Gabriel… Je m'apprêtais à partir à mon tour, fidèle à la promesse faite à Sarah, lorsqu'un mouvement sur ma gauche attira soudain mon attention. Un instant, je crus rêver. Mais non, il s'agissait bel et bien de Gabriel, bataillant malgré l'averse avec la roue arrière de son vélo hollandais coincé dans le battant du portail.

Un élan irréfléchi me poussa à me précipiter vers lui, avant que la voix impérieuse de Sarah ne me résonne dans la tête telle celle d'un dieu omnipotent : *Promets-moi de ne pas t'en approcher…* Au prix d'un effort considérable, je me contentai de m'enfoncer plus profondément dans l'ombre du porche, fascinée malgré moi par ce rare moment où il ignorait être observé. Chacune de mes cellules hurlait de souffrance de le voir si proche, mes mains tremblaient du besoin de le toucher, mais je tins bon. Enfin, un ultime mouvement d'épaules lui permit de dégager l'engin, avant de l'enfourcher et de se mêler à la paresseuse circulation dominicale.

Il ne me restait plus qu'à repartir. Sauf que, soudain, mon regard se posa sur le parking à Vélib situé à quelques mètres de là. Ce fut comme un déclic : n'était-ce pas là ma dernière chance de comprendre les derniers événements ? Parce que de deux choses l'une : soit Gabriel fonçait directement chez moi pour me demander des comptes, ce qui signifierait qu'il était véritablement inquiet pour sa femme ; soit cette dernière n'avait pas du tout disparu et il allait au contraire la retrouver dans un lieu où elle se cachait afin de me compromettre. Je devais avouer d'ailleurs que cette seconde possibilité me paraissait la plus probable : la mariée ne m'aurait pas lancé un tel regard narquois à l'église si elle n'avait pas été informée du plan de Gabriel.

Je m'empressai donc de décrocher un Vélib avec ma carte d'abonnement, et décidai de suivre Gabriel de loin. Quelques instants plus tard, j'eus la surprise de le voir attacher son vélo devant un bar du Marais où nous avions coutume d'aller boire des mojitos, et je n'eus d'autre choix que de m'installer sur un banc afin d'en surveiller l'entrée. Je patientais toujours dans le froid humide lorsque mon Smartphone se mit à sonner.

— Oui, allô ?

— Margot ? C'est Alexis.

Alexis, mon éternel soupirant de la bande d'Audrey, qui avait dû entendre parler de ma déconfiture de la veille. Bien qu'il fasse aujourd'hui partie de mes amis les plus proches, j'avais choisi de ne pas l'inviter à mon mariage, craignant qu'il ne juge cette invitation déplacée alors qu'il était manifestement toujours amoureux de moi. Il ne manquait d'ailleurs jamais de m'appeler chaque semaine, de m'inviter dans un restaurant branché à chacun de ses passages à Paris. Parce que aussi étonnant que cela puisse paraître, cet étudiant brillant était retourné à Noyon après de prestigieuses études aux Etats-Unis, refusant de mirobolantes propositions d'emploi d'entreprises internationales pour travailler comme directeur de communication du maire.

— Alexis, je suis contente de t'entendre ! Mais je suis désolée, je suis dans la rue. Je peux te rappeler ?

— Pas de souci, j'appelais juste pour prendre de tes nouvelles. Rappelle-moi quand tu veux.

J'ouvrais la bouche pour répondre lorsque Gabriel réapparut, accompagné d'un homme brun qu'il embrassa chaleureusement sur les joues. Il me fallut quelques instants pour reconnaître ce dernier : il s'agissait du père Pedro, le prêtre de notre préparation de mariage ! Il était presque méconnaissable avec sa chemise rose cintrée et un jean laissant apparaître un morceau de caleçon rayé. Mais que pouvait-il bien faire dans un bar gay, recruter des ouailles ? Prise de court, je balbutiai quelques mots pour prendre congé d'Alexis, avant de regarder par réflexe l'heure sur mon portable tandis que Gabriel se dirigeait vers son vélo : 14 h 12. Ma main s'affermit sur le guidon du Vélib : j'étais prête.

Une éternité plus tard me semblait-il, je pédalais toujours avec acharnement derrière Gabriel, tentant l'exercice périlleux de ne pas le perdre de vue tout en évitant de me faire repérer. A plusieurs reprises, je crus avoir perdu la partie lorsqu'il se retournait mais, par chance, son regard m'effleurait sans jamais sembler me reconnaître. Probablement ne devait-il pas s'attendre à me trouver à ses trousses au lendemain de notre mariage raté. La sueur me coulait dans les yeux, et la crise d'asthme n'était plus très loin lorsqu'il se décida enfin à interrompre sa course infernale. Il était temps : cent mètres supplémentaires et j'étais morte ! Je regardai autour de moi pour me situer : nous nous trouvions dans le 7e arrondissement.

Ce qui signifiait que Gabriel n'était pas allé me demander des comptes.

Les battements de mon cœur s'accélérèrent. Pouvais-je pour autant en déduire qu'il savait où sa femme se cachait ? Un reste de raison me rappela à l'ordre : il semblait peu probable que cette aventure se termine par une fin aussi simple que la réapparition de la mariée, et mon intuition me conseillait de ne pas relâcher ma méfiance.

De l'autre côté de la rue, Gabriel vérifiait que son antivol était bien attaché. Une fois, deux fois. Pourtant, dans le quartier huppé où nous nous trouvions, juste à côté de l'Ecole militaire, il était vraiment improbable que quiconque essaie de lui voler son vélo. Mais c'était tout lui, méticuleux au possible. Si méticuleux, si soucieux du détail qu'il avait dû préparer avec beaucoup de soin la mise en scène de la veille… et la seule chose qui me maintenait encore debout était le désir de comprendre pourquoi.

Mais alors que j'étais plongée dans mes pensées amères, je le vis avec stupéfaction filer tout droit vers un agent de police et me désigner d'un doigt furieux. Ainsi j'avais été repérée, peut-être même depuis le début de notre expédition ! L'humiliation me submergea : Gabriel avait bien dû s'amuser à me voir suante et exsangue à ses trousses, lui qui connaissait ma sainte horreur du sport. Peut-être même m'avait-il délibérément promenée dans tout Paris pour m'épuiser, avant de tomber sur un agent de police désœuvré et de cesser enfin un jeu qui ne le divertissait plus. Mais alors, sa femme ne se trouverait pas dans le quartier ?

Je n'eus pas le temps de réfléchir plus longtemps : le policier se dirigeait maintenant vers moi d'un pas martial, le torse gonflé par l'importance de sa mission, et j'enfourchai précipitamment mon Vélib, l'esprit brouillé par la nécessité de m'éloigner au plus vite de mon ancien fiancé et de son fiel.

*
* *

Durant les heures qui suivirent, je tentai d'effectuer un bilan de la situation au *Café des musées*, un endroit vieillot que j'adorais. Plus de mariage, plus d'amoureux, un appartement où je ne pouvais plus remettre les pieds depuis qu'il était devenu le lieu d'une possible agression, un job pour lequel j'allais devoir batailler, une enquête policière sur le dos. En deux jours, ma vie avait basculé du bonheur le plus parfait au cauchemar le plus noir. Si je ne voulais pas perdre totalement pied, j'avais tout intérêt à faire une liste des priorités et à foncer sans me laisser arrêter.

J'ouvris le carnet qui ne me quittait jamais, débouchai mon stylo. La première urgence était de retrouver mon poste à l'agence, sinon aucun propriétaire n'accepterait de me louer un nouvel appartement. Je réfléchis à la meilleure stratégie possible. Cela faisait plus de quatre ans que je gérais des marques prestigieuses de cosmétiques dans l'une des grandes agences de RP parisiennes spécialisées dans le luxe, où je commençais, à force de dur labeur, à devenir incontournable. Il avait bien fallu toute la force de persuasion de Gabriel pour me convaincre de demander une année sabbatique à ma directrice d'agence sous couvert de faire une formation, en sachant que cela allait donner un important coup de frein à ma carrière ! Mais comment résister alors que mon futur époux me promettait une vie idyllique, un voyage de noces inoubliable, un bébé dans la foulée ? Comme prévu, Catherine, la directrice, s'était montrée plus que réticente à l'idée de me voir abandonner des clients difficiles à fidéliser, et avait recruté — pour se venger ? — une remplaçante aussi sublime qu'ambitieuse. Tout en me faisant clairement comprendre que je ne devais pas espérer retrouver mes chères marques à mon retour. Je m'étais donc résignée à devoir gérer, en revenant, les budgets les moins glamours, les plus difficiles à caser aux journalistes. Mais j'aurais été mariée, heureuse ! Alors que maintenant…

Toutes ces démarches pour recouvrer un semblant de vie normale me semblèrent soudain insurmontables, la simple vue de mon café crème provoqua une remontée acide dans mon œsophage. Non, c'était trop dur, jamais je ne parviendrai à remonter la pente…

A 19 heures, je me résolus à quitter le café. J'avais passé tout l'après-midi à ruminer, tout en essayant régulièrement d'appeler Sarah, en vain. Chaque fois, j'étais tombée sur sa messagerie, ce qui avait fait monter mon inquiétude en flèche. La révélation de son père avait-elle été si bouleversante qu'elle en avait éteint son portable ? J'aurais aimé être à ses côtés, nous nous serions remonté mutuellement le moral…

Il ne me restait donc plus qu'à prendre le chemin de chez ma sœur, qui m'avait laissé un message — sur les conseils de Sarah probablement — afin de m'inviter à passer la nuit dans sa chambre d'amis. Même si je n'en avais aucune envie…

Une fois dans la rue, j'envoyai par acquit de conscience un texto au lieutenant Daumas pour lui indiquer le lieu où je m'apprêtais à passer la nuit, puis tentai de joindre une nouvelle fois Sarah, toujours sans succès. Inutile de lui laisser un dixième message si elle ne m'avait pas rappelée.

Lorsque je parvins devant la porte de ma sœur, une sourde angoisse me noua la gorge. Les cris de mes neveux me parvenaient à travers le battant, une odeur de rôti et d'ail se glissait par l'interstice au ras du sol. Le monde parfait d'Audrey ! Non seulement elle était belle à damner un saint avec ses cheveux brillants et sa silhouette longiligne, mais elle était mariée depuis plus de dix ans à un sublime clone de Georges Clooney nommé Pierre, élevait à la perfection ses trois enfants — dont deux inscrits dans une école pour élèves précoces —, et trouvait encore le temps d'exceller dans son job de directrice littéraire chez un prestigieux éditeur. Et, non, son mari ne la trompait pas malgré les nombreuses tentations de son métier d'avocat d'affaires, il était même plus amoureux d'elle qu'au premier jour. Etait-ce alors le fait de n'avoir jamais eu à lutter qui l'empêchait de savourer la perfection de son existence ? Malgré les nombreuses fées qui s'étaient penchées sur son berceau, ma sœur exhalait un subtil parfum de tristesse que je n'étais jamais parvenue à comprendre. J'avais lu quelque part que des chercheurs travaillaient sur l'idée d'un déterminant biologique lié au transport de sérotonine, susceptible d'influer sur notre capacité à être heureux. Audrey pouvait-elle souffrir d'une déficience de ce côté-là ?

Je me dandinai sur le palier, incapable de me décider à frapper. J'aurais aimé disparaître, m'évaporer dans cette cage d'escalier plutôt que d'avoir à me frotter à cette chaude ambiance familiale à laquelle j'étais incapable d'avoir véritablement accès. Allons, tout ce petit monde devait m'attendre pour dîner. Une inspiration, et je sonnai. Aussitôt, une cavalcade de petits pieds m'informa de l'identité de mon comité d'accueil. Les visages soigneusement débarbouillés de mes neveux se chevauchèrent bientôt dans l'encadrement de la porte, m'arrachant un sourire malgré ma tristesse.

— Tante Margot !

Oh non, pitié, pas tante Margot, cela me faisait vieillir de dix ans chaque fois ! Je ravalai ma remarque tout en avançant dans le couloir, pressée de jeter un coup d'œil à la salle à manger. Avant de réprimer un mouvement de déception : trois couverts seulement étaient disposés sur la coûteuse table de verre, signe que les enfants avaient, comme d'ordinaire, dîné à 18 heures. C'était regrettable, un brin d'animation n'aurait pas été de trop ce soir ! Mais manifestement, ma sœur et mon beau-frère avaient choisi de privilégier la conversation entre adultes…

Mon intuition se révéla malheureusement juste. Une fois à table, Pierre ne perdit pas de temps avant de passer à l'offensive, à sa manière pressée, tout en lapant goulûment son gaspacho sans se soucier des gouttelettes éclaboussant sa chemise bleue Ralph Lauren. Cette façon de s'empiffrer comme s'il n'avait jamais rien mangé de sa vie m'avait toujours stupéfiée, d'autant plus que les Jésuites étaient censés lui avoir prodigué une excellente éducation.

— Bon, tu peux peut-être nous expliquer ce qui se passe maintenant ? Tu nous as quand même fait un cinéma impressionnant hier matin !

Les taches écarlates sur sa chemise me faisant repenser au sang dans ma chambre, je reposai ma cuillère, l'appétit coupé. Décidément, je ne parvenais pas à savoir si j'appréciais ou non ce type. Pour sa défense, probablement avait-il le mérite d'exprimer tout haut un sentiment général. Qui, en effet, dans mes amis, dans ma famille, s'était donné la peine de me défendre après l'épisode de l'église ? Je préférais ne pas connaître la réponse. Ma sœur, manifestement gênée par la brusquerie de son mari, prit la parole d'une voix plus douce :

— Je suis désolée de ce qui t'est arrivé hier, Margot, ça a dû être très éprouvant pour toi. Si tu nous expliquais plutôt ce qui s'est passé ?

Le fait de raconter mon histoire pour la troisième fois, de chercher à faire court, me donna le sentiment de m'exprimer de manière mécanique, comme une leçon trop bien apprise qui manquait de sincérité. Une fois mon récit achevé, je me mis à émietter un morceau de pain bio pour masquer mon malaise, tandis que ma sœur reprenait la parole :

— Pardonne-moi, Margot, je ne veux surtout pas te heurter, mais n'y aurait-il pas une infime possibilité pour que tu aies imaginé cette demande en mariage, mal interprété des propos ambigus ? Peut-être Gabriel a-t-il simplement évoqué une lointaine possibilité de mariage et en as-tu déduit que…

J'avais beau être épuisée, effondrée, un sursaut d'indignation me souleva.

— Et j'aurais trouvé sympa d'arriver en robe de mariée dans une église où, coïncidence, il se mariait avec une autre, histoire de me ridiculiser aux yeux de tous les gens que j'aime ? Tu me crois vraiment assez désespérée pour faire une chose pareille ?

Ma sœur eut le bon goût de baisser les yeux sur son assiette.

— Non, bien sûr que non. Excuse-moi, cette journée d'hier n'a pas été de tout repos pour nous non plus. Il nous a fallu gérer tes invités, papa et maman…

— Tu nous as foutus dans la merde, oui !

L'intervention de Pierre avait fait tressaillir Audrey.

— Margot, je crois que le rôti est en train de brûler, accompagne-moi dans la cuisine.

Ma sœur n'aurait pu exprimer plus clairement son désir de me parler seule à seule, mais son mari ne parut pas s'en formaliser. Peut-être même était-il soulagé d'échapper à cette conversation avec sa déséquilibrée de belle-sœur…

Une fois dans la cuisine, Audrey ne fit même pas semblant de se préoccuper de son rôti et me prit les mains.

— Margot, si je n'ai gardé aucun contact avec les frères Dupré, c'est que je les ai toujours trouvés un peu spéciaux. Je ne sais pas ce que Gabriel a cherché à faire hier, s'il t'a oui ou non menée en bateau, mais je te conseille fortement de passer à autre chose.

Je ne sais pas s'il t'a oui ou non menée en bateau… Cette phrase seule me blessait à un point inimaginable. Au loin, les rires insouciants des enfants me faisaient l'effet d'un paradis irrémédiablement perdu.

— Spéciaux ? Mais tu ne m'en as jamais parlé ! Tu ne dis jamais rien au hasard, alors qu'est-ce qui te fait dire un truc pareil ?

Audrey semblait sur des charbons ardents, comme si le simple fait d'évoquer le sujet la mettait au supplice. Finalement, elle coupa court :

— Nous en reparlerons plus tard, Pierre doit se demander ce que l'on fait. Je sors le rôti du four et je te rejoins dans le salon, d'accord ?

Le repas s'acheva dans un silence de plomb. S'agissait-il de paranoïa de ma part ? Ma sœur et mon beau-frère semblaient attendre que je me retire dans ma chambre pour discuter en paix de la situation. Ils ne parlaient plus que par monosyllabes tandis que nous sirotions notre café, n'osant plus lever la tête de crainte sans doute que leurs yeux ne soient trop éloquents. Pierre, à plusieurs reprises, regarda sa discrète mais coûteuse montre Boucheron, geste inélégant dont il n'était pas coutumier et qui n'attestait que trop de sa nervosité. A moins qu'il ne s'agisse d'autre chose…

J'étouffais un bâillement lorsque des coups impérieux retentirent dans l'entrée, nous faisant sursauter de concert. Aussitôt la porte ouverte par mon beau-frère, la relative quiétude de la soirée vola en éclats. Mon cœur fit un bond dans ma poitrine en reconnaissant la voix du lieutenant Daumas. Mais que faisait-il chez Audrey à une heure aussi tardive ? Un coup d'œil à mon portable me permit de mesurer mon erreur : il n'était pas encore 21 heures.

— Où est-elle ?

— Je suis avocat, peut-être pouvez-vous m'expliquer…

— Je suis là pour votre belle-sœur, laissez-moi passer.

Si Pierre était un homme plutôt sûr de lui, il était en revanche trop bien élevé pour faire le poids face à la détermination du policier, qui s'approcha à grands pas de la table où Audrey et moi nous étions statufiées. Le lieutenant semblait à cet instant auréolé d'une énergie crépitante, agressive.

— Margot Bellière ? Veuillez me suivre immédiatement je vous prie.

Je ne reconnaissais plus l'homme urbain que j'avais quitté quelques heures plus tôt, ses mots de politesse avaient été crachés comme s'il m'en voulait d'avoir à les prononcer. Regrettait-il sa mansuétude à mon égard ?

— Vous suivre, mais pourquoi ?

— Nous voulons vous interroger une nouvelle fois au sujet de Mme Dupré, cette fois au commissariat. De nouveaux éléments nous obligent à approfondir l'enquête.

Des éléments qui le poussaient à venir me chercher à 21 heures, au lieu de me convoquer tout bonnement au commissariat le lendemain matin ? Une seule chose pouvait expliquer cette précipitation : il était arrivé quelque chose de grave à la femme de Gabriel…

Je jetai un regard appuyé à mon beau-frère. Le policier avait-il les moyens de me contraindre à le suivre, devais-je contacter l'un de ses confrères spécialisé dans le pénal ? Mais Pierre détourna précipitamment les yeux, comme s'il ne voulait plus rien avoir à faire avec la folle que je semblais être devenue ces dernières heures. De son côté, Audrey, qui venait de demander à m'accompagner, se heurta à une sèche fin de non-recevoir qui la fit sursauter d'indignation. Mais il n'était que trop évident qu'elle était soulagée, bien que rien ne transparaisse sur son expression parfaitement lisse. Et qui ne le serait pas, à la perspective d'échapper à une nuit au commissariat ?

Alors que je m'enfonçais dans les escaliers, escortée de policiers en civil, les derniers mots de sa phrase me parvinrent, assourdis : *… avocat, ne t'inquiète pas…*

9

En franchissant la porte du commissariat encadrée de deux policiers taciturnes, je regrettai presque de ne pas avoir emporté une écharpe pour me couvrir la tête. Comment pouvais-je me retrouver dans une situation pareille ? J'avais beau retourner le problème dans tous les sens, je ne comprenais pas ce que j'avais pu faire à Gabriel pour qu'il me haïsse à ce point… A moins qu'il ne m'ait utilisée comme coupable idéale pour se débarrasser de sa femme ? Cela signifierait qu'il avait tout prémédité depuis le début, qu'il m'avait manipulée pour me faire agir exactement comme il le voulait. Dans ce cas, peut-être existait-il une assurance vie, un testament susceptible de constituer un mobile ? Il me faudrait en parler au lieutenant Daumas lorsqu'il me rejoindrait…

Un policier en tenue m'installa dans une salle d'interrogatoire glaciale, avant qu'on ne me laisse patienter plus d'une heure. Je me tortillai sur ma chaise trop dure, une fesse soulevée comme pour m'échapper plus vite, lorsqu'un autre policier que j'avais déjà aperçu à mon appartement en compagnie du lieutenant Daumas fit son apparition. Il était grand, bien bâti, ses cheveux ras et son pull noir près du corps le faisaient ressembler à un marine américain.

— Bonjour, mademoiselle Bellière, je suis le lieutenant Pottier. Vous n'avez besoin de rien avant que l'on commence ? Un verre d'eau, un café ?

— Non, merci, ça va aller. Où est le lieutenant Daumas, il ne va pas nous rejoindre ?

— Il est occupé ailleurs, mais je suis certain que nous pourrons nous débrouiller sans lui.

Son ton sec m'avait fait tressaillir. Il se laissa tomber sur la chaise en face de moi, poussa un profond soupir.

— Je ne vous cache pas que la situation s'aggrave, mademoiselle Bellière. Le corps de Mme Dupré a été retrouvé il y a deux heures près de chez vous, lardé de coups de couteau. Il ne s'agit donc plus maintenant d'une enquête à propos d'une disparition, mais d'un meurtre.

Mon cœur s'arrêta véritablement de battre quelques instants. Il n'était pas arrivé quelque chose de grave à la mariée, c'était encore pire que cela... De son côté, le policier feuilletait les notes contenues dans un dossier jaune cartonné, comme pour se donner le temps de peser ses mots.

— Après votre conversation de ce matin avec mon collègue, nous avons vérifié vos déclarations et plusieurs points nous chiffonnent encore. En premier lieu, nous avons réussi à joindre Thibault Douzet, il nie catégoriquement vous avoir parlé de M. Dupré.

J'avais toujours eu beaucoup d'affection pour ce garçon sensible et timide qui m'acceptait dans sa voiture lorsque les autres me rejetaient. Je ne comprenais pas : pourquoi aurait-il cherché à me nuire ?

— Mais c'est n'importe quoi, je vous jure qu'il m'a appelée ! Ce devrait être facile à vérifier sur ses relevés téléphoniques...

— Oh ! il ne le nie pas, il affirme juste n'avoir jamais évoqué M. Dupré dans la conversation... Nous avons également contacté les prêtres de l'église Saint-Vincent-de-Paul, aucun d'entre eux ne se souvient de vous ni d'une quelconque préparation de mariage.

— C'est impossible ! Que Thibault mente pour rendre service à Gabriel, je peux à la limite le concevoir, mais des prêtres... Nous avons participé à la session du mois de septembre, c'est moi qui avais choisi les dates en fonction de mes lancements presse, ça doit quand même être inscrit quelque part ! Il est vrai qu'il ne s'agissait pas du même prêtre qu'hier, mais…

Le policier me coupa la parole :

— Y avait-il d'autres participants, d'autres jeunes couples ?

— Non, nous étions seuls, je me souviens avoir pensé que c'était une chance.

— Où avaient lieu ces réunions ?

— Dans un petit appartement rue Lafayette.

— Mais nous nous sommes renseignés, toutes les préparations de mariage se déroulent rue Bossuet.

Il triomphait sans se donner la peine de se cacher, convaincu de m'avoir piégée. Mais je ne perdis pas mon calme.

— Oui, je suis au courant, mais le père Pedro nous a expliqué que des travaux nous obligeaient à nous retrouver à cette adresse. Sur le moment, ça ne m'a pas semblé si curieux que ça.

Ma conviction devait être palpable, car un début de dialogue sembla s'instaurer entre nous. Mon interlocuteur était plus abrupt, plus direct que le lieutenant Daumas, mais semblait par chance tout aussi capable d'écouter.

— Bon, admettons. Vous souvenez-vous de l'adresse précise de cet appartement ?

— Bien sûr, il se trouve juste à côté d'une brasserie où j'allais attendre Gabriel, je ne me souviens plus du nom mais je peux le retrouver.

Le policier allait continuer, lorsqu'un antique téléphone que je n'avais pas remarqué se mit à sonner dans un coin de la pièce. Il se leva, répondit par monosyllabes, avant de se tourner vers moi avec brusquerie.

— Ne bougez pas, je reviens.

Dans les séries, c'était le moment où un nouvel élément permettait de confondre le suspect. Le lieutenant Daumas venait-il de l'appeler pour lui suggérer un nouvel angle d'interrogatoire ? Et dans ce cas, quel lapin s'apprêtait-il à sortir de son chapeau ?

Je repensai à ce que m'avait dit le policier quelques

instants plus tôt. Tout cela n'avait aucun sens. Pour quelle raison Thibault aurait-il nié m'avoir avertie que Gabriel me cherchait ? Etait-il complice de ce piège, et dans ce cas pourquoi ? Tandis que je patientais, les souvenirs de la dernière fois où je l'avais vu me revinrent à la mémoire. C'était quelques semaines seulement avant que mon père ne nous annonce notre déménagement. Une fois encore, je m'étais imposée à l'une des soirées organisées par la bande de ma sœur, espérant y retrouver Gabriel. Cette fête se déroulait chez Thibault justement, qui avait profité de l'absence de ses parents pour inviter une trentaine de copains. Si mes souvenirs étaient bons, Alexis était absent, en voyage aux Etats-Unis pour choisir l'université dans laquelle il allait entrer après son bac. L'ambiance, comme toujours, était animée, les garçons rivalisaient d'imagination sur la piste de danse improvisée pour épater les filles, et j'aurais volontiers participé aux réjouissances si l'absence de Gabriel ne m'avait pas brisé le cœur. Au bout de deux heures interminables passées le regard rivé sur la porte à siroter un jus d'orange — qui s'était finalement révélé un verre de punch —, je m'étais décidée à interroger Manu, qui m'avait répondu avec brusquerie que son frère avait préféré emmener une fille au cinéma. Prenant aussitôt conscience de sa bévue, il avait ensuite tenté de noyer mon chagrin en m'apportant coup sur coup deux autres verres de punch qui avaient considérablement contribué à me détendre. La tête m'avait très vite tourné, et je m'étais mise à danser de manière débridée, très vite rejointe par trois amis ravis de mon exhibition. Encore aujourd'hui, je me souvenais avec clarté du regard désapprobateur d'Audrey, de même que de la fierté ressentie à séduire ainsi trois garçons plus âgés que moi. Mais ensuite, mes souvenirs se faisaient plus flous. D'autres personnes m'avaient apporté d'autres verres, mes gestes, ma diction s'étaient fait malaisés et j'avais été contrainte de tituber jusqu'à l'une des chambres d'amis de la maison, où je m'étais écroulée sur un lit recouvert de sacs à main et de manteaux. Probablement avais-je ensuite sombré dans une sorte de coma éthylique, puisque je ne m'étais réveillée que le lendemain matin chez moi, entourée de visages inquiets penchés au-dessus de mon lit et percluse de douleurs dans tout le corps. A mon grand étonnement, mes parents ne m'avaient pourtant pas sermonnée pour cette première et magistrale cuite, mais m'avaient ensuite couvée comme une petite fille pendant plusieurs semaines. Cette expérience m'avait pourtant servi de leçon, puisque j'avais évité ensuite avec soin l'alcool durant plusieurs années.

Avec le recul, l'unique chose que je regrettais était de n'avoir pu faire mes adieux aux membres de la bande avant notre déménagement, ma sœur ayant semble-t-il reçu la consigne de me tenir éloignée des garçons après cette soirée. Mais dans cette salle d'interrogatoire sordide, je les revoyais tous : Benjamin, promis à un bel avenir dans une prestigieuse université américaine grâce à son incroyable talent de basketteur ; Manu, le frère de Gabriel, qui passait sa vie à taper sur une batterie et voulait devenir chirurgien ; Thibault, capable de parler politique des nuits entières ; Guillaume enfin, qui rêvait d'être grand reporter et se promenait partout avec un vieil appareil en bout de course dans l'espoir de découvrir je ne sais quel scoop. Je les aimais tous beaucoup à l'époque, mais, curieusement, ils étaient complètement sortis de ma vie après notre déménagement. Certes, j'avais à plusieurs reprises demandé de leurs nouvelles à ma sœur après notre installation à Paris, mais elle avait éludé mes questions et je n'avais pas insisté longtemps. Probablement parce que j'avais été blessée qu'aucun d'entre eux n'ait accepté de répondre à mes messages ou à mes lettres, excepté peut-être Thibault qui semblait toujours mal à l'aise lorsque je l'appelais une ou deux fois par an… Les seules véritables informations que j'étais parvenue à glaner me venaient de Sarah ou d'Alexis. C'était grâce à eux que j'avais appris que Manu n'était pas devenu chirurgien mais avait ouvert un magasin d'accessoires de surf en Australie, que Benjamin, au dernier moment, n'était pas parti aux Etats-Unis jouer au basket et que Guillaume, faute d'être devenu grand reporter, vendait des espaces publicitaires aux commerçants picards pour un journal local. Toutes ces vies qui n'avaient pas tenu leurs promesses me rendaient immensément triste.

Le retour du lieutenant Pottier me tira de mes réflexions. Je guettai avidement sur son visage une trace de contrariété ou d'excitation, mais en vain. Peut-être la nouvelle qu'il venait de recevoir ne me concernait-elle finalement pas... Il ne tarda pas à reprendre là où nous nous étions arrêtés, sans même s'excuser de l'interruption :

— Mon collègue a eu une bonne intuition en vous posant la question, puisque le numéro de M. Dupré que vous nous avez communiqué est différent de celui qu'il nous a donné. Celui en votre possession correspond à un portable à carte prépayée, impossible à localiser donc. Les dealers utilisent en permanence ce genre de matériel.

J'étais abasourdie.

— Les dealers ? Mais Gabriel n'est pas un...

Il leva la main pour m'interrompre.

— Il y a autre chose. Par un étonnant coup de chance, les empreintes sur le couteau trouvé chez vous ont été effacées. Je vous avoue que je n'arrive pas à savoir si vous êtes une criminelle rusée ou une victime complètement dépassée.

Je me trouvais devant un cas de conscience : devais-je me montrer sincère, ce qui risquait de m'incriminer davantage ? Ou me taire, ce qui me faisait perdre une chance d'être innocentée en aidant à découvrir la vérité ? J'aurais mille fois préféré avoir affaire au lieutenant Daumas, mais je n'avais pas réellement le choix.

— Vous allez sûrement me trouver folle de vous dire une chose pareille, mais je suis certaine d'avoir vu des empreintes lorsque j'ai découvert le couteau dans ma chambre. Et bien sûr, je me suis bien gardée d'y toucher. Vous êtes certain que votre service scientifique ne s'est pas trompé ?

— Evidemment. Je ne comprends pas bien ce que vous

cherchez à prouver avec votre question, mais nous n'avons pas fait d'erreur.

La stratégie de mon ennemi me semblait de plus en plus incompréhensible. A quoi bon prendre la peine de choisir dans le lave-vaisselle un couteau doté de mes empreintes, si c'était pour les effacer ensuite ? Et puis quand l'aurait-il fait, avait-il accès aux preuves de la police ? Cela pourrait expliquer certaines choses, comme la disparition de mes textos par exemple... Mais pour le moment, l'urgence était de convaincre le policier de me laisser partir, je commençais à étouffer dans cette pièce lugubre.

— Vous devez me croire, je vous jure que je n'ai rien fait ! Réfléchissez : pourquoi aurais-je effacé les empreintes et laissé le couteau, c'est absurde ! Vous avez interrogé Gabriel, au moins, au sujet de cette histoire de mariage ? J'ai oublié de vous dire qu'il avait fait sa demande dans un bar du 9e arrondissement, vous trouverez sûrement là-bas quelqu'un qui s'en souvient. Et ne me dites pas que vous ignorez où il est, il se trouvait vers 13 heures chez lui, avant d'aller boire un verre dans un bar...

— Nous savons parfaitement où il se trouve, j'ai parlé avec lui lorsqu'il est venu identifier le corps de sa femme.

Il s'interrompit, prenant conscience en même temps que moi de ma gaffe.

— Attendez... vous n'êtes quand même pas en train de me dire que vous avez été le voir malgré notre interdiction ?

Non mais quelle idiote ! Cette manière de parler avant de réfléchir m'avait déjà causé bien des problèmes dans ma vie, mais cette fois les conséquences pouvaient être désastreuses.

— Non, bien sûr que non, je... je l'ai simplement aperçu quelques instants.

Mon interlocuteur sembla sur le point de perdre son calme. Deux points écarlates étaient apparus sur ses joues, comme dessinés par une main enfantine.

— Oui, bon, c'est vrai, je l'ai suivi. Mais ça ne vous paraît pas compréhensible, après ce qu'il m'a fait ?

— Non, tout spécialement si la police m'avait ordonné de ne pas m'en approcher.

Il soupira ostensiblement.

— Donc, vous dites que vous l'avez suivi ce midi. Que s'est-il passé ensuite, où êtes-vous allés ?

Il paraissait si furieux que je décidai prudemment de minimiser les faits.

— Cela n'a pas duré longtemps, je voulais aller m'expliquer avec lui après avoir quitté votre collègue ce matin, mais j'ai été refoulée par la concierge. Je vous assure que j'allais repartir, mais il est sorti juste à ce moment-là de l'immeuble avec son vélo, alors je me suis cachée en attendant qu'il s'éloigne. Puis lorsqu'il est parti, j'ai décidé d'aller attendre Sarah dans un bar tout proche.

— Et laissez-moi deviner… il y était !

— Oui, mais je vous jure que je n'en savais rien ! Du coup, je suis restée à l'extérieur pour attendre qu'il sorte, et quand j'ai vu que ça s'éternisait, je suis repartie.

— Et cette fois, c'est tout, vous êtes certaine de ne plus rien me cacher ?

— Je vous assure que je vous ai tout raconté.

— Très bien. Quand avez-vous vu Sophie Dupré pour la dernière fois ?

Le brutal changement de sujet me fit sursauter.

— Parce qu'elle s'appelait Sophie ? Je ne l'ai vue qu'une seule et unique fois dans ma vie, hier, en pénétrant dans l'église. Je l'ai dit à votre collègue, je ne connais pas cette femme, je ne lui ai jamais parlé de ma vie et je n'ai rien à voir avec sa mort.

J'avais mis dans ma voix toute la conviction possible, ce qui était d'autant plus facile que je disais la vérité. Mon interlocuteur me regarda sans mot dire durant une longue minute, comme pour me donner une chance de revenir sur ma déclaration. Puis, voyant que je restais muette, il sortit en soupirant une photo du dossier jaune.

— Vous ne lui avez jamais parlé, hein ? Alors peut-être pourriez-vous m'expliquer ceci.

Il me tendit une photographie de taille A4 avec une expression que je ne parvins pas à déchiffrer. S'agissait-il d'un nouveau piège de Gabriel, d'un photomontage ? Lorsque je regardai de plus près le cliché, ce fut pour me découvrir penchée sur un plan de Paris, en grande conversation avec une femme blonde aux immenses lunettes de soleil qui me tenait familièrement par l'épaule.

La consternation m'envahit. Je me souvenais parfaitement de cette inconnue étrange qui m'avait demandé la direction de Montmartre alors que je venais tout juste de sortir du métro Pigalle. Elle avait mis un temps fou à comprendre mes explications, au point que je m'étais demandé si elle n'était pas demeurée ou étrangère malgré son absence d'accent. Sa trop grande familiarité également m'avait gênée lorsqu'elle avait posé cette main sur mon épaule, et je m'étais dégagée en essayant de ne pas paraître trop brutale. Je n'en revenais pas : ainsi, cette femme était Sophie Dupré, la fiancée de Gabriel ! Jamais je ne l'aurais reconnue dans cette blonde sophistiquée de l'église. Mais alors, cela signifierait qu'elle avait été complice de ce piège qui s'était terminé par sa mort ? Une fois encore, tout cela n'avait aucun sens.

Les mots s'emmêlèrent dans ma bouche :

— Cette… fille, cette femme… je la reconnais, elle m'a abordée à la sortie du métro il y a quelques semaines, elle voulait que je lui indique la direction de Montmartre.

— Sur cette photo, vous semblez pourtant intimes.

— C'est parce qu'elle ne comprenait rien, il a fallu que je lui répète cinq fois les mêmes indications, que je lui montre le chemin sur son plan ! Je comprends mieux pourquoi maintenant, elle voulait obtenir le bon cliché.

— Si je comprends bien, vous êtes en train de me dire qu'elle aurait aidé M. Dupré à préparer son propre meurtre. Vous pensez vraiment que je vais croire un truc pareil ?

La lassitude s'abattit sur moi.

— Je sais que ça paraît invraisemblable, je vous avoue

que je n'y croirais pas moi-même si j'étais à votre place, mais c'est pourtant la vérité.

— Si vous voulez que l'on vous croie, peut-être pourriez-vous me dire ce que vous faisiez aujourd'hui entre 14 et 16 heures.

La photo m'avait perturbée, et je mis quelques instants à comprendre les implications de la question. C'était la catastrophe. Parce qu'à cette heure, et contrairement à ce que je venais d'assurer au policier, je suivais toujours Gabriel. Ce n'est pas vrai, il constituait mon seul alibi ! Quand une idée soudaine me glaça, plus dérangeante encore : *Et j'étais également son alibi…* Tant pis, je devais me résoudre à dire la vérité, sinon je n'allais pas tarder à être réellement accusée de meurtre.

— Euh… Je suivais toujours Gabriel.

Cette fois, le lieutenant sembla moins choqué que précédemment, ce que je ne trouvai guère rassurant.

— Eh bien, de mieux en mieux, vous ne cessez décidément de mentir !

— C'est parce que vous sembliez déjà si énervé ! Je sais que…

— Ça suffit ! m'interrompit-il d'une voix cassante. Contentez-vous de me dire précisément ce qui s'est passé.

Mais pourquoi insistait-il à ce point pour savoir ce qui s'était passé cet après-midi, un nouveau drame avait-il eu lieu ? Soucieuse d'entrer dans ses bonnes grâces, je lui contai ma poursuite en quelques mots concis.

— Vous rouliez donc derrière M. Dupré entre approximativement 14 h 15 et 15 h 30. Vous en êtes certaine ?

— Absolument. Si vous ne me croyez pas, vous pouvez vérifier sur mon compte Vélib, j'ai laissé mon vélo dans le quartier de l'Ecole militaire et je suis rentrée en métro rue de Turenne.

— Pour quelle raison votre ancien fiancé aurait-il fait cette promenade de plus d'une heure dans Paris ? Selon vous, qu'allait-il faire dans le 7e arrondissement ?

— Je n'en ai aucune idée. J'ai trouvé étrange qu'il

prenne des chemins détournés, j'ai même pensé qu'il allait peut-être rejoindre sa femme et craignait d'être surveillé.

— S'il craignait tant d'être surveillé comme vous dites, il aurait regardé avec plus d'attention derrière lui et vous aurait vue !

Il sembla se parler à lui-même.

— Tout ça n'a vraiment ni queue ni tête. Si j'avais l'esprit soupçonneux, je pourrais penser que vous êtes complices tous les deux. Ou plutôt tous les trois, avec votre amie Mlle Brissac. D'ailleurs, où est-elle en ce moment ?

— Sarah ? Mais elle n'a rien à voir avec tout ça !

Probablement était-ce le moment de révéler toute la vérité, d'avouer que Sarah ne se trouvait pas avec moi hier soir, mais je ne m'en sentis pas le courage.

— Tout ce que je peux vous dire, c'est qu'elle est venue me rejoindre hier soir à l'hôtel parce qu'elle s'inquiétait pour moi et qu'elle m'a quittée aujourd'hui en fin de matinée pour aller déjeuner chez ses parents.

— Et ensuite ?

— Je suppose qu'elle est restée chez eux. J'ai tenté plusieurs fois de la joindre avant d'aller dîner chez ma sœur, mais elle était toujours sur messagerie. Elle m'a dit que son père voulait lui parler, cela a dû se prolonger.

Un silence pesant s'installa, tandis que les battements de mon cœur s'accéléraient. Le lieutenant s'apprêtait-il à m'annoncer ma mise en examen ?

— Pour tout vous avouer, l'unique chose qui m'empêche de vous placer en garde à vue est le fait que, malgré l'unique petit déjeuner sur votre facture, le concierge du *Raphael* a confirmé votre présence toute la nuit.

Son regard s'aiguisa.

— La vôtre, et celle de Mlle Brissac. Vous disposez donc d'un alibi pour le meurtre de Mme Dupré, qui a eu lieu, selon le médecin légiste, entre 4 et 6 heures ce matin.

Avais-je bien entendu ? *Le concierge de l'hôtel avait confirmé le fait que Sarah avait passé la nuit avec moi ?* Qu'était-ce que ce monde de fous où les personnes censées m'innocenter m'accablaient, tandis que celles censées m'accabler m'innocentaient ? Et puis pour quelle raison les caméras n'avaient-elles pas révélé l'absence criante de Sarah ? Le lieutenant continuant à scruter mon visage, je déployai un effort surhumain pour dissimuler ma stupéfaction. Tout ce que je devais retenir pour le moment, c'était que j'allais être libérée…

Je ne pus toutefois m'empêcher de poser une dernière question :

— Mais alors, pourquoi ces questions sur mon emploi du temps de cet après-midi ?

— Bon, vous finirez de toute façon par l'apprendre par la presse. La caméra de surveillance d'une banque a filmé une personne grande et habillée de noir en train de décharger le cadavre de Sophie Dupré d'un 4×4 sombre à 14 h 45 aujourd'hui dans une poubelle proche de votre immeuble.

Cette conversation était glaçante.

— C'est horrible… Et vous vous demandez si cette histoire de promenade à vélo est vraie, si nous n'avons pas pu transporter le corps Gabriel et moi ? Mais vous comprenez bien que c'est complètement absurde ! Je ne suis pas stupide, je n'aurais pas agressé cette fille chez moi avec l'un de mes couteaux en le laissant ensuite bien en évidence au milieu des taches de sang, avant d'aller déposer le corps dans une poubelle voisine.

— C'est peu cohérent en effet, mais vous avez très bien pu paniquer dans l'urgence, d'autres l'ont fait avant vous. De toute façon, l'enquête continue bien évidemment, nous n'excluons pas l'existence d'un troisième complice. Alors évitez de vous éloigner de Paris. Ah, et si vous avez des nouvelles de votre amie Sarah, prévenez-nous immédiatement, d'accord ?

Je ne trouvai rien à répondre, trop épuisée par la discussion. Pour le moment, une seule chose m'importait : quitter au plus vite cette salle d'interrogatoire glaciale pour aller me réchauffer dans un lit. Mais dès demain, je commencerai pour de bon ma propre enquête, avant que ce piège infernal ne se referme définitivement sur moi.

Les derniers rebondissements de la soirée ayant fini de m'assommer, mon esprit tournait à vide tandis que je m'installais sur la banquette du dernier métro pour rentrer rue de Turenne. Seule surnageait cette question effroyable : Gabriel, l'homme que j'avais été sur le point d'épouser, était-il capable de meurtre ?

Parce que si ce n'était pas moi qui avais assassiné la mariée, il fallait bien que ce soit quelqu'un d'autre.

10

Lundi

A mon réveil le lendemain matin, mon regard parcourut avec hébétement la chambre d'amis de ma sœur. J'entendais Audrey houspiller mon neveu Louis pour qu'il se lave les dents durant les trois minutes réglementaires, Pierre râler parce qu'il ne trouvait pas sa chemise à rayures bleues, et cette quotidienneté me paraissait ahurissante. Mais probablement cela faisait-il le même effet à ceux qui venaient d'apprendre qu'ils étaient atteints d'une maladie grave, ils devaient se sentir coupés des autres par une barrière aussi invisible qu'infranchissable.

Mes yeux étaient encore vitreux de sommeil que je saisissais déjà mon Smartphone pour m'assurer que Sarah avait enfin pris connaissance de mes multiples textos de la veille. Mais elle ne l'avait pas fait, signe probable qu'elle n'avait pas rallumé son téléphone depuis sa visite à ses parents. Mon inquiétude se fit plus aiguë : qu'avait-il donc pu se passer là-bas qui l'empêchait de revenir vers moi comme elle l'avait promis ? Ses parents avaient-ils décidé, au dernier moment, d'une expédition-surprise dans leur maison de campagne en Bretagne ? Dans ce cas, j'étais certaine qu'elle aurait trouvé un moyen de m'avertir, jamais elle ne m'aurait laissée me débattre seule dans mes difficultés actuelles. Sans oublier son voyage à New York ce matin… Non, elle devait donc avoir un sérieux problème, et je n'avais plus d'autre choix que de téléphoner à ses parents. Quelques secondes après avoir composé leur numéro, j'entendis le timbre profond d'Arnault Brissac :

— Oui, allô ?

— Bonjour, monsieur Brissac, c'est Margot. Pardonnez-moi de vous déranger, mais j'aurais aimé parler à votre fille. Son téléphone est éteint, et…

— Sarah ? Mais qu'est-ce que tu racontes ? Elle n'est pas avec toi ?

— Non, elle m'a quittée hier midi pour aller déjeuner avec vous. Nous devions nous rappeler en fin d'après-midi, mais depuis je n'arrive plus à la joindre.

La voix familière prit une intonation inquiète :

— Margot, aucun déjeuner n'était prévu hier avec Sarah, nous ne sommes rentrés de Bretagne que ce matin. Nous lui avions d'ailleurs proposé de nous rejoindre, mais elle devait rester à Paris, pour ta fête nous a-t-elle dit.

J'insistai vainement.

— Elle m'a dit que ce déjeuner s'était décidé à la dernière minute, que vous vouliez lui parler.

— Eh bien, ce n'était pas le cas.

Cela signifiait donc qu'elle m'avait menti pour se débarrasser de moi et se rendre en toute tranquillité à un mystérieux rendez-vous. Un rendez-vous dont elle n'était manifestement pas revenue.

Le silence à l'autre bout du téléphone m'informa que son père était parvenu à la même conclusion inquiétante. Incapable de poursuivre la conversation, je marmonnai une vague excuse avant de raccrocher, tandis qu'un creux se formait au fond de mon estomac. Ce n'était pas vrai, Sarah avait disparu… Avait-elle été enlevée, et dans ce cas par qui ? Par la personne avec qui elle se disputait au téléphone ? Cette personne à qui elle reprochait d'avoir joué la comédie ? Je m'en voulais de ne pas m'être montrée plus attentive, jamais je ne me le pardonnerais s'il lui était arrivé quelque chose…

Je reprenais mon téléphone pour tenter une nouvelle fois

de la joindre lorsqu'on frappa à ma porte. Audrey. Le manque de sommeil qui embrumait mon esprit ne m'empêcha pas de remarquer son embarras flagrant, tandis qu'un méchant pressentiment me mordait le ventre : ma sœur d'ordinaire ne semblait *jamais* embarrassée.

— Viens prendre ton petit déjeuner, Margot, tu ne peux pas te terrer comme ça éternellement.

Je ne parvenais pas à y croire : *éternellement*, pour elle, cela n'excédait donc pas vingt-quatre heures ? J'aurais aimé qu'elle s'installe à côté de moi sur la couette pour une vraie discussion entre sœurs, mais elle restait figée dans l'encadrement de la porte, comme pour ne pas avoir à se rapprocher de moi. Que nous était-il donc arrivé ? Enfant, j'idolâtrais cette grande sœur qui me lisait en cachette des histoires effrayantes dans son lit avant de me prendre dans ses bras pour me rassurer. Je n'avais jamais compris ce qui nous avait séparées de cette manière. Lorsque nous avions déménagé à Paris, elle avait inexplicablement pris de la distance malgré mes efforts pour maintenir le contact, et nous n'avions plus jamais retrouvé notre complicité. Une complicité qui me manquait aujourd'hui cruellement.

— Maman est à côté, je l'ai appelée après ton arr… enfin, ton départ hier pour l'inviter à prendre le petit déjeuner avec nous. Elle a pris le train tôt ce matin pour que nous puissions avoir une conversation toutes les trois.

— Et papa ?

— Il est resté à Noyon, il devait honorer ses rendez-vous professionnels.

Un léger espoir naquit en moi. Serait-il possible que ma mère soit venue me manifester son soutien, son amour ? Si cette mésaventure nous permettait de nous rapprocher enfin, je n'aurais pas tout perdu. Malheureusement, si j'en croyais la manière dont Audrey tournait nerveusement son alliance à son doigt, j'allais plus probablement avoir droit à une explication en règle.

— Très bien, donne-moi au moins le temps de prendre une douche.

En pénétrant dans le salon quelques minutes plus tard, je fus une fois de plus surprise de la ressemblance de ma mère avec Isabelle Huppert, une ressemblance encore accrue par sa coupe au carré et ses taches de rousseur. Je me penchai pour l'embrasser tandis qu'elle me scrutait d'un air inquiet.

— Bonjour, ma chérie, comment vas-tu ? Tu n'as pas très bonne mine.

— C'est déjà un miracle que je tienne debout après ce qui s'est passé samedi.

Un silence s'installa, qui me mit mal à l'aise. Ma mère avait fait tout ce chemin depuis Noyon pour entendre ma version des faits, et je me sentais soudain impatiente d'être débarrassée de cette corvée. Depuis vingt-quatre heures en effet, je passais mon temps à expliquer à quel point j'étais crédule, paumée, manipulable, je ne cessais d'être confrontée au scepticisme des autres et je n'en pouvais plus. Une fois le récit du piège ourdi par Gabriel terminé, je ne pus m'empêcher de demander :

— Maman, tu me crois, n'est-ce pas ?

Bien que formulée d'une voix douce, sa réponse me fit l'effet d'une gifle :

— Je suis désolée, mais je ne sais pas quoi te dire ma chérie. Personne autour de toi ne semble te croire, pas même tes amis. Tu peux toi-même admettre que cette théorie qui voudrait que Gabriel t'ait demandée en mariage en secret n'est pas crédible une seconde.

J'encaissai le choc. Ainsi, ma propre famille, mes amis préféraient voir en moi une mythomane, une déséquilibrée plutôt que de s'interroger sur Gabriel ! Quand tout à coup, je pris conscience d'une chose : ni Audrey ni ma mère ne devaient savoir que la mariée avait été assassinée, ce qui pouvait expliquer leur réaction. J'inspirai un grand coup.

— Maman, Audrey… je dois vous dire autre chose. Toute cette mise en scène de samedi n'a pas seulement été imaginée pour m'humilier, c'est beaucoup plus grave que ça. La mariée a été assassinée et je suis la principale suspecte.

Un silence pesant s'installa, avant que la voix tendue de ma mère ne se fasse entendre :

— Margot, tu n'as pas pu faire une chose pareille, n'est-ce pas ?

— Ne me dis pas que tu te poses sérieusement la question ?

Audrey intervint :

— Bien sûr que non, jamais nous ne croirons que tu es une meurtrière. Mais avoue quand même que tu aurais pu y réfléchir à deux fois avant de te mettre dans une situation pareille ! Pourquoi ce genre de choses t'arrive toujours à toi ? Pourquoi est-ce toujours aux autres de rattraper tes conneries ?

— Audrey…

Ma mère avait tenté d'arrêter la diatribe de ma sœur, mais cette dernière ne sembla pas l'entendre.

— Si tu veux faire quelque chose pour nous, tiens-toi le plus éloignée possible de Gabriel, ne bouge plus une oreille et attends d'être innocentée. Cela ne devrait pas être long, Pierre s'occupe déjà de te trouver un bon avocat.

Je ne comprenais pas pourquoi elle se mettait dans un état pareil. C'était moi qui étais soupçonnée de meurtre, pas elle. Elle ne s'inquiétait tout de même pas d'être éclaboussée par le scandale ! Je n'aurais pas su expliquer pourquoi, mais j'éprouvais l'impression que nous avions soudain changé de sujet…

— Comment peux-tu me demander d'attendre passivement que le piège se referme sur moi ? Tu vois bien que Gabriel a tout prévu, que chaque détail me rend plus coupable aux yeux de la police ! Je ne comprends pas comment j'ai pu me laisser berner à ce point, je pensais réellement avoir trouvé l'homme de ma vie et voilà que ma vie est réduite en cendres.

Audrey avait rougi, son visage était légèrement luisant.

— Franchement, Margot, je comprends que tu vives une période difficile, mais il serait peut-être temps de sortir de ton rôle de victime, non ? A ton âge, tu as tout de même compris ton fonctionnement, surtout après toutes ces séances chez ton psy. C'est bien simple : tu ne t'intéresses qu'aux hommes qui ne veulent pas de toi ! Tu craques pour un type, tu ne parles que de lui, jusqu'au moment où il se met à t'appeler tous les jours, à faire des projets d'avenir, et où il devient un loser à tes yeux ! Peut-être que si tu avais eu des rapports plus sains avec les hommes, tu ne te retrouverais pas dans une situation pareille…

— Audrey, tu vas trop loin.

Il aurait fallu être sourd pour ne pas entendre la note d'avertissement dans la voix de ma mère.

— Mais pourquoi tu t'énerves comme ça, Audrey ? Qu'est-ce que j'ai fait pour que tu m'en veuilles à ce point ?

— Ça fait des années que tu nous bassines avec tes histoires, sans te préoccuper de ce qui se passe autour de toi ou des dégâts que tu as pu occasionner. Je suis sûre que tu n'as même pas remarqué l'énergie qu'il nous a fallu pour maintenir la cohésion de la famille…

Je ne voyais vraiment pas de quoi elle voulait parler, mais sa réaction me blessa plus que tout.

— De ce qui se passait autour de moi, des dégâts que j'ai pu occasionner ? Mais de quoi veux-tu parler ?

Ma mère intervint d'une voix lasse :

— On verra ça plus tard, ce n'est guère le moment de rouvrir de vieilles blessures.

Cette fois, j'en étais certaine, elles parlaient de tout autre chose que de ce qui s'était passé samedi. Mais de quoi ? Sur une impulsion, je m'assis à côté de ma mère sur la banquette.

— Je ne comprends rien à ce que vous essayez de me dire toutes les deux. Qu'est-ce qui a menacé la famille dont vous ne m'avez pas parlé ? Pourquoi mettez-vous ça sur le tapis maintenant, alors que je suis en train de tout perdre, d'être accusée de meurtre ?

Un instant, je crus que ma mère allait enfin abandonner son éternelle réserve pour se laisser aller aux confidences. Ses épaules s'étaient affaissées, son regard adouci. Malheureusement, Audrey l'en empêcha :

— Maman a raison, nous t'en parlerons lorsque tout ça sera terminé. Pour le moment, l'urgence est de te sortir d'affaire.

Sentant la vérité m'échapper, je tentai de rétablir le dialogue :

— Vous devez me croire, je ne comprends pas pourquoi Gabriel a monté cette machination mais il l'a fait. Je vais mener l'enquête pour éclaircir tout ça, et vous verrez que je vous disais la vérité.

L'instant de grâce était malheureusement passé, quelques secondes avaient suffi à ma mère pour reprendre la maîtrise d'elle-même et redevenir la femme lisse et opaque que je connaissais. J'eus envie de hurler de frustration en la voyant se lever brusquement, avant de défroisser son tailleur beige avec des gestes nerveux et de m'embrasser sur la joue.

— Je suis désolée, Margot, je ne vais pas pouvoir rester plus longtemps. Essaie pour une fois d'écouter ta sœur et laisse tomber cette idée d'enquête. Si tu dis vrai, si Gabriel a effectivement agi comme tu nous l'as raconté, il est dangereux et mieux vaut rester éloignée de lui. Tu dois me croire quand je te dis que tu n'as rien à gagner à réveiller les fantômes du passé.

Mais qu'essayait-elle de me dire ? Un soupçon d'intuition bougea au fond de moi telle une créature dans un marécage tandis qu'elle quittait la pièce, un soupçon évidemment absurde, insensé comme l'était toute cette histoire : et si ma mère, ma sœur connaissaient la raison pour laquelle Gabriel s'en prenait ainsi à moi ?

11

A la réflexion, le fait que ma mère se soit échappée ainsi n'était pas une si mauvaise chose. Ma sœur et son mari étant partis eux aussi, j'allais pouvoir appeler tranquillement Catherine, ma directrice d'agence, afin de prendre rendez-vous avec elle aussi vite que possible. Je devais avouer que je me sentais particulièrement motivée. Retrouver ce poste que j'adorais me permettrait en effet de me replonger à corps perdu dans le travail et d'appréhender l'avenir avec davantage d'optimisme. La tâche s'annonçait pourtant délicate : lorsque j'avais négocié mon année sabbatique, Catherine avait dissimulé sa fureur sous l'un de ses célèbres sourires subtilement féroces : *Toi, bosseuse comme tu l'es, passer un an à bâiller sur les rangs de la fac ? Je ne te donne pas trois mois pour venir me supplier de te reprendre...* Finalement, elle avait vu juste, il ne m'aurait pas fallu trois semaines. Je n'imaginais que trop sa jubilation devant une reddition que j'allais devoir payer au prix fort. Allons, mieux valait me lancer sans trop réfléchir.

Une tasse d'un expresso italien corsé à la main pour me donner du courage, je me décidai à composer le numéro de ligne directe de Catherine, la gorge serrée, pour entendre la voix enjouée de son assistante.

— Coralie ? C'est Margot.

— Margot ? Ma pauvre, j'ai appris ce qui t'était arrivé ! Comment vas-tu ? Ce n'est pas trop dur ? Catherine m'avait prévenue que tu allais téléphoner.

Aïe ! J'avais beau savoir que les nouvelles se répandaient

à la vitesse d'une traînée de poudre dans notre milieu, cela ne m'empêchait pas d'être chaque fois stupéfaite de la capacité de ma patronne à tout apprendre avant tout le monde. J'avais pourtant choisi de n'inviter personne de l'agence à mon mariage, préférant organiser un peu plus tard une fête tout exprès pour mes chères copines de bureau. Catherine en effet n'aimait pas que ses filles se marient — pas plus qu'elle n'appréciait les grossesses intempestives —, et je savais qu'elle aurait détesté être conviée à une fête qui se serait finalement révélée une noce.

— Qu'est-ce qu'elle t'a donné comme consigne lorsqu'elle t'a parlé de moi ?

— Juste de te fixer rendez-vous. Parce que c'est bien pour ça que tu appelles non ? Pour retrouver ton poste ?

— Oui, bien sûr. Tu penses qu'elle serait prête à me reprendre ?

— Alors là, ma belle, tu connais Catherine ! Même si elle sait que tu bosses bien, elle ne risque pas de te pardonner ta demande de congé sabbatique, tu sais qu'elle a toujours peur de l'effet de contagion ! Si elle doit te proposer quelque chose, ce sera forcément piégé, tu le sais aussi bien que moi.

— Et Stella ? Je m'occupe de ce client depuis qu'il est entré à l'agence, j'ai eu un mal fou à nouer des liens de confiance avec l'équipe, à faire connaître la marque auprès des journalistes. Les changer d'attachée de presse serait catastrophique.

Coralie poussa un gros soupir empli de compassion :

— Tu sais pertinemment ce qu'elle va te répondre, Margot : que tu aurais dû y penser avant de demander à partir un an ! J'avoue qu'il est difficile de lui donner tort.

Mon cœur sembla se lester de plomb.

— Oui, bien sûr, je comprends.

— Mais si ça peut te rassurer, je sais de source sûre que le dirigeant de Stella a été dithyrambique à ton sujet, et beaucoup plus réservé à l'idée de travailler avec une nouvelle attachée de presse. Alors quand il saura que tu reviens, il exigera sûrement de retravailler avec toi.

Ces dernières paroles me rassérénèrent légèrement. Au moins, si je parvenais à conserver Stella, je n'aurais pas tout perdu.

— Et ma remplaçante, elle s'en tire comment ?

— Aucune idée, tu n'es partie que depuis trois semaines, tu sais ! C'est idiot, mais tu aurais peut-être mieux fait de lui laisser le temps de se planter avant de rappeler ! Avec les filles, on t'aurait avertie lorsque c'était le bon moment.

Coralie m'avait toujours stupéfiée par son bon sens terre à terre. Mais ce n'était pas elle qui allait payer le loyer du nouveau logement qu'il me restait à trouver, ni affronter le vide béant de mon existence…

Je finis par fixer avec elle un rendez-vous avec Catherine pour le lendemain matin à 10 h 30, consciente que cet entretien ne s'annonçait pas sous les meilleurs auspices. Je m'apprêtais à raccrocher, quand soudain je me ravisai :

— Coralie ? J'ai oublié de te demander : est-ce que tu sais où est Sarah ?

— Sarah ? Elle doit être dans un avion pour New York non ?

— Elle m'en avait parlé en effet, mais je ne suis pas sûre du tout qu'elle soit partie. Tu as eu des nouvelles depuis vendredi ?

— Non, aucune. Mais elle ne m'appelle jamais le week-end, tu sais, sauf en cas de problème.

Et pourtant, des problèmes, il était plus que probable qu'elle en ait de sérieux ! J'avais posé la question par acquit de conscience, tout en étant certaine de la réponse de Coralie. Si Sarah avait dû appeler quelqu'un ce week-end, cela n'aurait pu être que moi. Et elle ne l'avait pas fait…

Après avoir raccroché, je m'efforçai de chasser mon funeste pressentiment et de me concentrer sur ce qui venait d'être dit. Je n'en revenais pas moi-même : j'avais rendez-vous avec Catherine dès le lendemain matin, alors que son agenda était d'ordinaire aussi chargé que celui d'un ministre ! Qu'est-ce que cela pouvait signifier ? Qu'un nouveau budget urgent venait d'entrer à l'agence ? Telle que je la connaissais, elle était tout aussi capable de me faire venir pour m'extorquer des détails croustillants sur mes mésaventures…

Je réfléchissais encore lorsque mon téléphone se mit à sonner. Alexis.

— Coucou, ma belle, je sais que tu m'avais promis de me rappeler, mais j'ai préféré anticiper. Je t'avoue que je m'inquiétais pour toi après ce qui t'est arrivé…

Si j'en croyais le ton de sa voix, il avait entendu parler de l'épisode de l'église, mais certainement pas du meurtre de la mariée…

— C'est vraiment gentil d'appeler, ça fait du bien d'entendre une voix amie.

— Tu sais bien que je serai toujours là pour toi. Tu fais quoi aujourd'hui ?

— Je ne sais pas encore. Je viens de prendre rendez-vous avec ma directrice d'agence pour essayer de récupérer mon job, et je vais me mettre à la recherche de Sarah, je n'arrive plus à la joindre depuis hier midi alors que nous devions nous retrouver pour dîner.

— Ne t'inquiète pas, son portable est peut-être tout simplement déchargé.

— Peut-être, mais je préfère aller voir chez elle, il y aura sûrement Quentin.

Un long silence s'installa avant qu'il ne reprenne :

— Si ça te dit, on peut dîner ensemble ce soir ?

— Tu ferais le voyage exprès pour moi ? Ça me touche beaucoup, tu sais, mais tu n'es pas obligé.

— Ne t'inquiète pas pour ça, ma belle, ça me fait plaisir.

— Dans ce cas, j'accepte.

Une fois douchée, je me mis aussitôt à la recherche de Sarah. Même si cela ne s'annonçait pas simple : elle avait en effet résilié son abonnement France Télécom depuis plus d'un an, lui substituant une Box quelconque dont je n'avais jamais songé à lui demander le numéro. Et bien entendu, je ne possédais pas non plus le numéro de portable de Quentin, ce qui allait me contraindre à me rendre à l'appartement de mon amie dans le 5e arrondissement. J'espérais de tout cœur qu'elle était rentrée chez elle passer la nuit avec son amoureux, qu'elle était occupée à préparer sa valise pour son voyage à New York, même si je savais bien sûr que ce n'était pas le cas. Quelque chose avait dû lui arriver, et cette perspective me terrifiait.

Moins d'une heure plus tard, ma main appuyait impatiemment sur son bouton d'Interphone, sans succès. Je frissonnai. Le silence me paraissait assourdissant, morbide, comme si Sarah se trouvait désormais dans un monde où je ne pouvais plus l'atteindre. J'allais me résoudre à tourner les talons, le cœur lourd, lorsqu'une voix maussade me fit sursauter. Quentin ! Nous nous étions disputé l'affection de Sarah comme deux gosses capricieux et jaloux, et je doutai qu'il soit ravi de me voir. Mais d'un autre côté, il était également celui qui avait le plus de chances d'avoir reçu de ses nouvelles.

— Quentin, salut, c'est Margot, je suis désolée de te déranger. Sarah est là ?

La voix à l'autre bout de l'appareil parut surprise :

— Non…

— Cela ne t'embête pas si je monte cinq minutes ?

Surtout, ne pas lui laisser le temps de refuser.

— Je monte !

Un bourdonnement m'informa qu'il m'avait ouvert la porte du hall. Le soulagement me fit monter les larmes aux yeux : même si nous ne nous appréciions guère, cela me réconfortait d'avoir enfin trouvé quelqu'un avec qui partager mon inquiétude, quelqu'un qui devait être tout aussi anxieux que moi. J'avais gravi ces escaliers en chêne tant de fois que j'éprouvais presque l'impression réconfortante de rentrer chez moi. Ou tout au moins dans l'endroit qui ressemblait le plus à un chez-moi depuis que j'avais perdu le mien…

Une fois sur le palier, je bousculai Quentin sans ménagement dans ma hâte de trouver une trace de mon amie. Probablement devais-je avoir l'air d'une folle, à foncer ainsi sans un mot d'explication, mais peu m'importait, l'urgence me faisait oublier toute éducation. Mes yeux, par réflexe, firent le tour du salon. Sarah n'allait guère apprécier l'état dans lequel son amoureux avait mis sa pièce préférée ! L'endroit était en effet sens dessus dessous avec des chaussettes que l'on devinait sales sur le canapé, un T-shirt nonchalamment lancé sur un abat-jour vieux de plus d'un siècle et du matériel informatique éparpillé un peu partout. La déception me submergea. Non, décidément, mon amie n'était pas ici. L'actuel occupant du logement en revanche était égal à lui-même : grand et dégingandé, il était vêtu d'un jean vintage et ne cessait de recoiffer nerveusement ses cheveux hérissés avec soin. Comme il m'observait fixement sans rien dire, je me sentis obligée de m'expliquer :

— Pardon de faire irruption comme ça, mais sais-tu où est Sarah ?

Je me serais déshabillée pour lui faire la danse du ventre qu'il n'aurait pas semblé plus abasourdi.

— Je croyais qu'elle était avec toi ! J'avais cru mal comprendre lorsque tu m'as posé la question à l'Interphone. Elle est partie te rejoindre à ton hôtel hier matin pour te soutenir après ce qui t'était arrivé, et je n'ai plus eu de nouvelles depuis.

Savoir qu'il était informé de mes mésaventures me fit monter le rouge aux joues.

— Elle t'a dit ça au téléphone ?

— Non, j'étais là lorsqu'elle t'a appelée dimanche matin.

Je ne comprenais pas. Sarah ne m'avait-elle pas assuré qu'elle avait dormi seule samedi ?

— Lorsque je ne l'ai pas vue revenir, j'ai tout d'abord pensé qu'elle avait décidé de te tenir compagnie cette nuit. Mais c'est vrai que là, je commence à m'inquiéter, je lui ai laissé cinq messages et elle ne m'a toujours pas rappelé.

Mon inquiétude monta encore d'un cran, si c'était possible.

— Moi aussi je lui ai laissé plusieurs messages, envoyé une dizaine de textos, et je n'ai même pas reçu les accusés de réception. Peut-être qu'elle n'a plus de batterie, qu'elle a oublié son chargeur, tu ne crois pas ?

— C'est absurde, elle aurait pu appeler d'un poste fixe, elle doit bien se douter que nous sommes inquiets ! Et puis où aurait-elle dormi ? Tu la connais, elle n'est pas du genre à découcher…

Si je voulais être rassurée, c'était raté ! Je frémis en prenant conscience du regard glacé posé sur moi.

— Je suis sûr que tu sais quelque chose, alors dis-moi où elle est, Margot.

— Mais je n'en sais rien, qu'est-ce que tu veux que je te dise ?

— Ne me raconte pas d'histoire, tu veux ? Tout ce que je sais, moi, c'est que Sarah devait passer la journée d'hier avec toi et qu'elle a disparu.

Le voir perdre sa nonchalance d'éternel adolescent m'effraya, ce qui ne m'empêcha pas de protester :

— Rassure-moi, Quentin, tu n'es quand même pas en train d'insinuer que j'ai quelque chose à voir avec la disparition de ma meilleure amie, si ?

— J'avoue que l'idée m'a traversé l'esprit en effet ! Je ne dis pas que tu lui as fait du mal, mais sa disparition doit être liée d'une façon ou d'une autre à ce qui t'arrive.

Je baissai la tête, consciente d'en être arrivée à la même conclusion. Et encore, il ignorait probablement que la mariée avait été retrouvée morte, sinon il serait sûrement plus affolé ! Mon Dieu, pourquoi n'avais-je pas davantage insisté la veille lorsque je tentais de joindre Sarah, commencé à la chercher dès le moment où nous devions nous appeler ? La culpabilité me mordit le cœur : si elle avait toujours été présente pour moi, l'inverse ne semblait manifestement pas aller de soi.

— Tu as raison, il ne peut s'agir d'une coïncidence.

— Tu n'as pas le moindre indice ? Elle ne t'a pas dit par exemple si elle avait un rendez-vous hier ?

— Elle s'est disputée avec quelqu'un au téléphone hier midi lorsque nous étions devant chez Gabriel, puis elle m'a fait croire qu'elle allait déjeuner avec ses parents. Mais j'ai appelé son père ce matin, il venait juste de rentrer de Bretagne et n'avait aucune nouvelle de sa fille.

Quentin me considéra d'un air suspicieux.

— C'est étrange, je ne vois pas ce qui aurait pu la pousser à mentir à sa meilleure amie.

Il allait continuer lorsqu'un bip annonçant un texto se fit entendre dans sa poche. Priant pour qu'il s'agisse de Sarah, je me penchai sans vergogne sur son épaule afin de prendre connaissance du message. J'eus à peine le temps de lire les premiers mots avant qu'il ne se recule pour me considérer d'un air furieux.

Salut, amour

Si j'en croyais sa réaction, ces mots tendres ne provenaient pas de Sarah, il devait s'agir de l'une de ces filles sublimes qu'il côtoyait dans ses soirées. Ma voix laissa filtrer ma colère :

— Peut-être pourrais-tu lire tes messages plus tard, il y a urgence, nous devons aller voir la police pour signaler la disparition de Sarah.

Cette annonce sembla le mettre étrangement mal à l'aise. Il se balançait maintenant d'un pied sur l'autre, le regard fuyant, tiraillait sur son T-shirt informe, sans doute acheté à prix d'or, comme un enfant prêt à donner tous ses trésors pour se trouver ailleurs.

— Ecoute, on ne se connaît pas, Margot, nous nous sommes croisés quoi… trois, quatre fois au maximum. Je ne vois vraiment pas en quoi je pourrais t'aider auprès des flics. Et puis je dois filer.

Son comportement était ahurissant. La femme dont il était prétendument amoureux avait disparu, il semblait quelques instants plus tôt prêt à m'arracher les yeux pour me faire avouer ce que je savais, et il ne paraissait maintenant plus se préoccuper que de ce texto qu'il venait de recevoir ! S'agissait-il de cette inconstance propre aux enfants que lui avait si souvent reprochée Sarah ? J'étais si suffoquée que les mots se bousculèrent en désordre dans ma bouche :

— Mais… Et Sarah, tu… tu l'oublies ? Elle est peut-être en grave danger.

L'expression qui se peignit sur son visage me plut encore moins que la précédente, curieux mélange de gêne et de roublardise. Comme s'il avait connaissance d'une information que j'ignorais et qu'il ne voulait pas me révéler.

— Excuse-moi, Margot, mais je suis sûr que tu t'inquiètes pour rien.

Un sursaut d'indignation me souleva.

— Mais tu viens précisément de me dire le contraire, que la disparition de Sarah ne pouvait qu'être liée à ce qui m'arrive !

— Disons que j'ai réfléchi.

Il avait réfléchi, mon œil ! Tout ce qui l'intéressait, c'était de rejoindre cette fille qui l'appelait *amour*… Ma voix se fit tranchante comme une lame :

— Et si je ne m'inquiétais pas pour rien ?

— Laissons l'avenir nous le dire, d'accord ?

Ecœurée par cette volte-face, je tournais les talons pour quitter l'appartement au plus vite, lorsque sa dernière phrase, marmonnée, me fit tressaillir.

— J'ai déjà parlé à la police ce matin, franchement, ça m'a amplement suffi pour la journée.

Jamais je n'avais fait demi-tour aussi rapidement.

— Comment ça, tu leur as parlé ? Ils sont venus ici ?

— Non, un flic m'a téléphoné, un certain lieutenant Delmas je crois, ou un nom comme ça. Il voulait savoir depuis quand je n'avais pas vu Sarah, si tu avais cherché à la joindre récemment.

— Et qu'est-ce que tu lui as répondu ?

— Eh bien, la vérité, qu'est-ce que tu voulais que je réponde ? Je lui ai dit qu'elle m'avait quitté hier matin pour te rejoindre à ton hôtel et que je n'avais plus de nouvelles depuis.

— Tu es certain d'avoir précisé hier matin ?

— Oui, j'en suis sûr, d'autant plus que le flic me l'a fait répéter trois fois.

Il me sembla sentir tous les muscles de mon corps se crisper. Grâce à cet appel, cette fouine de lieutenant Daumas venait d'apprendre que mon alibi de la nuit du meurtre ne tenait plus. Mensonges à répétition, comportement étrange... Je ne voyais pas bien ce qui pourrait encore le faire douter de ma culpabilité ! Je tentai de me calmer : la gaffe de Quentin n'était pas si grave que cela, mon mensonge ne m'aurait de toute façon fait gagner que quelques heures, le temps que les policiers visualisent les enregistrements des caméras de l'hôtel et obtiennent la preuve de l'absence de Sarah samedi soir.

Une pensée me traversa l'esprit, désagréablement concrète : j'avais tout intérêt à mettre mes affaires en ordre avant d'être arrêtée. Payer mes factures en attente, envoyer un texto de remerciement à la quarantaine de personnes qui m'avaient laissé un message depuis samedi — *Pas d'inquiétude, je suis un peu occupée ces temps-ci, mais je vous rappelle très vite* —, organiser le déménagement de mes affaires dans un garde-meubles, et surtout trouver un bon avocat. Pour une fois, les relations de mon cher beau-frère allaient pouvoir être mises à contribution...

Tandis que je réfléchissais, Quentin enfila un blouson et se mit à me dévisager, l'air impatient. Le message était clair : il rêvait de me voir ailleurs.

— Bon, eh bien, je crois que je vais y aller. Au commissariat, je veux dire.

Le soulagement se lut sur son visage.

— Oui, d'accord, à plus.

— Tu es vraiment sûr de ne pas vouloir venir avec moi ?

Cette fois, ma proposition sonna comme une mauvaise plaisanterie.

— Non, vraiment, sans façon.

— Et toi, tu vas où ?

— M'acheter des pompes, dit-il en ouvrant la porte.

Il allait s'acheter des chaussures ? Décidément, plus personne ne semblait avoir un comportement cohérent dans cette histoire…

Lorsque nous arrivâmes dans la rue, il me salua à peine avant d'enfourcher son scooter et de disparaître. Songeuse, je le regardai s'éloigner, puis je consultai ma montre. Il était à peine 14 heures, mon rendez-vous avec Alexis n'était qu'en début de soirée, ce qui me laissait largement le temps d'aller signaler la disparition de Sarah au lieutenant Daumas. Je n'étais pas tout à fait sûre qu'il s'agissait d'une bonne idée — après tout, rien ne me garantissait qu'il me laisserait repartir, une fois que j'aurais franchi les portes du commissariat —, mais avais-je réellement le choix ? C'était la seule chose à faire pour Sarah si je ne voulais pas qu'on la découvre assassinée, comme cette Sophie Dupré…

En m'éloignant vers le métro, je décidai, malgré l'interdiction de la police, de téléphoner à Gabriel. Qui sait en effet si ce n'était pas avec lui que parlait Sarah dimanche dans la voiture, s'il ne l'avait pas enlevée après notre promenade en vélo ? Je tombai évidemment sur sa messagerie :

— Je ne sais pas à quoi tu joues, Gabriel, mais si tu sais où est Sarah, tu as intérêt à me rappeler tout de suite ! Je prends le métro pour aller chez les flics, et si je n'ai pas reçu d'appel de ta part à ce moment-là, je leur déballe tout ce que je sais sur toi.

Inutile de préciser qu'il s'agissait d'un bluff pathétique, je n'avais malheureusement rien à dénoncer à son sujet, hormis quelques téléchargements illégaux, deux ou trois petits jobs non déclarés aux impôts et un morceau de cannabis prenant la poussière depuis un an sous son matelas. Il ne me restait donc plus qu'à espérer que Gabriel aurait quelque chose de bien plus grave sur la conscience pour que ma menace se révèle efficace.

12

Plus je descendais dans les profondeurs du métro, plus ma mauvaise humeur augmentait. Je ne supportais plus ces courants d'air qui s'immisçaient dans les moindres interstices entre les vêtements, ces gens qui me bousculaient sans s'excuser, ces touristes plantés devant les portes qui empêchaient les gens de descendre ou de monter. J'ignorais si la fatigue me faisait tout voir en noir, mais certains comportements de mes proches me paraissaient soudain suspects. Sarah m'avait laissée monter seule chez moi en prétextant un besoin d'aller tirer de l'argent au distributeur. Mais qui me disait qu'il ne s'agissait pas d'un prétexte, qu'elle n'en avait pas profité pour organiser son mystérieux rendez-vous ? Elle n'avait pas hésité non plus à me mentir en m'affirmant qu'elle était seule samedi soir, preuve qu'elle n'était pas aussi sincère qu'elle voulait me le faire croire.

Pierre également avait eu un comportement étrange en regardant sans cesse sa montre avant l'irruption de la police, comme s'il était informé de leur arrivée. Il était avocat, qui sait s'il n'avait pas mis au point cette arrestation avec le lieutenant Daumas ? Sinon, pour quelle raison n'avait-il pas aussitôt appelé l'un de ses collègues pénalistes pour me venir en aide ?

Sans oublier Audrey, intervenue à point nommé ce matin dans la conversation pour empêcher ma mère de parler. Toutes ces conduites étaient-elles réellement anormales, ou était-ce moi qui n'avais plus les idées claires ? Je tentai de réfléchir posément : si la duplicité de mon beau-frère pouvait éventuellement être envisageable, je n'arrivais pas à imaginer que Sarah ait pu me trahir. Autre chose nécessairement devait expliquer son étrange comportement.

Je passais à l'occasion d'un changement de ligne devant un *Relais H*, lorsque je reçus un violent coup au plexus : une photo de moi s'étalait en une du quotidien *le Francilien*, une photo affreuse où l'on me voyait vomir sur les marches de l'église, les cheveux maculés d'une bouillie jaunâtre et la bouche grande ouverte comme celle d'une truite agonisante. Certes, mon visage était vaguement flouté, probablement pour m'empêcher d'attaquer le journal, mais le résultat était le même : tous ceux qui me connaissaient ne pourraient que m'identifier. J'osai à peine lire le titre, tant j'étais certaine du pire. Malheureusement à juste titre :

UNE FEMME FAIT UN SCANDALE À UN MARIAGE,
SA RIVALE DISPARAÎT.

J'achetai à contrecœur le quotidien, tremblante comme une feuille. J'aurais tout donné pour ne pas lire cet article nauséabond, mais comment faire autrement ? Je me laissai tomber sur la banquette ornée de tags du métro, la bouche sèche comme du carton. Cette fois, Gabriel m'avait porté le coup fatal, il s'était attaqué à ma réputation et ce serait probablement irrattrapable.

La mort dans l'âme, je dépliai le journal, regardant par un réflexe d'attachée de presse le nom du journaliste : Stéphane Langlais. Si ce nom ne me disait rien, celui du photographe — François Rogier — m'était en revanche familier, il s'agissait d'un free lance qui avait, à plusieurs reprises, couvert les inaugurations de lotissements organisées par ma famille. Mais alors, cela signifierait qu'il était venu tout exprès de Noyon pour prendre ces clichés ? Je comprenais décidément de moins en moins ce qui se passait. Toute mon intuition me criait de ne pas lire l'article, mais je n'avais plus le choix, il me fallait savoir.

Quelques instants plus tard, tout ce qui m'entourait s'était fondu dans un brouillard blanchâtre.

Est-ce parce qu'elle n'a pas accepté sa rupture avec le marié ? La fille cadette d'une influente famille de promoteurs noyonnais a brutalement interrompu samedi matin la cérémonie de mariage de Sophie Granet et Gabriel Dupré dans une église du 10e arrondissement de Paris. Vêtue d'une robe de mariée dans une parodie de bien mauvais goût, la jeune femme a fait irruption dans l'édifice en vociférant au moment de l'échange des anneaux, suivie de tous ses proches et notamment de ses parents manifestement complices de cette mise en scène.

J'eus besoin de regarder quelques instants autour de moi pour évacuer la tension qui menaçait de me submerger face à ce tissu de mensonges.

A-t-on besoin de le rappeler ? Avant sa rencontre avec celle qui allait devenir sa femme, Gabriel Dupré avait vécu une brève idylle avec la responsable du scandale, qui selon certains ne se serait jamais complètement remise de la rupture.

Selon certains ? Mais qui étaient ces *certains* qui s'étaient permis d'émettre une opinion à mon sujet, des amis perdus de vue, des anciens professeurs, des commerçants de la ville qui ne m'avaient pas parlé depuis des années ? L'écœurement me gagnait, tandis que mes yeux malgré eux revenaient au journal.

Mais il y a plus grave : la jeune mariée semble avoir mystérieusement disparu à l'aube lors de sa nuit de noces dans un Relais & Châteaux proche de Paris. Sa rivale malheureuse a été l'une des premières personnes interrogées par la police, avant d'être provisoirement remise en liberté.

S'il voulait sous-entendre que j'étais coupable, ce fichu journaliste n'aurait pas formulé les choses autrement !

Quand soudain je réalisai qu'il parlait de disparition, et non de meurtre. Peut-être avait-il eu l'information trop tard ? Je frissonnai. *Parodie… vociférant… scandale…* Les mots tapageurs, exagérés, avaient été choisis pour heurter, indigner. Les larmes me montèrent aux yeux tandis que j'interrompais la lecture de cet article insupportable. Ce dernier ne pouvait pas tomber à un plus mauvais moment : Catherine ne me réintégrerait jamais dans son agence après une publicité pareille…

Le premier choc passé, l'évidence se fit jour en moi : cet article faisait partie intégrante du plan imaginé par Gabriel. Comment expliquer sinon la présence d'un photographe de presse noyonnais à un mariage parisien ? Cela pouvait paraître surprenant, mais cette découverte m'effraya plus que tout ce qui avait pu m'arriver jusque-là. Certes, mon ex-fiancé s'était déjà montré redoutablement machiavélique en m'humiliant à l'église ou en me faisant soupçonner de meurtre, mais jamais jusqu'alors je n'avais ressenti dans mes tripes un tel sentiment de danger imminent. Parce qu'une chose était certaine : il n'en avait pas terminé avec moi…

Je venais juste de sortir du métro lorsqu'une longue silhouette attira mon attention. Il me semblait avoir déjà aperçu quelque part cet homme d'une petite cinquantaine d'années qui faisait tout son possible pour paraître transparent. S'agissait-il d'un policier en civil chargé de me surveiller ? Son allure militaire, sa manière de m'observer du coin de l'œil sans jamais véritablement me regarder pouvaient le laisser penser. Mais à vrai dire, c'était vraiment le cadet de mes soucis. Si le lieutenant Daumas voulait perdre du temps et de l'argent à me faire suivre, libre à lui ! Et puis, il fallait voir le bon côté des choses : cela me permettrait tout au moins de disposer d'un alibi à toute épreuve si Gabriel faisait encore des siennes.

Une fois parvenue devant le commissariat, je vérifiai mon téléphone portable, pour constater avec dépit que ni

Sarah ni Gabriel ne s'étaient manifestés. Ma piètre tentative d'intimidation avait été vaine, je n'avais plus d'autre choix que d'entrer si je voulais sauver mon amie. De manière irrationnelle sans doute, le fait d'être déjà venue dans cet endroit me parut étrangement réconfortant tandis que je poussais la porte d'entrée. J'eus pourtant quelques difficultés à reconnaître le lieu assourdi de violence de la nuit dans cet endroit empli de tumulte et de courants d'air. Déboussolés, mes yeux voletaient d'un uniforme à l'autre, lorsqu'une ombre masculine se matérialisa brusquement devant moi.

— Bonjour, je peux vous aider ?

— Oui, bonjour, je souhaiterais voir le lieutenant Daumas. Il suit mon affaire, c'est important.

— Vous vous appelez ?

— Margot Bellière.

Manifestement, mon nom ne lui était pas inconnu, puisqu'il me quitta pour aller chuchoter dans son téléphone portable, le dos ostensiblement tourné afin de m'empêcher de lire sur ses lèvres. Nerveuse, je patientai en faisant les cent pas dans le hall, toujours incertaine du bien-fondé de ma démarche. Que se passerait-il si l'on m'arrêtait, si je n'avais plus la possibilité de ressortir d'ici pour chercher Sarah ? Quelques instants plus tard, le lieutenant surgit derrière moi, les yeux rougis et vêtu des mêmes vêtements que la veille. S'était-il douché, rasé au commissariat après une nuit blanche passée à accumuler les preuves contre moi ? Quelques poils bruns oubliés dans son cou par le rasoir lui conféraient un air étrangement vulnérable, me donnant envie de toucher du doigt ce petit morceau d'intimité.

— Mademoiselle Bellière ? Suivez-moi, nous allons trouver un endroit tranquille pour discuter.

Son regard aujourd'hui me fuyait, semblant trouver un intérêt soudain aux meubles du couloir d'un gris pourtant tristement administratif. Ce qui ne fit qu'accroître mon anxiété : était-il occupé à préparer ses mots pour m'annoncer ma garde à vue ? Durant quelques instants, je caressai l'idée de m'enfuir au plus vite de cet endroit empli d'ondes négatives. Après tout, j'étais venue de mon plein gré, je pouvais tout aussi bien choisir de repartir. Mais l'image de Sarah me rappela à l'ordre, me faisant hâter le pas derrière le policier telle une gamine distancée par les grandes jambes de son père. Nous parvînmes enfin à un petit bureau sombre et encombré de multiples piles de dossiers en désordre. Mon compagnon se laissa lourdement tomber dans un fauteuil de cuir aux accoudoirs déchirés, avant de se frotter l'arête du nez pour chasser l'épuisement embrumant son esprit.

— Pardonnez-moi, la fin de la nuit a été agitée. Je vous en prie, asseyez-vous.

Il me désignait une chaise de bois et métal comme on en trouvait autrefois dans les salles de classe. J'obéis, laissant, contrairement à mon habitude, un long silence s'installer.

— Mademoiselle Bellière, vous aviez quelque chose à me dire ?

— Oui.

— Eh bien, allez-y…

Ce *allez-y* avait été prononcé du ton d'un *nous y voilà* blasé, signifiant qu'il se préparait à entendre des aveux attendus depuis notre première rencontre. Il alla même jusqu'à se caler plus confortablement dans son fauteuil, le visage fermé, ce qui fit naître en moi une bouffée de colère. Que croyait-il, que j'allais m'effondrer en larmes dans ses bras pour mieux me confesser ? Mais je ne pouvais me permettre de m'en faire un ennemi alors que j'avais besoin de lui pour retrouver mon amie.

— Je suis venue vous voir parce que Sarah a disparu.

Une expression de surprise se peignit sur son visage, preuve qu'il s'attendait à d'autres révélations de ma part. Comme il restait muet, je lui contai en quelques phrases les circonstances de la disparition de mon amie, espérant qu'il allait enfin se montrer compatissant, me dire de ne pas m'inquiéter, qu'il s'occupait de la retrouver. Ce ne fut malheureusement pas le cas.

— Qu'est-ce que c'est que cette histoire ? Dans quel pétrin vous êtes-vous encore fourrées toutes les deux ?

— Puisque je vous dis que je n'en sais rien ! Lorsque je l'ai rejointe dans la voiture hier matin, Sarah était en train de se disputer au téléphone avec quelqu'un, peut-être pouvez-vous interroger son opérateur téléphonique pour connaître l'identité de son interlocuteur…

— Vous vous croyez à la télévision ? On ne fait pas intrusion dans la vie privée des gens comme ça, il y a une procédure à suivre. Savez-vous au moins si quelqu'un a officiellement signalé sa disparition ?

— J'en doute, ni son père ni son petit ami ne semblaient savoir qu'elle avait disparu, tous deux pensaient qu'elle était avec moi.

— Quelqu'un devrait le faire. D'autant que dans le contexte actuel, nous pouvons qualifier sa disparition d'inquiétante.

Je sursautai.

— Inquiétante ?

— Pas de panique, c'est simplement le terme officiel. En fait, soit la disparition est jugée volontaire, et il n'y a rien à faire, chacun ayant parfaitement le droit de ne plus donner de nouvelles à ses proches, soit on parle de disparition inquiétante. Dans le cas de votre amie, une disparition volontaire est possible mais peu probable, surtout si l'on prend en considération le meurtre de cette Sophie Dupré. C'est pourquoi il est plus prudent de lancer immédiatement des recherches. Vous avez interrogé ses voisins, sa gardienne ?

Depuis mon arrivée, j'étais crispée par la perspective qu'il me parle de sa conversation avec Quentin, de mon mensonge à propos de la nuit de samedi. Pour quelle raison ne le faisait-il pas ? Jouait-il avec mes nerfs, cherchait-il à me tirer les vers du nez avant de me mettre face à mes contradictions ? Je pesai mes mots pour ne pas lui en donner l'occasion :

— A quoi bon ? Son petit ami était chez elle depuis

samedi et il ne l'a pas revue. Je crois plutôt qu'elle est partie rejoindre son mystérieux interlocuteur.

— Très bien, une fois que ses parents auront officiellement déclaré sa disparition, nous allons diffuser un avis de recherche dans les commissariats et gendarmeries, interroger les hôpitaux, reconstituer ses derniers déplacements grâce à ses relevés téléphoniques et bancaires. Ne vous inquiétez pas, nous allons tout faire pour la retrouver…

Enfin un peu de compassion ! Le lieutenant semblant moins méfiant à mon égard, je poussai mon avantage en posant de nouvelles questions :

— Vous savez, j'ai beaucoup réfléchi aux événements de ces derniers jours. Si l'on part du principe que Gabriel a quelque chose à voir avec le meurtre de sa femme, jamais il ne l'aurait tuée uniquement pour me faire arrêter, ce n'est pas logique. Son meurtre doit donc servir ses intérêts d'une manière ou d'une autre. Vous devriez peut-être vous renseigner sur elle, non ?

— Nous l'avons fait, qu'est-ce que vous croyez ! Le lieutenant Pottier a même cherché une assurance vie, un gros héritage dont bénéficierait M. Dupré, sans rien trouver. Pour tout vous avouer, je suis certain qu'il était réellement amoureux de sa femme, il était effondré lorsque je lui ai annoncé sa mort, j'ai eu l'impression qu'il n'avait pas dormi depuis dimanche matin.

Cela ne voulait rien dire, eus-je envie de lui répondre : n'avais-je pas appris à mes dépens que Gabriel pouvait être un menteur hors pair ?

— Mais ce n'est pas tout, continua le lieutenant Daumas, nous avons même fouillé du côté d'éventuels ennemis du père de la mariée. En vain.

J'eus le sentiment qu'un étau se resserrait autour de moi.

— En clair, le seul mobile qui semble tenir la route, c'est ma jalousie.

— Je le crains.

— Mais tout de même, toutes ces preuves qui s'accumulent contre moi, cela ne vous pousse pas à vous interroger ? Je ne serais tout de même pas assez bête pour commettre autant d'erreurs !

— Ou alors vous êtes particulièrement retorse et vous en avez précisément fait des tonnes pour que je vous croie innocente. Alain Corneau a fait un film qui raconte exactement ce genre d'histoire, *Crime d'amour* ou un truc comme ça.

L'allusion me surprit, je ne l'imaginais guère cinéphile.

— Eh bien, non, je ne suis pas retorse, je suis même tout le contraire.

— Je ne sais pas quoi vous dire, mademoiselle Bellière. Je trouve moi aussi que ça fait un peu beaucoup, mais le procureur ne veut rien entendre. Selon lui, vous êtes une meurtrière particulièrement maladroite, un point c'est tout.

Je m'apprêtais à lui parler de l'article du *Francilien*, lorsqu'une tête apparut dans l'encadrement de la porte :

— Lieutenant, vous pouvez venir deux minutes s'il vous plaît ?

Une fois le policier parti, je restai les yeux rêveusement fixés sur la pile de documents sur son bureau, avant de prendre conscience du nom écrit en majuscules sur la couverture d'un gros dossier cartonné bleu : *SOPHIE DUPRE*. Je me raidis pour maîtriser la pulsion qui me poussait à me précipiter sur le dossier, tandis que mon imagination s'emballait. Que pouvait-il contenir, les photos de la morte, les interrogatoires de ses proches, de Gabriel ? Sans oublier les informations sur moi, la principale suspecte... Quand tout à coup, une idée me traversa : et si le lieutenant Daumas était lui aussi retors, s'il avait délibérément laissé ce dossier en évidence sur son bureau avant de guetter ma réaction derrière la porte ? J'aurais l'air malin si j'étais surprise à fouiner dans ses affaires ! Non, mieux valait que je reste tranquille...

Quelques instants plus tard, mes résolutions s'étaient pourtant évanouies et j'ouvris le dossier, le cœur battant à tout rompre. Avant de reculer comme si j'avais pris un jet d'acide dans les yeux : l'image du cadavre de Sophie

Dupré dans une poubelle venait de me sauter au visage, violente, agressive. Une fois le premier choc passé, j'avançai de nouveau prudemment la tête, prête à me reculer une nouvelle fois si la photo était réellement insoutenable. Mais maintenant que j'étais prévenue, c'était un peu plus supportable. Le cliché était en effet pris sous un angle qui avantageait la défunte, comme si le photographe avait tenu à rendre un dernier hommage à sa beauté. On ne risquait cependant pas de la croire endormie, le sang dans son cou, ses yeux écarquillés laissaient plutôt deviner une mort violente. Je déployai un gros effort pour m'arracher à la fascination morbide exercée par la photo. Le temps pressait, le lieutenant pouvait revenir d'un instant à l'autre et j'avais besoin d'informations.

Je feuilletai rapidement les autres documents du dossier bleu, puis du dossier jaune en dessous jusqu'à trouver le compte rendu d'interrogatoire de Gabriel. Je parcourus la feuille en diagonale, impatiente d'en arriver à la partie qui me concernait. Je m'attendais à des propos désagréables, et je ne fus pas déçue :

C'était une pauvre fille pathétique en manque d'amour… jamais je n'aurais cru qu'elle s'accrocherait comme ça… elle était obsédée par l'idée de se marier…

Plus aucun doute n'était possible, cet homme ne m'avait jamais aimée. Mais je n'avais pas le temps de penser à ça pour le moment…

Les larmes aux yeux, je continuais à parcourir les photocopies, lorsque je tombai avec surprise sur un extrait de casier judiciaire manifestement rempli. Malheureusement, je n'eus pas le temps de lire le nom de la personne concernée puisqu'une voix résonna derrière moi :

— Je ne vous dérange pas dans votre lecture ? Vous voulez peut-être un peu plus de lumière ?

Le lieutenant Daumas était revenu. Mon premier réflexe

fut de m'excuser, mais un sursaut d'orgueil m'en empêcha en repensant au tableau que Gabriel avait brossé de moi.

— Vous deviez bien vous douter en me laissant les dossiers sous le nez que j'allais les ouvrir, non ? Durant quelques instants, j'ai même cru que vous l'aviez fait exprès pour me tester.

Le policier soupira avec une exaspération exagérée.

— Si c'est le cas, vous avez manifestement échoué au test !

Consciente d'avoir été trop loin, je cherchai à me rattraper en poussant vers lui le journal extrait de mon sac.

— Tenez, je voulais vous montrer cet article paru ce matin dans le *Francilien*, qui parle du mariage de samedi. Vous ne trouvez pas bizarre qu'un photographe de presse picard se soit précisément trouvé sur les lieux pour immortaliser mon humiliation ?

— Je ne sais pas, peut-être a-t-il été payé par les mariés.

— Mais non, je connais ce nom, François Rogier ne couvre d'habitude que les faits divers de Noyon et de ses environs. Vous ne me ferez pas croire qu'il photographie les mariages parisiens pour arrondir ses fins de mois ! Sans oublier le délai… L'incident a eu lieu samedi matin, nous sommes lundi et l'article est déjà rédigé et imprimé. Ça ne vous semble pas un peu rapide pour un problème soi-disant inattendu ?

Sa curiosité cette fois éveillée, le policier se pencha sur l'article tandis que je continuais :

— Reconnaissez tout de même que cette histoire est suspecte !

Mais il ne m'écoutait manifestement plus, absorbé par sa lecture. Lorsqu'il releva la tête, son regard, pour la première fois, laissa échapper un soupçon de perplexité.

— C'est vrai que c'est étrange. Même si — et je dis bien si, ne montez pas sur vos grands chevaux — vous êtes coupable du meurtre de Sophie Dupré, cela n'explique pas cet article manifestement préparé.

L'espoir me fit me redresser sur ma chaise.

— Et qu'est-ce que vous en déduisez ?

— Qu'il n'y a que deux possibilités : soit M. Dupré n'est pas aussi innocent qu'il le paraît, soit quelqu'un l'a lui aussi manipulé. Je constate que le journaliste a fait en sorte d'impliquer vos parents dans cette histoire, cela a peut-être une signification. Vous êtes sûre de ne rien savoir ? Il n'y aurait pas eu par exemple un problème entre vos deux familles ?

J'aurais adoré lui fournir des éléments, rien que pour continuer à voir cette expression attentive et légèrement amicale sur son visage, mais je n'avais malheureusement rien à lui révéler. Mais alors même que je croyais ne rien savoir, un souvenir s'imposa brusquement à moi. J'étais âgée d'une quinzaine d'années, ma grand-mère et moi étions dans la cuisine, nous devions être en hiver puisque la nuit était déjà tombée alors que nous n'avions pas encore dîné. J'aimais plus que tout ces doux moments où une soupe mijotait sur le feu, où la lumière tamisée de la hotte luttait contre les noirceurs du dehors, où je me sentais délicieusement en sécurité. Granny m'aidait à achever une dissertation de français lorsque de violents éclats de voix avaient retenti dans la chambre d'Audrey. Elle avait tendu l'oreille un moment, l'air soucieux, avant de quitter précipitamment la pièce pour monter à l'étage. Jamais de ma vie je ne l'avais vue si bouleversée lorsqu'elle était redescendue un très long moment plus tard. Juste avant qu'elle ne pénètre dans la cuisine, la voix furieuse de mon père avait tonné dans l'escalier : *Quels que soient vos liens avec les Dupré, je m'en fous, nous irons jusqu'au bout !*

Une chose me frappa soudain : c'était juste après cet épisode que l'atmosphère de la maison avait brusquement changé. Et quelques semaines plus tard, nous déménagions... Malheureusement, j'avais beau fouiller ma mémoire, rien ne me permettait de comprendre ce qui s'était passé cet après-midi-là. Serait-il possible que cette dispute ait un lien quelconque avec mes problèmes actuels ?

Le lieutenant interrompit mes pensées d'une voix douce :

— Vous paraissez bien rêveuse.

— Je réfléchissais à votre question. Mais non, je ne peux rien vous apprendre de plus pour le moment, je suis désolée.

— Tant pis. Je ne suis pas certain que ce soit M. Dupré qui ait fait venir ce photographe, mais je peux toujours passer un coup de fil au rédacteur en chef du journal, on verra s'il accepte de me renseigner.

Sentir qu'il commençait enfin à me croire me réconforta légèrement. Mais déjà il se levait, enfilait sa veste en cuir. Je clignai des paupières comme au sortir d'un long sommeil.

— Vous partez ?

— J'ai un rendez-vous.

Sans réfléchir, je demandai :

— Où ça ?

— Près de la gare Saint-Lazare.

Il secoua la tête, surpris lui-même par sa réaction.

— Je ne vois même pas pourquoi je vous réponds.

— Gare Saint-Lazare ? Mais ce n'est pas loin de la rue Lafayette ! Vous ne voulez pas m'accompagner à l'adresse où avaient lieu les rencontres de préparation de mariage ? Ça ne prendrait que dix minutes.

— Vous plaisantez ?

Je levai vers lui des yeux suppliants.

— Mais non, c'est l'occasion de comprendre ce qui s'est passé ! Imaginez que nous retrouvions le père Pedro, qu'il puisse nous éclairer sur cette histoire…

Il poussa un gros soupir, tandis qu'un éclair de compassion traversait son regard.

— Très bien, allons-y, l'homme que je dois interroger attendra bien un peu. Avec le gyrophare, cela devrait aller vite.

J'étais soufflée : jamais je n'aurais cru le voir céder aussi facilement ! Tandis que nous descendions les marches du commissariat, je ne pus m'empêcher de l'interroger :

— Si nous parvenons à prouver que Gabriel m'a manipulée, si le père Pedro vous confirme que nous avons bel et bien assisté à ces séances de préparation de mariage, est-ce que vous vous déciderez enfin à me rayer de la liste des suspects et à me considérer comme une victime ?

Le policier haussa les épaules avec une nonchalance qui me fit regretter ma question.

— Malheureusement, cela ne servira aux yeux du procureur qu'à confirmer votre mobile : la colère d'avoir été trahie, la vengeance.

— Mais ce n'est pas possible, pourquoi vous acharnez-vous à ce point sur moi ?

Il se tut un instant, comme s'il pesait le pour et le contre. Puis il finit par déclarer :

— Pour tout vous avouer, cette histoire est un peu délicate.

— Pourquoi délicate ? Parce que la victime est une jeune et belle mariée et que vous craignez de voir les médias s'emparer de l'affaire ?

— Non, parce que cette jeune et belle mariée comme vous dites est la fille de Charles Granet, le député de l'Oise.

Je tressaillis. C'était donc cela, le visage qui m'avait paru familier au mariage ! Je l'avais aperçu à maintes reprises sur les affiches de campagnes électorales près de chez mes parents, sans faire le lien avec l'homme au regard furieux de l'église. Je comprenais mieux pourquoi le policier avait évoqué tout à l'heure de possibles ennemis du père de la mariée… Cette nouvelle m'atterra encore un peu plus : l'empressement de la police à me déclarer suspecte — pour ne pas dire coupable — me paraissait soudain d'une glaçante limpidité.

Ce qui rendait d'autant plus impérieuse la nécessité de continuer à semer le doute dans l'esprit du lieutenant.

Cette fois, ce n'était plus dans un taxi mais dans une voiture de police que je prenais le chemin de la place Franz-Listz. Mais quand nous arrivâmes à destination, je n'osai plus regarder le lieutenant Daumas. Que se passerait-il si nous ne retrouvions pas le père Pedro ? Et même si nous le retrouvions, je n'étais soudain plus du tout certaine que cela pourrait arranger mes affaires. Comment oublier en effet que j'avais vu ce dernier embrasser Gabriel comme du bon pain au lendemain même de cette parodie de mariage ? Je commençais même à douter qu'il s'agisse d'un véritable prêtre. L'homme pouvait fort bien être un ami de Gabriel qui avait accepté de participer à la mascarade. Plus j'y réfléchissais, plus le plan visant à me détruire me paraissait doté de ramifications complexes. Si je parvenais à comprendre les motivations de Gabriel, peut-être pourrais-je enfin avancer dans mon enquête…

Après avoir composé le code d'entrée de l'immeuble qui, par chance, n'avait pas changé, nous nous trouvâmes confrontés à une concierge que je n'avais encore jamais vue. Elle nous interpella alors que nous n'avions fait que quelques pas dans la cour :

— Vous cherchez quelqu'un ?

Pressée maintenant que je me trouvais si près du but, je ne laissai pas au lieutenant le temps de répondre, ce qui me valut un regard noir.

— Le père Pedro, mais ne vous inquiétez pas, je connais le chemin !

Le visage de la femme se plissa sous l'effet de la perplexité.

— Un prêtre dans cet immeuble ? Vous êtes certaine de ne pas vous tromper ?

— Bien sûr que j'en suis certaine, je suis venue trois fois en septembre pour ma préparation de mariage.

Un peu bêtement, je répétai son nom, comme si cela pouvait réveiller sa mémoire assoupie.

— Le père Pedro ?

— Non, vraiment je ne vois pas.

Les yeux du policier me brûlaient le côté gauche du visage, tandis que le reste de mon corps était soudain transi. Ma voix monta malgré moi d'une octave :

— C'est au second, l'appartement de droite, nous venions

ici avec mon fiancé parce que la salle du presbytère était en travaux.

Le lieutenant et la concierge échangèrent un regard de connivence, pas suffisamment discret pour échapper à ma vigilance. Je sentis mon assurance s'amenuiser à vue d'œil tandis que la concierge répondait d'une voix sèche.

— Les deux appartements du second sont des meublés loués à la semaine. Aucun prêtre ne vient ici, vous pouvez me croire.

— Même pas en septembre ? Peut-être les travaux sont-ils aujourd'hui terminés et…

Elle m'interrompit, visiblement agacée :

— Non, même pas en septembre. C'est moi qui m'occupe du ménage des locations, je serais quand même au courant !

— Et aujourd'hui, qui occupe ces meublés ?

— Cela change tout le temps, mais il s'agit principalement de touristes étrangers, je les vois revenir avec leurs chapeaux Disneyland.

Une idée me vint à l'esprit pendant qu'elle parlait.

— Mais j'y pense, moi non plus je ne vous ai jamais vue, peut-être étiez-vous en vacances à cette époque-là ?

— Non, je prends toujours mes congés en août, pendant les vacances scolaires.

— Mais alors, peut-être preniez-vous votre pause à l'heure où…

— Ecoutez, ça suffit, je suis certaine qu'aucune préparation de mariage n'a eu lieu ici, je ne vois pas ce que je peux vous dire de plus.

Le découragement me submergea : chaque piste conduisait à une impasse, jamais je ne parviendrai à prouver que je n'avais pas inventé cette histoire de toutes pièces. Quand une idée dérangeante me traversa l'esprit : et si j'étais en train de perdre la raison ? L'un de mes arrière-grands-pères avait été envoyé dans une maison de santé discrète, pour une maladie dont les symptômes, à ce que l'on m'avait dit, s'apparentaient très nettement à des troubles bipolaires.

Depuis, la folie était un sujet tabou dans la famille, comme si le simple fait de l'évoquer pouvait réveiller le danger tapi dans nos gènes.

Et si c'était en moi que le gène de la folie était en train de se réveiller ?

13

Une fois de retour dans la rue, les yeux du policier semblèrent éviter les miens, comme s'il ne voulait plus rien avoir à faire avec moi.

— Je dois vous laisser, mademoiselle Bellière, j'ai perdu suffisamment de temps comme ça. Essayez de vous reposer, nous vous tiendrons informée de l'évolution de l'affaire.

— Est-ce que je peux retourner chez moi ? Vous avez terminé vos analyses ?

— Non, c'est encore un peu tôt, je vous préviendrai lorsque ce sera possible. Et surtout, je me répète mais restez éloignée de M. Dupré, n'allez plus vous amuser à traîner près de chez lui, à lui téléphoner ou à le suivre. Ne m'obligez pas à demander au juge une mesure judiciaire d'éloignement, d'accord ?

Une mesure judiciaire d'éloignement pour quel motif, pour harcèlement ? N'y avait-il donc aucune limite à l'injustice ? Un bref instant, je fus tentée de pousser le policier à continuer ce que j'étais bien obligée d'appeler *notre enquête*. Après tout, nous n'avions pas encore été interroger les prêtres de l'église Saint-Vincent-de-Paul, les serveurs du café voisin. Mais le frêle lien de complicité qui s'était noué entre nous semblait désormais évaporé, l'homme paraissait las de ma présence, de mon histoire insensée. Peu importait, j'allais continuer à chercher toute seule. Ce plan ne pouvait être parfait, il *devait* y avoir une faille. Et s'il n'y en avait pas, j'aurais au moins tout fait pour me défendre.

Quelques instants plus tard, je poussai la porte vitrée de

l'établissement où nous avions coutume de nous rejoindre avec Gabriel avant nos préparations de mariage. Il s'agissait d'une brasserie comme il en existait des dizaines à Paris, avec des fauteuils en skaï marron, des tables de verre égayées d'un logo de marque de bière et les incontournables joueurs aux yeux fixés sur le tiercé ou le Rapido. Par chance, ce fut le même serveur que d'ordinaire qui vint prendre ma commande. Petit, brun, il était le stéréotype même du garçon de café parisien.

— Bonjour, vous vous souvenez de moi ? Vous m'avez déjà servie plusieurs fois, je m'asseyais généralement à cette même place près de la fenêtre.

L'homme parut surpris, presque gêné.

— Euh, oui, c'est possible. Il y a un problème ?

— Non, pas du tout. Je voulais simplement savoir si vous vous souveniez de l'homme qui venait me rejoindre ?

— Non, désolé, ça ne me dit rien.

Déjà, son regard s'échappait vers le patron derrière le bar, occupé à nous observer avec attention.

— Je vous en prie, réfléchissez, c'est important. Attendez, je crois que j'ai une photo.

Je fouillai mon sac d'une main aveugle, tandis que mes yeux le fixaient pour l'empêcher de repartir. Puis je brandis triomphalement mon Smartphone, sur lequel le visage de Gabriel s'affichait toujours en fond d'écran.

— C'est lui. Vous devez vous en souvenir, il commandait toujours un double expresso avec un petit pot de lait qu'il vous demandait chaque fois de réchauffer.

— Ah oui, je me le rappelle très bien.

Je fermai les yeux de soulagement. Enfin un témoin ! J'allais aussitôt téléphoner au lieutenant Daumas, le prévenir que…

— Mais je suis désolé, je n'ai aucun souvenir de l'avoir vu avec vous, il venait toujours avec la même blonde. Belle, plutôt classe. Il a d'ailleurs renversé son café sur moi la dernière fois que je l'ai vu, il a fallu que je change de pantalon.

Les premiers instants de stupeur passés, la signification de ce qu'il venait de me révéler m'apparut soudain clairement : Gabriel avait délibérément amené sa fiancée ici, fait en sorte de se faire remarquer, en sachant que cela ne ferait que brouiller les pistes lorsque la police enquêterait. Il était décidément redoutable. Surprenant un autre serveur en train de plaisanter avec l'homme du bar tout en regardant dans ma direction, je me précipitai dehors avec la ferme intention de ne plus remettre les pieds dans cet endroit.

J'étais si pressée de m'enfuir que je faillis buter contre un homme qui rôdait d'un air faussement nonchalant devant la brasserie. L'homme que j'avais déjà repéré tout à l'heure en sortant du métro ! Cette fois, plus aucun doute n'était possible, j'étais bel et bien l'objet d'une filature. Ainsi, le lieutenant Daumas avait beau faire mine de m'apprécier, il ne me faisait pas le moins du monde confiance…

Je sentis un besoin compulsif de nourriture gonfler en moi, amplifié par le découragement. Tout cela ne rimait à rien, je perdais mon temps à essayer de faire le travail de la police. Pour arranger encore les choses, la pluie se mit à tomber, une pluie drue et agressive qui me cognait la peau avec violence. S'agissait-il d'un signe pour m'inciter à rentrer me mettre à l'abri chez Audrey ? Au loin, la silhouette de l'église semblait pourtant m'inviter à la rejoindre. Allons, encore cette ultime visite et je rentrerai me préparer pour mon dîner avec Alexis. Pour m'insuffler un peu de courage, je m'autorisai malgré tout à m'arrêter dans une boulangerie toute proche afin d'engloutir deux religieuses au chocolat aux rondeurs réconfortantes. Tant pis pour les kilos perdus à grand-peine avant le mariage…

Parvenue devant l'église, j'hésitai soudain à franchir la porte. De manière irrationnelle, le lieu me semblait désormais dangereux, menaçant. Je m'obligeai pourtant à entrer, comme j'aurais sauté dans le vide, consciente de devoir en passer par là si je voulais obtenir des réponses.

Je remontai la nef vers l'autel lorsqu'un homme vêtu d'un polo gris boutonné jusqu'au col occupé à trier des chandelles attira mon attention. La chance était pour une fois avec moi : c'était le prêtre de samedi, celui qui avait marié Gabriel. A son expression soudainement contrariée, je compris qu'il avait lui aussi reconnu en moi l'importune mariée dont il avait probablement dû nettoyer les vomissures sous le porche.

— Bonjour, mon père.

— Bonjour. Vous êtes la femme de samedi, n'est-ce pas ? J'ai appris que la jeune mariée avait été assassinée, j'espère de tout cœur que vous n'avez rien à voir avec son meurtre !

En voilà au moins un qui ne s'embarrassait pas de politesses... Mais, étonnamment, sa franchise me rasséréna.

— Je suis effectivement cette femme-là mais, rassurez-vous, je n'ai rien à voir avec la mort de qui que ce soit.

Son regard se fit incisif derrière ses fines lunettes métalliques.

— Pardonnez-moi d'insister, mais n'aurait-elle pas été tuée... dans votre appartement ?

Etrange, j'ignorais que le clergé français avait des accointances avec la brigade criminelle ! Quand tout à coup je me souvins que le lieutenant Pottier, dans la salle d'interrogatoire, m'avait dit avoir été parler aux prêtres de la paroisse.

— Vous paraissez mieux informé que moi. Tout ce que je sais, c'est que ma chambre était pleine de sang hier matin lorsque je suis rentrée chez moi, et que la police a retrouvé le corps de cette femme dans une poubelle proche de mon immeuble. Mais je vous jure que je n'en sais pas plus ! Si vous voulez, je peux vous répéter la même chose en confession.

Un sourire désabusé étira les lèvres du prêtre.

— Malheureusement, je crains fort que la confession n'empêche plus guère les mensonges. Que voulez-vous qu'il se passe, que Dieu foudroie le malhonnête ? Plus personne dans ce cas ne remettrait les pieds dans un confessionnal. Si vous m'expliquiez plutôt la raison pour laquelle vous êtes venue ?

Cet homme était décidément peu commun ! Je parcourus les lieux du regard.

— Nous ne pourrions pas nous asseoir quelque part ?

Toujours aussi circonspect, le prêtre m'indiqua deux chaises un peu plus loin. Une fois assise, je lui résumai les faits en quelques phrases succinctes, tout en guettant les expressions de son visage. J'éprouvai soudain le besoin superstitieux qu'il me croie, comme si le fait de le convaincre pouvait influer sur la suite des événements. Probablement était-ce dû à cette incroyable bonté qui irradiait de son regard.

— Pourriez-vous me décrire ce mystérieux père Pedro ?

Une fois encore, ma réponse sonna comme une leçon trop bien apprise :

— Une trentaine d'années, brun, toujours en jean.

— Tous nos prêtres sont âgés, nul dans l'entourage du presbytère ne correspond à cette description. Et aucune préparation de mariage ne se déroule rue Lafayette, nous disposons de locaux rue Bossuet à cet effet.

— Mais vous étiez, nous a-t-on dit, en travaux.

— En travaux ?

Un rire bref lui échappa.

— Nous n'avons guère les moyens d'effectuer des travaux pour le moment. Je suis désolé. Si tout ce que vous me racontez est vrai, vous avez effectivement été manipulée. Mais je ne vous cache pas que cela m'étonne. C'est moi qui me suis occupé de la préparation de mariage de ce couple, et ce M. Dupré semblait un homme très bien, très a…

Il s'interrompit brusquement, tandis qu'une vive rougeur perceptible malgré la pénombre envahissait son front.

— Très amoureux, c'est ce que vous vous apprêtiez à dire, n'est-ce pas ?

Il sc rapprocha de moi comme pour atténuer la dureté de ses propos.

— Oui, il paraissait en effet très amoureux de sa fiancée, une jeune femme d'excellente famille. Au fil des rencontres, il me semble avoir appris à les connaître, et je n'ai rien remarqué d'anormal. Il s'agissait simplement de deux fiancés impatients d'unir leur vie…

La déception rendit ma voix plus sèche que je ne l'aurais souhaité :

— Très bien, je vous remercie pour votre aide, mon père.

— Souhaitez-vous malgré tout vous confesser ?

Il me jeta un regard aigu.

— Cela ne prendrait que quelques minutes et soulagerait grandement votre conscience j'en suis sûr.

— Non, merci, peut-être plus tard, une fois cette épouvantable affaire terminée.

— Je comprends. Allez dans la paix du Christ, mon enfant.

Je ressortis de l'église effondrée. Si je soupçonnais le lieutenant Daumas d'être pressé de boucler son enquête pour apaiser le député en deuil, ce prêtre n'avait aucune raison de protéger Gabriel. Et pourtant, lui non plus ne me croyait pas…

Mon histoire était-elle si invraisemblable que cela ? Je n'avais plus aucun recul, je commençais une nouvelle fois à douter de ma santé psychologique. Qui m'assurait que je n'étais pas une Dr Jekyll au féminin, qui commettait la nuit des actes dont elle ne se souvenait plus au petit matin ? A la réflexion, il s'agirait d'une explication bien plus cohérente que celle que je ne cessais de me répéter en boucle…

Un sursaut de révolte me souleva. Folle ou pas, je n'avais pas le droit de baisser les bras ! Sarah était en danger, et elle avait besoin de mon aide. Oui, mais de quelle manière continuer ? L'unique chose dont j'avais désormais la certitude, c'est que sa disparition avait un lien avec le piège tendu par Gabriel, les deux événements ayant eu lieu le même week-end. J'en arrivais donc, encore et toujours, à la même conclusion : il me fallait comprendre la raison qui avait poussé mon ex-fiancé à élaborer cette machination.

Tout en descendant les marches de l'église, je repensai à la question du lieutenant Daumas concernant une possible dispute entre la famille de Gabriel et la mienne. Comme il l'avait fait remarquer, le journaliste du *Francilien* faisait clairement en sorte de compromettre mes parents dans son article, et il devait y avoir une raison à cela. Gabriel pourrait-il chercher à se venger d'un événement ayant eu lieu au moment de notre déménagement ? Cela pourrait expliquer pourquoi il ne m'avait jamais appelée ou écrit après notre départ, pourquoi il s'était montré si distant les quelques fois où je lui avais téléphoné. Cela expliquerait également pourquoi ma mère cherchait tant à me dissuader de réveiller les fantômes du passé. Les chances que ma théorie soit vraie étaient minces, mais cela valait malgré tout la peine de creuser. Oui, mais comment ? L'unique piste dont je disposais était ce souvenir de mon père hurlant sur Granny dans l'escalier à propos d'un problème avec la famille Dupré. Si je voulais explorer cette piste, j'allais donc devoir me résoudre à appeler mes parents. Et autant le faire sans attendre.

Je m'installai sur un banc un peu à l'écart, dans le petit parc devant l'église, et cherchai leur numéro dans le répertoire de mon Smartphone. A ma grande surprise, ce fut mon père qui décrocha.

— Papa ? Je n'imaginais pas tomber sur toi, je pensais que tu serais au bureau.

— Margot, quel soulagement de t'entendre, je regrette de n'avoir pu venir avec ta mère ce matin, mais j'avais un rendez-vous important que je ne pouvais pas décaler. Je suis vraiment inquiet pour toi, tu sais, elle m'a dit que tu n'allais pas bien du tout.

Il était si inquiet qu'il n'avait pas jugé bon de me téléphoner depuis ce matin ! Malgré tout, sa voix grave me réconforta, une bouffée de nostalgie me fit monter les larmes aux yeux en l'imaginant dans le salon, ses éternelles lunettes en demi-lune sur le nez pour lire le journal et le chat Potiron sur les genoux.

— Non, papa, ça ne va pas du tout, mais je ne t'appelle pas pour me plaindre.

— Ah bon, pourquoi téléphones-tu alors ?

Sa voix avait pris une tonalité inquiète.

— Je voudrais savoir pourquoi tu t'es disputé avec Granny quelques semaines avant notre déménagement.

Il y eut un silence au bout de la ligne, puis il dit :

— Je suis désolé, ma chérie, je ne vois vraiment pas de quoi tu veux parler.

— Mais si, rappelle-toi, tu hurlais quelque chose dans l'escalier à propos de la famille Dupré, tu ne peux pas avoir oublié. Avec le recul, je suis même sûre que nous avons quitté brusquement Noyon à cause de cette histoire.

Si c'était du bluff, je venais malgré tout bel et bien de réaliser que je ne savais presque rien sur ce déménagement, et que le peu que je savais n'avait pas grand sens. Selon la version familiale officielle, mon père avait souhaité se rapprocher de chantiers parisiens importants, mais je me souvenais avoir remarqué à l'époque qu'il retournait presque quotidiennement travailler à Noyon. Alors pourquoi tant de hâte à quitter notre maison ? Si mes parents avaient voulu imiter les Brissac, laisser derrière eux une ville de province trop fade à leur goût — ce dont je doutais car ils adoraient cette ville —, ils auraient tout de même pu attendre le mois de juin pour permettre à Audrey de terminer son année de terminale. Ils avaient toujours fait de notre scolarité une priorité, et voilà qu'ils prenaient le risque de voir ma sœur rater son bac pour nous entasser tous les quatre dans un appartement exigu des Buttes-Chaumont ! Un logement où nous étions restés jusqu'à ce qu'Audrey et moi prenions notre envol et que mes parents retournent vivre à Noyon, toujours sous couvert de raisons professionnelles.

L'incohérence de toute cette affaire me sauta brutalement aux yeux. Comment avais-je pu ne pas la remarquer avant aujourd'hui ?

Le silence était soudain si dense que je croyais en percevoir les battements.

— Papa, tu es toujours là ?

— Oui, je suis là. Mais pitié, tu ne vas pas t'y mettre toi aussi !

Toi aussi. Cela signifiait donc que quelqu'un d'autre lui en avait parlé récemment. Au moins, il avait cessé de simuler l'incompréhension, c'était toujours ça.

— Je suis désolée, mais j'ai besoin de savoir si cette dispute a un lien avec ce qui m'arrive ces jours-ci.

— C'est n'importe quoi, je voudrais qu'on laisse cette vieille histoire derrière nous.

— Il y a donc bel et bien une histoire ! Papa, je t'en supplie, dis-moi ce qui se passe. Tu te rends compte que j'en étais arrivée à me demander si je n'étais pas en train de devenir folle ?

— Je n'ai aucune intention de réveiller le passé, je te préviens que je ne laisserai pas la famille prendre le risque de sombrer une seconde fois.

Je tressaillis : ma sœur n'avait-elle pas fait elle aussi allusion à un mystérieux problème que nous aurions eu à surmonter ? Mon père reprit d'une voix plus douce :

— Pourquoi ne viendrais-tu pas te reposer quelques jours à la maison ? Je pourrais t'emmener comme autrefois à la bibliothèque, maman te ferait de bons petits plats…

— Et vous me parlerez de votre dispute avec les Dupré ?

— Je t'aime plus que tout au monde, et tu le sais, mais je suis désolé, Margot, je ne veux plus parler de tout ça.

Tout à coup je n'entendis plus rien, et pour cause : il avait raccroché ! Mais qu'est-ce qui ne tournait pas rond chez mes parents ? Ma mère s'enfuyait avant que je ne puisse l'interroger, mon père me raccrochait au nez. Qu'est-ce que cette histoire pouvait avoir de si compromettant pour les mettre dans un tel état ?

Parce que j'avais bel et bien perçu dans la voix de mon père une note que je n'avais jamais entendue auparavant : de la peur.

14

Quelques minutes plus tard, j'étais toujours assise sur le banc, occupée à réfléchir au passé. Qu'avions-nous pu fuir en quittant si précipitamment Noyon ? Il est vrai qu'il s'agissait d'une période étrange, décousue, où les contrariétés s'étaient multipliées autour de nous comme pour m'empêcher de voir le tableau d'ensemble. J'étais tout d'abord rentrée soûle de la fête de Thibault, puis Audrey avait volé un pull au *Prisunic*, ce qui l'avait contrainte à se rendre au commissariat à plusieurs reprises — sans jamais être punie, ce que j'avais, à l'époque, trouvé fort injuste —, puis ma mère s'était fait exclure de l'équipe de catéchèses après un esclandre. Qu'est-ce qui pouvait dans tout cela concerner la famille Dupré ? Je regrettais encore plus que d'ordinaire que Granny ne soit plus de ce monde, elle au moins m'aurait dit la vérité.

Je réfléchissais encore lorsque je sentis une main se poser sur mon épaule. Je relevai la tête.

Gabriel !

Mais que faisait-il là, que me voulait-il encore ? S'il m'avait suivie pour surveiller les progrès de mon enquête, il avait perdu son temps tout autant que moi. Je me levai brusquement, mais il ne s'écarta pas, se contentant de me considérer avec ce sourire ironique qui me troublait tant. Malgré le côté surréaliste de la situation, je l'observai avec avidité : ses yeux étaient rougis, gonflés comme s'il avait passé la nuit à pleurer, ses cheveux emmêlés et légèrement gras. Mais cela ne m'empêchait pas de le trouver incroyablement beau…

J'étais si bouleversée par cette arrivée soudaine que je me trouvais dans l'incapacité de réfléchir, j'avais à la fois envie de le bourrer de coups de poing et de me jeter dans ses bras. Je tressaillis en sentant sa main glisser avec naturel jusqu'à ma taille.

— Alors, Margot, comment vas-tu ?

— Aussi bien que possible dans cette situation, merci.

Ma maîtrise de moi-même sembla le surprendre — preuve qu'il ne possédait pas le pouvoir d'entendre le vacarme de mon cœur —, quelques signes de trouble affleurèrent sous la surface de son apparente assurance. Tandis que de mon côté, un reste de raison empêchait mon imagination de s'emballer.

— Eh bien, je t'ai connue plus loquace ! Le chat a mangé ta langue, ou c'est le plaisir de me revoir qui te coupe le souffle ?

— C'est vraiment tout ce que tu trouves à dire ?

Il accentua négligemment sa pression sur ma taille, comme il le faisait autrefois lorsqu'il cherchait à m'amadouer.

— Je vois que tu as une tonne de questions à me poser. Pourquoi tu ne m'inviterais pas à boire un verre ?

L'espoir qu'il puisse me fournir une explication cohérente, cet éternel et increvable espoir qui m'avait fait commettre toutes les erreurs, se réveilla malgré moi. Après tout, peut-être souhaitait-il réellement m'expliquer les raisons de son odieux comportement ? Je ne pouvais croire qu'il avait totalement simulé nos incroyables moments de complicité ; au fond de moi, j'étais certaine qu'une part de lui-même avait réellement apprécié ces instants dans mes bras.

— D'accord.

— Tu veux que j'aille te chercher un verre de brouilly ? Le serveur ne semble pas vouloir venir jusqu'à nous.

Depuis que nous nous étions installés sur un petit canapé

du *Loft*, nos genoux proches à se toucher, le naturel avec lequel nous avions retrouvé notre intimité de vieux couple avait achevé de me déstabiliser. Mon cœur cognait si fort que j'avais même dû croiser les mains devant ma poitrine pour le dissimuler aux regards de Gabriel, ce que, bien sûr, il avait aussitôt remarqué. Jamais de ma vie je n'avais vécu une situation aussi hallucinante. Je faisais face à l'homme qui m'avait menti, humiliée, accusée de meurtre, qui avait transformé ma vie en enfer, et je continuais malgré tout à être bouleversée par sa présence. J'éprouvais l'impression déstabilisante de le connaître à la fois par cœur, et d'être confrontée à un inconnu. Comme si tous mes repères familiers le concernant avaient disparu d'un seul coup…

— Du brouilly ? Non, merci, je préfère éviter l'alcool. Mais je peux attendre, tu sais, le serveur va bien finir par venir prendre notre commande.

— Mais tu sembles avoir soif…

Soif de toi, oui ! Comme cette réponse était évidemment impossible, je me contentai d'opter sagement pour un jus de tomates. Tandis que Gabriel se levait pour aller passer la commande au comptoir, je me concentrai pour retrouver mes esprits : si le combat avait commencé sans que j'en sois informée, il ne m'était désormais plus possible de me cacher derrière cette excuse et je devais à partir de maintenant me tenir en permanence sur mes gardes. Un éclair de lucidité me poussa à allumer le Dictaphone qui ne quittait pas mon sac et me servait à enregistrer les briefs de mes clients. S'il m'arrivait une nouvelle mésaventure, tout au moins pourrai-je faire écouter la conversation au lieutenant Daumas.

Tout autour de moi, l'atmosphère chaleureuse, feutrée, incitait pourtant à la détente, aux confidences. Les petites lampes sur les tables avaient été allumées en raison des nuages orageux qui avaient assombri le ciel, les conversations à voix basse des couples environnants me berçaient doucement. Voyant Gabriel arriver avec deux verres à la main, je m'obligeai à revenir sur terre.

Les choses sérieuses commençaient.

Je lui laissai à peine le temps de s'installer avant de l'attaquer d'un ton déterminé :

— Alors maintenant, dis-moi où est Sarah.

— Sarah ? Mais je n'en sais rien. Pourquoi tu me parles d'elle ?

Il semblait réellement stupéfait, mais l'expérience m'avait appris à ne pas être dupe.

— Laisse tomber, c'est ridicule, tu ne cesses de mentir, je n'ai rien à faire ici.

Je me levais pour m'échapper lorsqu'il me saisit par le bras.

— Margot, ne t'en va pas. Je ne sais vraiment pas où est Sarah, mais il faut que je te parle, je te jure que c'est important.

— Qu'est-ce que tu mijotes encore, quel nouveau piège es-tu en train de me tendre ? J'imagine que je n'ai pas besoin de te faire le résumé de ces trois derniers jours, alors je ne vois pas pourquoi je te ferais confiance.

Il soupira, tenta de sourire sans y parvenir.

— Tu as raison d'être furieuse, je suis justement venu t'expliquer pourquoi j'ai agi de cette manière odieuse.

— Ah, parce que tu en conviens ?

— Oui, Margot, j'en conviens. Tu me prends donc pour un monstre ?

Au lieu de répondre, je bus d'une traite la moitié de mon jus de tomates. C'était à lui de parler, et je n'allais certainement pas lui faciliter la tâche… Un instant, il ouvrit la bouche pour dire quelque chose, avant de se raviser et de tourner la tête vers la fenêtre. Lorsque son regard revint se poser sur moi, l'éclair de sincérité dans ses yeux avait disparu et il prononça une phrase d'une banalité à pleurer :

— Je vais aller fumer une clope, j'ai besoin de réfléchir un peu à la manière dont je vais formuler les choses. Tu ne bouges pas de là, hein ?

Bouger, mais pour aller où ? Tout ce que je pouvais désirer se trouvait là, en face de moi ! Malgré moi, je retrouvais cette docilité qui avait toujours gouverné notre relation.

Je le suivis des yeux jusqu'au-dehors avec anxiété. Mon Dieu, il n'allait jamais revenir, et je ne saurais toujours pas où était Sarah, ce qu'il avait à me dire…

Par chance, pour mon cœur au bord de l'implosion, il s'arrangea pour rester à portée de regard en faisant les cent pas devant la vitre. Et puis c'était absurde, pour quelle raison s'enfuirait-il après s'être donné tout ce mal pour venir me trouver ? *Mais pour la même raison qu'il t'a demandée en mariage avant de t'humilier*, me répondit la petite voix au fond de moi, *pour jouer avec tes nerfs, te rendre folle…*

J'étais toujours en train de le surveiller lorsque mon téléphone se mit à sonner.

— Margot, c'est Alexis.

— Alexis ! Ça tient toujours pour tout à l'heure ?

— Bien entendu, où veux-tu que l'on se retrouve ?

— Si ça te va, donnons-nous rendez-vous devant chez Audrey, rue de Turenne, nous trouverons bien un petit bistrot dans le coin.

— C'est parfait, je te téléphone lorsque je suis garé. Quelle heure t'arrange ?

— Je ne sais pas, je suis avec Gabriel, là. Il a absolument tenu à m'expliquer les raisons de son comportement, mais ça ne devrait pas durer longtemps. Dès que nous avons terminé, je t'appelle, d'accord ?

Après un silence surpris, la voix au bout du fil se fit tendue :

— Comment ça, tu es avec Gabriel ? Mais qu'est-ce qu'il te veut, il ne t'a pas fait assez de mal comme ça ? Margot, éloigne-toi de lui au plus vite !

— Ne t'inquiète pas, je ne crains rien dans ce café. Je te raconterai tout ce soir, promis, je te laisse.

Je raccrochai alors qu'il était encore en train de parler, une chose que je ne me serais jamais permise en temps ordinaire. Mais je le connaissais, j'étais certaine qu'il me pardonnerait. Lorsque Gabriel revint s'asseoir en face de moi, une euphorie inexplicable me donna soudain envie de rire, de le toucher. C'était à la fois déstabilisant et excitant, toute cette timidité qui faisait d'ordinaire peser son éternelle chape de plomb sur mes épaules semblait s'être envolée. Ce qu'il avait à me dire me paraissait déjà nettement moins important, seule l'urgence de coller mon corps au sien me gouvernait. Je m'apprêtais même à lui saisir la main lorsqu'une terrible nausée me submergea, me poussant à m'adosser précipitamment à ma chaise. Mais que m'arrivait-il ? Tout tournait autour de moi, une étrange somnolence me faisait piquer du nez dans mon verre. Je tentai de me concentrer, mais le visage de Gabriel s'étirait à l'infini devant moi, son sourire m'évoquait celui du chat de Chester.

— Alors ce qu'on dit est vrai, tu ne te souviens vraiment de rien ?

Mais de quoi était-il en train de parler, de quoi étais-je censée me souvenir ? Quand tout à coup je vomis sur ses chaussures, un long jet chaud et brutal.

Puis ce fut le trou noir.

15

Mardi

L'état dans lequel je me réveillai le lendemain matin me fit regretter de ne plus bénéficier du confort comateux du sommeil. Quelques nausées me soulevaient encore le cœur par à-coups, une lassitude pesante rendait chaque mouvement difficile, presque douloureux. Mais le pire était encore ce sentiment d'égarement désagréable que je ne parvenais pas à identifier. La mémoire ! Oui, c'était cela, quelque chose clochait avec ma mémoire. J'avais beau en effet me concentrer, aucun souvenir cohérent ne parvenait à émerger de cette masse confuse d'informations qui grouillaient au fond de mon esprit à propos d'hier soir. Je tentai de me rassurer. Ce devait être le contrecoup du choc de samedi, nul doute qu'une fois complètement réveillée, les choses rentreraient doucement dans l'ordre.

Je resserrai la couette autour de moi pour tenter de me laisser bercer par les bruits familiers de l'appartement, qui d'ordinaire n'avaient pas leur pareil pour m'apaiser. Mais ce matin, mes nerfs étaient tendus comme des cordes de violon, et ni les rires de mes neveux se préparant pour l'école, ni le ronronnement de la centrifugeuse, ni même l'alléchante odeur de pain grillé qui ondoyait jusqu'à moi ne parvinrent à me calmer. Bien au contraire... Je déployai un effort surhumain pour me concentrer : qu'avait-il pu se passer la veille au soir ? Une à une, les informations remontaient laborieusement à la surface comme les bulles d'air d'un plongeur. Je me rappelais avoir été rejointe par Gabriel dans le parc, été boire un verre avec lui, je me souvenais même avoir choisi un jus de tomates. Oh mon Dieu, j'avais aussi été malade et vomi sur ses chaussures... Mais ensuite, mes idées s'embrouillaient, je ne me souvenais plus que de bribes d'images : une main qui se posait sur mon épaule, un lit défait dans une chambre inconnue, des chaussettes d'homme roulées en boule par terre... Serait-ce possible que j'aie couché avec Gabriel ?

Une partie de moi espérait confusément une réconciliation, tandis que l'autre refusait d'y croire. Pourquoi cet étrange malaise en effet ? Malgré tout ce qu'il m'avait déjà fait subir, je n'imaginais pas Gabriel me droguer pour parvenir à ses fins. Il n'en avait tout simplement pas besoin...

Et pourtant, c'était bel et bien en sa compagnie que je me trouvais lorsque j'avais perdu connaissance, et je ne voyais pas bien par quel miracle j'aurais pu terminer ma nuit dans les bras d'un autre homme... A moins qu'il ne se soit rien passé de sexuel, que je sois comme convenu allée rejoindre Alexis et qu'il ait choisi de prendre une chambre d'hôtel parce que je ne me trouvais pas dans mon état normal ? Mais dans ce cas, à quelle heure m'avait-il ramenée chez ma sœur ?

Une odeur de sueur et de parfum coûteux m'emplit soudain les narines, comme si mon organisme cherchait à réveiller ma mémoire grâce à des évocations olfactives. Durant un instant, un souvenir sembla vouloir émerger de ma conscience, pour malheureusement s'évanouir aussitôt. Je palpais mon corps d'une main à la fois curieuse et inquiète quand je tressaillis. Certains endroits étaient légèrement endoloris, comme après une nuit sexuellement agitée. L'unique manière d'en avoir le cœur net était de descendre toujours plus bas, entre les cuisses... Lorsque je m'y décidai enfin, ce fut pour sentir le résidu poisseux que je craignais et espérais à la fois trouver. Du sperme.

J'avais donc bel et bien fait l'amour cette nuit avec Gabriel, et nous ne nous étions manifestement pas protégés.

Je n'eus pas le temps de réfléchir plus avant à la signification de ce que je venais de découvrir, ni même de rallumer mon téléphone pour interroger ma messagerie comme j'en avais l'intention. Audrey fit en effet brusquement irruption dans la chambre, les bras chargés de vêtements. Ce matin, elle portait une veste Chanel noire — authentique, cela allait sans dire — sur un T-shirt d'un blanc éclatant et un jean délavé. Son carré était si lisse que je l'aurais crue tout droit sortie de chez le coiffeur si je n'avais pas entendu le séchoir à cheveux quelques instants plus tôt.

— Margot, réveille-toi, il est 8 h 30 ! Tu ne m'as pas envoyé un texto hier pour me dire que tu avais besoin d'une tenue pour ton rendez-vous avec Catherine ?

Mon cœur fit un bond dans ma poitrine. Mais que m'avait-il pris de me mettre dans un état pareil à la veille d'un entretien primordial pour mon avenir ? Je me levai précipitamment pour foncer aux toilettes sans me soucier de l'étourdissement qui me faisait chanceler, espérant par là échapper à ma sœur et à sa trop visible contrariété. Mais la ruse malheureusement ne fonctionna pas, puisqu'elle me suivit jusqu'à la salle de bains après avoir déposé les vêtements sur le lit. Un regard dans le miroir me permit de réaliser qu'elle n'était pas seulement contrariée, mais furieuse.

— Tu peux me dire ce qui s'est passé hier soir ? Tu es rentrée à 5 heures du matin, ivre morte, je ne t'avais jamais vue dans un état pareil ! Tu ne tenais même plus debout.

Constatant que je ne réagissais pas assez vite, la main de ma sœur me saisit sans douceur le menton pour le tourner vers le miroir.

— Regarde la tête que tu as, ce n'est sûrement pas comme ça que tu vas retrouver ton poste !

— Tu m'as entendue rentrer ?

— Evidemment, tout l'immeuble vous a entendus, avec le bruit que vous avez fait ton copain et toi !

Une pointe de soulagement perça enfin sous l'inquiétude, me permettant de mieux respirer.

— Ah, tu as vu Gabriel me ramener, ça me soulage.

Le regard de ma sœur se gela.

— Comment ça, Gabriel ? Tu ne vas quand même pas remettre ça !

— Mais je suis bien rentrée avec lui, tu ne peux pas dire le contraire !

L'expression de son visage se transforma de nouveau, elle me contemplait maintenant d'un air inquiet.

— Margot, es-tu en train de me dire que tu ne te souviens plus de l'homme qui t'a raccompagnée, que tu penses sincèrement qu'il s'agit de Gabriel ?

— Evidemment, de qui d'autre veux-tu qu'il s'agisse ? A moins que ce ne soit Alexis ?

— Tu dois retourner consulter quelqu'un, et vite. Si tu te mets à ramener à la maison des inconnus en pensant avoir affaire à Gabriel, la situation est plus grave encore qu'on ne le craignait !

A ramener à la maison des inconnus ? Je me laissai tomber sur le rebord de la baignoire, submergée par l'affolement. Je me connaissais, jamais je n'aurais pu faire l'amour avec un autre homme que Gabriel à quelques jours seulement de notre mariage avorté, à moins d'y avoir été contrainte. Mais alors, y avais-je été contrainte ? Les événements se succédaient trop vite pour moi, je me sentais perdre pied…

— Je te conjure de me croire, Audrey, Gabriel est bel et bien venu me rejoindre hier pour me parler. Tu peux vérifier, nous sommes allés au *Loft*, le même bar que samedi, ils doivent se rappeler de notre passage puisque j'ai vomi en pleine salle…

Pour la première fois, la compassion se peignit sur le visage de ma sœur.

— Mais ce n'est pas possible, pourquoi as-tu suivi ce type, Margot ? Il ne t'a pas fait assez de mal comme ça ?

— Tu peux me traiter de naïve, mais j'ai vraiment cru qu'il allait enfin tout m'expliquer. Malheureusement, il semble que je n'aie plus aucun souvenir du reste de la soirée.

— Tu avais bu de l'alcool ?

— Non, c'est ça qui est bizarre, je n'avais pris qu'un jus de tomates.

— Bon, nous en reparlerons ce soir, pour le moment je dois aller travailler et tu n'as plus beaucoup de temps pour te préparer.

Elle m'adressa un pauvre sourire qui me donna envie de pleurer.

— Allez, courage, je croise les doigts pour toi.

Une fois qu'elle eut quitté la pièce, je filai sous la douche et plaçai ma tête sous l'eau encore fraîche afin de forcer mes neurones à fonctionner. Soudain, la solution m'apparut, si évidente qu'elle me donna envie de hurler. Du GHB. Gabriel m'avait fait boire du GHB, la drogue du violeur ! Je comprenais mieux pourquoi il avait absolument tenu à aller chercher mon jus de tomates au comptoir.

J'étais effondrée, confondue par ma propre stupidité. Mes parents, ma sœur m'avaient suffisamment mise en garde sur le sujet depuis notre emménagement à Paris pour que j'aie appris à surveiller mon verre lorsque je sortais dans des soirées. Et je n'avais pas trouvé le moyen de me méfier de l'homme qui ne cherchait qu'à me nuire depuis trois jours ! La dernière sans doute à s'être montrée aussi stupide devait être Catherine Howard, cinquième épouse d'Henri VIII, persuadée de n'être pas exécutée ou répudiée comme les précédentes femmes du roi, et qui était finalement morte décapitée !

Une fois ma douche achevée, je me jetai sur mon ordinateur pour vérifier ma théorie sur le GHB. Euphorie, vertiges, somnolence, nausées, désinhibition… Tous les symptômes ressentis la veille correspondaient, il ne pouvait s'agir que de cela. Une boule de chagrin gonflait dans ma gorge, tandis que les éléments se mettaient en place dans mon esprit. Bien sûr, cela expliquait également pourquoi Gabriel avait tant tenu à aller fumer une cigarette avant de me parler, ces quinze ou vingt minutes d'attente lui avaient été nécessaires pour laisser au produit le temps d'agir ! Un long frisson me parcourut, tandis que LA question s'imprimait dans mon esprit : *Avec qui avais-je fait l'amour ? Avec Gabriel ?* Cela semblait peu probable, d'autant plus qu'Audrey m'avait vue rentrer avec un inconnu.

Gabriel s'était-il alors amusé à me jeter dans les bras d'un drogué, d'un pervers ? J'avais beau réfléchir, je ne voyais pas ce qui aurait pu le pousser à se donner tout ce mal pour me faire coucher avec un autre homme. *A moins qu'il m'ait droguée pour m'empêcher de faire quelque chose ?* Mon raisonnement avançait maintenant à toute allure, je tentais de me souvenir de mon programme de la veille. *Je devais rencontrer Alexis.* Cela n'avait aucun sens : je n'imaginais pas Gabriel se procurer du GHB, me chercher dans tout Paris et me faire boire un jus de tomates drogué uniquement pour empêcher mon ami de me réconforter ! A moins qu'il n'ait cherché à éviter que ce dernier m'apporte son aide. Mais pour quelle raison, que craignait-il après tout le mal qu'il m'avait déjà fait ? Cela ne pouvait signifier qu'une chose, éminemment inquiétante : il me réservait bel et bien d'autres mauvaises surprises.

Lorsque je rallumai mon Smartphone après m'être séché les cheveux, ce fut pour trouver sans surprise cinq messages d'Alexis. Si le premier m'informait qu'il patientait rue de Turenne, les quatre suivants se faisaient de plus en plus pressants au fur et à mesure que la soirée avançait et que je n'apparaissais pas. Je tentai de reconnaître la nature de ses émotions dans sa voix, sans parvenir à déterminer si c'était la colère ou l'inquiétude qui prédominait. Qu'avait-il bien pu déduire de ce rendez-vous manqué : que j'avais préféré rester avec Gabriel plutôt que de le rejoindre ? Que j'avais bel et bien perdu l'esprit comme le laissait supposer mon comportement de samedi ? Malheureusement, lorsque je composai son numéro, pressée de me justifier, ce fut pour tomber sur sa messagerie. Etrange, Alexis n'éteignait *jamais* son BlackBerry, même pas la nuit. Je m'étais moquée tant de fois de le voir se comporter comme si la mairie de Noyon pouvait connaître les mêmes urgences que le Samu social !

Et tout à coup, l'inquiétude me mordit le cœur : serait-il possible qu'il ait disparu, comme Sarah ? J'effectuai d'autres tentatives tout en m'habillant, me décidai à laisser un message :

— Alexis, c'est Margot, pardonne-moi, j'ai eu un gros problème hier soir. J'ai un entretien de boulot tout à l'heure mais je serai dispo en fin de matinée, alors rappelle-moi, d'accord ?

Pour faire bonne mesure, je composai également le numéro de Sarah, une fois encore en vain.

L'image d'un ogre Gabriel avalant goulûment tous ceux que j'aimais se mit à danser devant mes yeux.

16

Descendre à la station de métro Victor-Hugo me mit étrangement mal à l'aise, comme si je n'avais plus ma place au milieu de ces hommes et femmes élégamment vêtus que j'avais autrefois considérés comme mes semblables. La vue du kiosque à journaux où j'avais coutume d'acheter la presse chaque matin me fit ralentir le pas. Avec ce réveil mouvementé, j'avais complètement oublié d'acheter le *Francilien*. La couverture médiatique concernant mon affaire avait pourtant dû prendre de l'ampleur après la découverte du corps de Sophie Granet, et Catherine risquait de se montrer nettement moins compréhensive à mon égard. Mais je ne pouvais me permettre de me laisser perturber, il serait toujours temps de me procurer le quotidien une fois mon entretien terminé.

J'étais presque arrivée devant l'agence quand mon téléphone se mit à sonner. Numéro masqué. J'hésitai : devais-je laisser sonner jusqu'au déclenchement de la messagerie pour ne pas arriver en retard à mon rendez-vous ? D'un autre côté, il pouvait très bien s'agir d'Alexis ou de Gabriel…

— Oui, allô ?

— Bonjour, Margot.

Le timbre était grave, masculin et indéniablement inconnu. Je me crispai. Pour quelle raison cet homme me parlait-il avec cette intonation familière, presque tendre ?

— Oui, c'est moi.

— Je le sais bien que c'est toi ! Nous ne nous sommes

quittés que depuis quelques heures, tu sais, je n'ai pas oublié le son de ta voix…

Un signal d'alarme retentit dans ma tête, tandis que mon regard inquiet parcourait les environs.

— Eh bien, tu ne sembles pas très réveillée, ma belle ! Mais après tout, ça peut se comprendre, avec toute l'énergie que tu as dépensée cette nuit…

La consternation m'envahit : ce n'était malheureusement que trop clair, j'étais en train de parler à l'homme qui m'avait raccompagnée chez Audrey ce matin, et probablement aussi au propriétaire du sperme trouvé entre mes cuisses. Je m'immobilisai quelques instants dans la rue. L'idée d'avoir fait l'amour avec un inconnu me révulsait, me donnant envie de retourner sous la douche.

Je fus tentée de raccrocher, mais je résistai. Si Gabriel avait pris la peine de me droguer, il ne faisait aucun doute que le lieutenant Daumas allait prochainement m'interroger sur mon emploi du temps de la veille au soir, et cet homme était peut-être la seule personne à pouvoir me renseigner. Mais le silence s'éternisait, il me fallait répondre :

— Oh ! c'est gentil ! Tu ne t'es pas économisé non plus…

Mon Dieu, quelle réflexion idiote ! Mais c'était tout ce que j'avais pu trouver dans l'état d'hébétude où je me trouvais. La voix dans mon oreille parut un peu déçue :

— Bon, je ne vais pas t'ennuyer longtemps, je voulais juste savoir si tu voulais revenir chez moi ce soir. Cette fois, je te préparerai un petit dîner sympa, et je te ferai même visiter l'appartement.

Cela signifiait donc que nous avions fait l'amour chez lui. Mais cette information ne m'avançait guère si je ne me souvenais plus de son identité ni de son adresse ! L'urgence m'embrouillait l'esprit, je ne savais plus quoi faire pour le pousser à m'en révéler davantage. Je ne devais surtout pas le brusquer, sinon il risquait de raccrocher et je n'aurais plus jamais de ses nouvelles. En même temps, j'avais encore des doutes sur la réalité de cette histoire. Etait-ce possible qu'il joue avec moi, qu'il soit envoyé par

Gabriel pour me tester ? Il me semblait pourtant déceler dans sa voix la même pointe d'espoir que dans la mienne au lendemain d'une nuit réussie, cette légère euphorie née d'un plaisir intense et partagé. De toute façon, je n'avais pas le choix, il me fallait trouver un moyen de gagner du temps, d'obtenir ses coordonnées. Peut-être pouvais-je lui donner rendez-vous dans un lieu public, où je ne risquerais rien et où je pourrais même venir avec la police.

— Non, retrouvons-nous plutôt à l'hôtel *Costes*, rue Saint-Honoré, j'ai envie d'aller au resto. Tu vois où c'est ?

Tout au moins m'y sentirais-je en sécurité avec les cerbères vêtus de noir qui gardaient jalousement l'entrée…

— Bien sûr, j'y vais souvent, c'est une bonne idée. Sinon, tu as bien dormi, tu as rêvé de moi ?

Je n'en revenais pas, le voilà qui s'appropriait maintenant les questions un peu niaises que je ne pouvais m'empêcher de poser lorsque j'avais la tête à l'envers ! Sans même l'avoir prémédité, j'utilisais la bonne vieille méthode masculine qui m'avait toujours énervée et consistait à renvoyer la question sans se compromettre :

— Et toi, tu as rêvé de moi ?

— Bien entendu, quelle question !

Le gloussement à l'autre bout de la ligne ne fit que renforcer mon malaise. Il me fallait terminer cette conversation surréaliste, et vite…

— Ecoute, je n'ai pas beaucoup de temps, j'ai un rendez-vous dans quelques minutes.

— Oui, je sais, avec ta directrice d'agence, j'appelais justement pour te souhaiter bonne chance.

Ainsi, je lui avais fait suffisamment confiance pour lui parler de mon entretien. Mais peut-être s'agissait-il tout bonnement de l'effet du GHB…

— C'est adorable, mais je dois me dépêcher. On se retrouve au restaurant à 20 heures, d'accord ?

— Parfait, à ce soir.

— Attends, donne-moi ton…

Je ne m'étais malheureusement pas montrée assez

rapide, puisqu'il avait raccroché sans me laisser le temps de lui demander son numéro de téléphone. Je n'avais plus le choix, il me faudrait passer quelques minutes au restaurant ce soir. Un bruit de Klaxon me ramena à la réalité : Catherine m'attendait.

Une fois à l'intérieur de l'agence, mon malaise empira encore. Toutes ces filles belles et survoltées comme des abeilles paraissaient appartenir à un monde secret et excitant, auquel je me souvenais à peine avoir appartenu. Je me sentais engoncée dans le tailleur trop classique d'Audrey, mon fond de teint semblait se craqueler comme un masque à l'argile sous l'effet de l'anxiété. Je retrouvais pourtant avec plaisir les bureaux minimalistes réchauffés par des parquets en chêne, les coûteuses bougies d'ambiance et les éclairages indirects sous lesquels j'avais coutume de m'installer pour travailler sur un projet. Je tentais de me faire toute petite, étrangement intimidée par ces collègues qui avaient pourtant partagé l'essentiel de mes secrets depuis trois ans, lorsque Sophie, une grande rousse avec laquelle je déjeunais régulièrement, m'aperçut et poussa un cri. Aussitôt, un concert d'exclamations me submergea tandis que les filles convergeaient vers moi. Malgré mon embarras, cette solidarité me mit du baume au cœur : elles me considéraient manifestement toujours comme l'une des leurs. Je m'apprêtais à leur demander des nouvelles de Sarah, lorsqu'une voix légèrement traînante m'interpella, venue du ciel :

— Eh bien, Margot, comptes-tu rester en bas à discuter toute la journée, ou as-tu l'intention d'honorer ton rendez-vous avec moi ?

Aussitôt, les filles se dispersèrent comme une volée de moineaux. Je réprimai un sourire : c'était du Catherine tout craché, une main de fer dans un gant de velours. La manière dont cette petite bonne femme au corps enfantin parvenait à faire ployer les dirigeants des plus grosses entreprises du luxe avait toujours suscité mon admiration.

Lorsque je montai précipitamment les marches, ce fut pour découvrir une patronne tout sucre tout miel. Mais devais-je m'y fier ? En m'installant en face d'elle comme des dizaines de fois auparavant, je me revis à cette même place quelques semaines plus tôt, ivre de bonheur à la perspective de cette année sabbatique qui s'annonçait. Par chance, j'aimais suffisamment mon job pour être restée mesurée et respectueuse, sinon jamais ce rendez-vous n'aurait pu avoir lieu.

— Alors, Margot, ces trois semaines t'ont permis de réaliser que cette année sabbatique n'était pas une bonne idée, tu as l'intention de réintégrer l'agence ?

— Oui, Coralie semblait s'attendre à mon appel, alors je suppose que tu as appris ce qui s'était passé.

— En effet, je suis désolée pour toi, vraiment.

— Je regrette de t'avoir menti, c'est Gabriel qui a insisté pour garder le secret, de mon côté, j'aurais largement préféré…

— Tttt tttt, inutile de ressasser le passé, j'imagine que tu t'en mords suffisamment les doigts pour éviter d'en rajouter.

Traduction : je n'avais pas fini d'en baver.

— Bien évidemment, je ne vais pas te laisser sans travail, tu as toujours ta place parmi nous. Mais tu dois être bien consciente que je ne peux pas te redonner tes anciens budgets, vis-à-vis des autres en général, et de ta remplaçante en particulier.

Soulagée qu'elle n'évoque pas l'article du *Francilien*, je subis le sermon sans broncher. Me battre la coulpe faisait partie du jeu, je ne l'ignorais pas.

— Ne t'inquiète pas, c'est moi qui me suis mise dans cette situation, c'est à moi d'en assumer les conséquences.

— Tu sais que je t'apprécie beaucoup, Margot. Deux ou trois budgets sont en train d'entrer à l'agence, alors je te propose de revenir vers toi une fois les contrats signés, cela te permettra de faire connaissance avec tes nouveaux clients.

— C'est parfait, je ne te remercierai jamais assez.

Durant quelques minutes, nous parlâmes de l'agence, des clients, de ce que j'avais manqué durant ces trois dernières semaines. Puis Catherine regarda ostensiblement sa montre afin de me donner le signal du départ. Je me levai, plus légère à l'idée de retrouver prochainement mon poste, lorsque sa voix se fit plus tendue :

— Margot, je voulais te parler d'une dernière chose. J'ai lu le *Francilien* d'hier, j'espère de tout cœur qu'il ne s'agit que des errements isolés d'un journaliste incompétent. Mais tu comprendras bien que si d'autres articles te concernant venaient à paraître, je ne pourrais plus rien pour toi…

Une brutale déception s'abattit sur moi. Cette fois tout était fichu, je ne retrouverais jamais mon poste. Parce qu'une chose était certaine : ce journaliste n'allait certainement pas s'en tenir là ! Je bredouillai quelques mots de remerciement, avant de quitter rapidement le bureau pour cacher les larmes qui me montaient aux yeux.

Une fois dans le hall, je m'empressai de m'enfuir avant que mes collègues n'aient levé les yeux de leur ordinateur. Ce n'était pas vrai, combien de deuils allais-je devoir affronter à cause de Gabriel ?

Je sortais tout juste de l'agence lorsque le souvenir qui se promenait à l'orée de ma mémoire depuis mon réveil se matérialisa : le Dictaphone ! Je me souvenais soudain très bien d'avoir allumé l'appareil lorsque nous nous trouvions à la brasserie avec Gabriel. Cette idée me rasséréna légèrement : je n'étais donc pas si crédule que cela, le danger éveillait en moi des ressources insoupçonnées… En tout cas, c'était une excellente nouvelle : non seulement j'allais savoir ce qui s'était passé la veille et pouvoir fournir un début d'explication au lieutenant Daumas s'il s'était, comme je le craignais, déroulé quelque chose de fâcheux, mais je n'aurais probablement pas à rejoindre l'inconnu au restaurant ce soir… J'entrepris aussitôt de fouiller mon sac à la recherche du Dictaphone. Malheureusement en vain : l'appareil ne s'y trouvait plus. Ainsi, Gabriel avait été jusqu'à chercher dans mes affaires ! A moins que je ne l'aie sorti de mon sac cette nuit ? Il ne me restait plus qu'à prier pour qu'il m'attende bien sagement chez Audrey…

Après avoir rallumé mon téléphone, j'interrogeai ma boîte vocale, pour entendre avec soulagement la voix d'Alexis. Par chance, ce dernier ne semblait pas m'en vouloir de ma défection de la veille, puisqu'il me proposait un déjeuner dans une demi-heure chez *Ladurée*. Son choix me surprit quelque peu : le lieu était, dans la semaine, essentiellement peuplé de quadragénaires élégantes et de touristes, j'imaginais mal un garçon branché comme lui aller y déguster des macarons. Probablement n'avait-il une fois encore songé qu'à me faire plaisir, puisqu'il savait que j'adorais cet endroit.

Je m'engouffrai sans attendre dans le métro pour aller le rejoindre, à la fois soulagée à la perspective de retrouver une personne amie et incapable de me défaire d'un sentiment de peur diffuse. Car si Gabriel avait déployé tous ces efforts pour m'empêcher de rejoindre Alexis la veille, ce n'était en effet sûrement pas pour me laisser déjeuner paisiblement avec lui aujourd'hui…

17

A ma grande surprise, rien pourtant ne m'empêcha de parvenir place de la Madeleine. Il ne s'agissait encore que d'un frémissement, mais l'on ressentait déjà dans les rues les prémices de cette excitation de Noël qui allait déferler sur Paris dans quelques jours à peine. Certaines boutiques, prenant les devants, avaient essaimé de petites lumières guillerettes dans leur vitrine, quelques parents prévoyants se pressaient les bras emplis de leur récolte de jouets. Cela conférait à la place une atmosphère de subtile allégresse qui curieusement me réconforta, malgré la présence de mon suiveur que je venais d'apercevoir près d'un kiosque à journaux tout proche. La devanture vert foncé du salon de thé n'était plus qu'à quelques mètres, ce qui fit monter en moi un bref accès d'inquiétude. Qu'allais-je dire à Alexis ? Je n'y avais absolument pas pensé. Sans compter que me retrouver face à un homme amoureux de moi depuis des années à un moment de ma vie où je me sentais bouleversée, fragilisée, me semblait soudain une idée bien périlleuse. Mais comment faire demi-tour, alors que je lui avais moi-même demandé de venir jusqu'à Paris pour me réconforter ?

J'étais toujours devant la vitrine colorée, à peser le pour et le contre, quand sa haute silhouette attira mon attention, occupée à se frayer un chemin au milieu d'un groupe de vieilles dames poudrées qui lui arrivaient à l'épaule. L'apercevoir, si familier et rassurant, balaya mes doutes, et j'entrai d'un pas pressé dans le restaurant. Comme toujours, la chaleur du lieu me sauta au visage, m'empourprant brusquement les joues. Par chance, l'affluence à l'entrée autour du stand de macarons me permit de reprendre mes esprits et de gravir plus sereinement les marches exiguës du petit escalier menant au premier étage.

Lorsqu'il m'embrassa, son odeur de musc et de lessive m'apporta un réconfort familier. Il en avait toujours été ainsi, Alexis n'avait pas son pareil pour m'apaiser, me donner à penser que la situation n'était peut-être pas aussi désespérée qu'elle ne le paraissait. Jamais il ne me jugeait lorsque je lui confiais mes secrets les moins avouables, mes états d'âme les plus honteux. A la réflexion, je ne regrettais pas ce rendez-vous : je l'aimais énormément, et il aurait été stupide de l'éviter sous prétexte qu'il était amoureux de moi. Ne devait-on pas s'entourer des gens que l'on aimait lorsque l'on allait mal ? Une fois débarrassée de mon manteau et de mon écharpe, je relevai les yeux afin de l'observer. Son éternel caban bleu marine mettait en valeur ses larges épaules, son costume impeccable à fines rayures blanches lui conférait une rare élégance, seuls quelques cheveux gris sur les tempes avouaient ses 35 ans. Ce qui, comme chez beaucoup d'hommes, le rendait plus séduisant encore. Etait-ce le choc d'avoir vu s'évanouir d'un coup tous mes projets d'avenir, la peur de me retrouver une nouvelle fois célibataire ? Pour la première fois, je regrettais de ne jamais lui avoir laissé la moindre chance, faute d'avoir ressenti de l'attirance, des papillons dans le ventre en sa présence. Certes, nous avions autrefois couché une fois ensemble, mais c'était à une soirée et je n'avais pas donné suite. Mais après tout, peut-être n'était-il pas trop tard… Le fait qu'il m'aide à traverser cette épreuve allait probablement nous rapprocher, nous rendre plus intimes. Et ensuite, qui savait ce qui allait se passer au fil des mois ?

Comme de coutume ici, la serveuse nous avait coincés entre deux tables trop proches, ce qui rendait toute intimité impossible. Lorsque je relevai la tête après avoir consulté le menu, je m'aperçus qu'Alexis ne souriait pas. Il m'observait au contraire de son regard particulier, à la fois enfantin et trop sérieux, comme s'il avait dû prendre conscience trop tôt de la dureté du monde.

Malgré moi, je replaçai par coquetterie quelques mèches derrière mes oreilles, ce qui ne lui échappa malheureusement pas.

— Ne t'inquiète pas, tu es toujours aussi belle, Margot.

Je n'allais certainement pas croire une fable pareille. Certes, j'avais pris soin de me maquiller abondamment pour mon rendez-vous avec Catherine, mais cela n'avait servi qu'à me dessiner un masque de clown triste sur le visage. Comme toujours lorsque l'on me faisait un compliment, je m'agitai nerveusement, partagée entre le plaisir et une gêne diffuse qui me poussa à me reculer contre le dossier de ma chaise. C'était bien là un comportement typique chez moi : un instant je remettais mes cheveux en place, l'instant d'après je m'effrayais de l'homme sensible à cet effort de séduction. Probablement cela expliquait-il pourquoi je me sentais si bien avec Gabriel : jamais avec lui je n'avais éprouvé ce besoin de me reculer.

Devant le silence qui s'éternisait, je me mis à parler à tort et à travers :

— Je suis désolée de t'avoir raté hier soir, cela t'a obligé à faire deux fois l'aller-retour depuis Noyon. Je ne veux surtout pas que tu penses que je l'ai fait exprès, j'ai eu un malaise, je crois que Gabriel m'a droguée lorsque nous avons pris ce verre…

— Margot, Margot, calme-toi. Ne t'inquiète pas pour hier, tu n'as pas à te justifier.

J'avais oublié combien sa voix pouvait être calme, posée. Ce qui me donnait invariablement en sa présence l'impression d'être une créature hystérique.

— Tu plaisantes j'espère ! Je ne veux surtout pas te laisser penser que je t'ai posé un lapin ! Tu es le seul en qui j'ai encore confiance et je ne prendrai jamais le risque d'abîmer notre amitié. Alors s'il te plaît, laisse-moi parler…

Il était flatté, je le voyais à la manière dont il avait reposé son menu sur la table, au léger sourire sur ses lèvres.

— Très bien, je t'écoute.

Par où commencer ?

Je lui contai en quelques phrases ce qu'il n'avait peut-être pas appris par la presse ou la rumeur : la nuit à l'hôtel *Raphael*, les taches de sang dans ma chambre, le meurtre de la mariée, la fin d'après-midi avec Gabriel et même l'appel de l'inconnu ce matin. Une fois mon récit terminé, il resta silencieux, me contemplant comme s'il attendait encore quelque chose que je lui avais tu.

— Rassure-moi : tu n'es pas comme les autres, tu ne crois tout de même pas que j'aurais pu vouloir provoquer ce scandale au mariage de Gabriel ou tuer cette fille ?

— Mais non, je te connais, jamais je ne penserais une chose pareille.

Je sentis qu'il était sincère et sa réponse me réconforta à un point inimaginable. Voyant deux femmes d'une soixantaine d'années suivre avidement notre conversation, je baissai la voix.

— Je n'ai pas eu le temps d'acheter la presse ce matin, je ne sais pas s'ils parlent déjà du drame. Mais dès que ça va être le cas, je vais être pour les médias la coupable idéale avec tous les indices que Gabriel a semés pour me compromettre…

— Son plan ne peut pas être si parfait, la police a des moyens scientifiques élaborés pour recouper les informations et elle va bien finir par découvrir que tu es innocente.

Qu'est-ce que je disais ? Alexis était le seul de mes proches à avoir trouvé les mots justes.

— J'espère que tu as raison, j'ai l'impression d'être dans l'un de ces thrillers où l'héroïne est prise dans un horrible engrenage.

— Ne t'inquiète pas, tu vas t'en sortir. D'autant que si autant d'indices t'accusent, pourquoi la police ne t'a-t-elle pas encore arrêtée ?

— Parce que j'ai un alibi, enfin, j'en avais un. Sarah et moi avions raconté que nous avions passé la nuit de samedi ensemble à l'hôtel, ça semblait avoir convaincu le lieutenant qui suit l'affaire. Mais bien sûr il a fait son boulot, il a vérifié, et Quentin lui a dit que Sarah était avec lui samedi soir. Résultat : ce flic sait maintenant que je lui ai menti et je semble encore plus coupable qu'avant…

— Quelle poisse ! Sarah aurait dû prévenir son mec qu'il devait vous couvrir.

— De toute façon, c'est trop tard. Ce qui m'inquiète vraiment, c'est que je n'ai toujours pas réussi à la joindre depuis dimanche. Tu m'avais dit de ne pas m'en faire, mais cette fois j'ai bien peur qu'elle n'ait disparu.

— Tu ne devais pas aller interroger Quentin, justement ?

— Je l'ai fait, mais il n'a aucune nouvelle. Ses parents non plus, et elle est toujours sur messagerie. La police a même lancé une recherche pour « disparition inquiétante »…

— Attendons encore un peu, elle va sûrement réapparaître. Pour le moment, le plus important, c'est toi. Tu veux que je dise à ce flic que nous étions ensemble samedi soir ?

— Non, c'est adorable mais ce ne serait plus crédible. Et puis il y a plus urgent : je dois absolument savoir ce qui s'est passé hier soir.

— Hier, lorsque Gabriel t'a droguée ? Franchement, je ne vois toujours pas pourquoi il a fait une chose pareille ! Il déconne sérieusement, je vais le remettre dans le droit chemin, tu peux me croire.

Le voir s'enflammer pour moi me réchauffa le cœur. Mon chevalier servant ! Inutile de dire que j'aurais aimé trouver ce même soutien inconditionnel chez les membres de ma famille…

Je continuai à réfléchir à voix haute :

— Ce que je ne comprends pas, c'est comment il a pu apprendre que nous devions nous retrouver.

Ce fut au tour d'Alexis de s'agiter nerveusement sur sa chaise.

— Je peux peut-être te répondre à ce sujet. Lorsque j'ai décidé de venir dîner avec toi hier, je lui ai laissé un message pour lui dire que je voulais profiter de ma venue à Paris pour lui parler quelques minutes. Un message auquel il n'a d'ailleurs pas répondu. Je suppose que c'est pour ça qu'il est venu te rejoindre hier, il voulait éviter que je ne vienne te prêter main-forte…

— Mais pourquoi ? Qu'est-ce qu'il craignait ?

— Son plan est manifestement basé sur l'espoir que tu t'affoles, que tu multiplies les erreurs, il n'avait donc pas intérêt à ce que je vienne te conseiller ou t'apaiser.

— Sans oublier que tu es directeur de la com' et que tu pouvais te renseigner sur les raisons qui ont poussé ce Stéphane Langlais du *Francilien* à s'acharner ainsi sur moi et ma famille.

— Dans ce cas il a perdu son temps, je n'arrive pas à savoir qui est ce fichu journaliste. Il doit se cacher derrière un pseudo, même Marc, le rédac' chef adjoint qui est un bon pote, ne veut rien me dire. D'ailleurs, maintenant que nous en parlons…

Il fouilla dans sa sacoche pour en sortir une feuille A3 pliée en quatre.

— Regarde ce que Marc m'a confié. Je suis désolé, je n'ai pas pu empêcher la parution, j'ai simplement pu faire retirer quelques phrases par-ci par-là qui allaient vraiment trop loin.

Je dépliai la feuille en tremblant. Occupant la totalité de la première page, l'article était illustré par une énorme photo de moi sortant du *Raphael* les cheveux dans la figure, de manière probablement à ce qu'on ne me reconnaisse que vaguement. Le titre était tout aussi racoleur que la première fois :

SOUPÇONNÉE DE MEURTRE !

L'introduction, encore une fois odieuse, n'apportait pas de grosses révélations :

Coupable ou innocente ? La benjamine d'une riche famille de promoteurs immobiliers noyonnais, qui avait fait irruption au mariage de son ancien amant Gabriel Dupré samedi dernier, avait été entendue une première fois par la police à propos de la disparition de la jeune mariée Sophie Dupré, fille du député Charles Granet. Seules l'absence de corps et l'attente de certaines analyses lui avaient permis d'être laissée en liberté après la découverte de nombreuses traces de sang dans sa chambre. Elle a de nouveau été interrogée plus longuement dimanche soir dans les locaux de la police, cette fois pour le meurtre de sa rivale retrouvée poignardée en bas de son immeuble.

En bas de son immeuble ? Pourquoi pas à son domicile pendant qu'ils y étaient… Une fois encore, tout était fait pour qu'en lisant ces lignes le lecteur soit persuadé de ma culpabilité. C'était bel et bien terminé, jamais je ne pourrais retourner travailler à l'agence. En parcourant la suite de l'article en diagonale, je pus constater sans surprise que le journaliste se contentait d'extrapoler longuement sur les doutes de la police, en prenant bien soin d'utiliser force conditionnels. Sur les conseils de son service juridique probablement… Y étaient également glissées quelques allusions venimeuses sur les nombreuses relations de ma famille, qui parvenaient à la fois à laisser penser que mon père était corrompu et qu'il était intervenu afin d'empêcher mon arrestation. Mes parents allaient être ravis ! Mes yeux, comme aimantés, revinrent au cliché pris à la sortie de l'hôtel *Raphael*. Je n'en revenais pas : comment le photographe avait-il bien pu apprendre que je me trouvais là-bas, alors même que mes proches l'ignoraient, que je ne le savais pas moi-même quelques heures avant de m'y rendre ? L'odeur de lasagnes végétariennes que la serveuse venait de déposer devant moi me parut soudain écœurante. Je relevai la tête vers Alexis qui guettait ma réaction.

— C'est dégueulasse.

— T'inquiète, les gens qui te connaissent sauront que c'est du grand n'importe quoi.

— Si tu voyais la réaction de mes proches, tu ne serais sûrement pas aussi confiant.

— Qu'est-ce que c'est que cette attitude défaitiste ? Tu dois te battre, ma belle !

— J'aimerais bien, mais comment ?

Deux petites rides s'étaient creusées entre ses sourcils sous l'effet de la concentration.

— La première chose à faire, c'est de comprendre pourquoi Gabriel s'en prend à toi. Tu as remarqué que, dans l'article, le journaliste semble tout faire pour impliquer ta famille ?

— Oui, je me suis moi aussi posé la question. Mais lorsque j'ai essayé d'en discuter avec mes parents et ma sœur, ils ont tous eu le même comportement étrange : ils m'ont conseillé de laisser tomber mon enquête et de ne surtout pas réveiller les fantômes du passé. Tu ne trouves pas ça bizarre ?

— Si, en effet. Du coup, tu te demandes si Gabriel ne cherche pas à se venger de quelque chose lié au passé ?

— Exactement ! Ça ne te dit rien ? Tu n'as jamais entendu parler d'un problème, d'une dispute entre sa famille et la mienne ?

Ses yeux s'échappèrent vers le plafond comme chaque fois qu'il réfléchissait intensément.

— Ça me rappelle vaguement quelque chose, je ne veux pas te dire de bêtise mais il me semble avoir entendu parler d'une histoire d'adultère…

J'allais décidément de mauvaise surprise en mauvaise surprise dans cette histoire ! S'agissait-il d'une liaison entre le père de Gabriel et ma mère, ou de l'inverse ? Les deux options me paraissaient tout aussi insensées, mais les enfants, de manière générale, ont toujours du mal à imaginer leurs parents en amants passionnés.

— Et Gabriel se vengerait après toutes ces années, au point de tuer sa femme pour me faire accuser du meurtre ? Ça me paraît un peu excessif, je sais qu'il adore ses parents mais tout de même !

— Tu as raison, il doit y avoir autre chose. Tu n'as personne d'autre à interroger que tes parents, l'un de tes grands-parents peut-être ?

— Le seul d'entre eux à être encore en vie est mon grand-père maternel, mais il n'a plus toute sa tête. Il souffre d'un cancer de la prostate et la morphine lui perturbe l'esprit.

— Oui, j'en ai entendu parler. Je suis désolé, j'ai eu l'occasion de le connaître à la mairie et c'est un personnage peu commun. Mais s'il connaît encore des périodes de lucidité, tu peux peut-être quand même tenter ta chance, non ?

Je n'aimais pas trop l'idée de profiter de la vulnérabilité d'un vieillard pour lui soutirer des informations, mais Alexis avait raison, je n'avais guère le choix. Si je me levais tôt demain matin, peut-être aurais-je la chance d'avoir une conversation un peu cohérente avec lui, son esprit était souvent plus clair avant le déjeuner.

— Après tout, tu as raison, rien ne m'empêche d'aller le voir demain, cela me permettra tout au moins de l'embrasser.

Les lasagnes avaient été si malmenées par ma fourchette qu'elles ressemblaient maintenant à de la bouillie verdâtre pour bébé. Je changeai de sujet :

— Mais j'y pense : s'il y a bien quelqu'un qui doit savoir pourquoi Gabriel agit de cette façon, c'est Manu ! Tu ne lui aurais pas parlé récemment ? Il ne t'aurait pas dit quelque chose ?

— Non, il m'a appelé d'Australie samedi, mais il ne m'a parlé de rien.

— Il t'a téléphoné de là-bas ? C'est bizarre qu'il ne soit pas venu en France pour assister au mariage de son frère. Tu lui as demandé pourquoi il n'avait pas fait le voyage ?

— Il m'a dit qu'il n'avait pas les moyens de payer le billet d'avion, mais en réalité je doute qu'il ait eu très envie de revenir. Il a beau être très proche de son frère, ce n'est sûrement pas pour rien qu'il est parti s'exiler au bout du monde.

La serveuse nous interrompit pour nous proposer des desserts, et nous passâmes le reste du repas à parler de nos connaissances communes, tous les deux soucieux de retrouver un semblant de conversation normale. Deux cafés plus tard, Alexis se leva pour enfiler son caban. Quand soudain il se tourna vers moi comme si une idée venait de le traverser :

— J'y pense, si tu vas voir ton grand-père, où comptes-tu dormir demain soir ?

— Sûrement chez Audrey, pourquoi ?

— Tu ne vas pas faire l'aller-retour dans la journée, c'est ridicule ! Viens plutôt dormir à la maison, j'ai raconté ce qui t'arrive aux garçons, je suis sûr qu'ils adoreraient te dorloter.

Alexis partageait un grand appartement dans le centre-ville de Noyon avec deux de ses éternels complices de la bande d'Audrey, Guillaume et Benjamin. Ce qui m'avait poussée à m'interroger lorsque je l'avais appris : pour quelle raison s'étaient-ils regroupés tels des oisillons tombés du nid ? Avaient-ils ressenti le besoin de resserrer les rangs ? J'avais honte de savoir que les garçons avaient appris mes humiliantes mésaventures, mais cela ne m'empêchait pas d'être tentée par la proposition d'Alexis. Les retrouver dans cette période mouvementée de mon existence me ferait sûrement beaucoup de bien, le fait qu'ils se préoccupent de mon sort après toutes ces années me réchauffait le cœur. Comme si la vie avait voulu atténuer la blessure qu'elle avait elle-même causée, jugeant un peu tard qu'elle y était allée trop fort.

Tandis que je descendais l'escalier derrière Alexis, je ne pus m'empêcher de repenser à Benjamin qui, en dehors de Gabriel, avait toujours été mon préféré dans la bande. Je l'avais croisé au marché de Noyon quelques années plus tôt, et je me rappelais avec clarté son air interloqué, embarrassé même, lorsque je lui avais sauté au cou avec enthousiasme. Probablement sa gêne était-elle due au fait qu'il n'avait jamais répondu à mes lettres enflammées d'adolescente… Il est vrai que ce silence m'avait énormément blessée. Benjamin semblait autrefois me considérer comme sa petite sœur, me chahutant gentiment ou s'amusant à me faire rougir à la moindre occasion. Pourquoi alors avait-il coupé les ponts aussi brutalement ? Je fus tirée de mes réflexions par Alexis, qui me prit dans ses grands bras réconfortants pour me dire au revoir.

— Bon, on est d'accord, je préviens les garçons que tu viens dormir à la maison, et tu me confirmes ça par texto demain matin ?

— Pas de soucis, je te tiens au courant.

Tandis qu'Alexis s'éloignait d'un pas rapide, je tentai de me représenter Benjamin aujourd'hui : toujours grand et carré évidemment, il s'était peut-être un peu dégarni, avait probablement pris du ventre comme certains sportifs de haut niveau arrêtant la compétition. Quant à Guillaume, je ne l'avais plus revu depuis la dernière soirée chez Thibault. Dandy en permanence tiré à quatre épingles, il m'avait toujours impressionnée par sa forte personnalité et sa passion pour la photo. Je me souvenais de lui économisant sur ses travaux de jardinage pour se payer de lointains voyages dont il revenait sale, fourbu et courbé sous un gros sac empli de pellicules. Ces deux garçons me paraîtraient-ils aussi impressionnants demain ? Probablement pas, notre importante différence d'âge lorsque j'avais 15 ans semblait aujourd'hui dérisoire, et je ne verrais sûrement en eux que de bons amis depuis longtemps perdus de vue.

18

Je regardais sans le voir le coloris citrouille d'un cabas hors de prix dans la vitrine de chez *Hermès* après avoir déambulé sans but quelques minutes, lorsqu'une présence dans mon dos se fit sentir. Je fis brusquement volte-face, pour me trouver confrontée au lieutenant Daumas. Décidément, nous ne nous quittions plus… Mon épuisement était tel que sa présence me parut presque surnaturelle. Comment avait-il pu me retrouver ? Grâce à cet homme qui me suivait depuis hier ? A la puce de mon portable ? Le policier avait le nez rougi par le froid, les yeux brillants d'une personne enrhumée et fiévreuse.

— Lieutenant Daumas ! Quelle surprise !

Il me saisit familièrement par le coude.

— Pouvons-nous nous installer quelque part ? Je dois vous parler, c'est important.

Nous y étions, il venait m'interroger sur mon alibi de la veille au soir. Un court moment plus tard, nous étions attablés dans un petit bar aux murs recouverts de dorures, la version la plus proche sans doute d'une brasserie susceptible d'être trouvée dans cet élégant quartier. Le policier ne perdit pas de temps en préliminaires :

— Dites-moi, cela fait plusieurs fois que j'oublie de vous poser la question : qui a le double de vos clés ? Une femme de ménage ? Une voisine ?

Il avait beau avoir pris un ton léger pour m'interroger, je comprenais parfaitement ce qui le poussait à me poser cette question : ma serrure n'avait pas été forcée. Mais je n'avais nul besoin de réfléchir pour connaître la réponse. Personne n'avait de double de mes clés, ni femme de ménage, ni voisine. Enfin, personne hormis Sarah.

J'eus conscience de répondre trop vite.

— Personne.

— Vous en êtes certaine ? Pas même M. Dupré ou Mlle Brissac ?

Sa voix était plus rauque, il parlait du nez, ce qui me déconcentrait légèrement.

— Non, enfin je ne sais plus, Sarah les avait mais je suis à peu près sûre qu'elle me les a rendues.

Cela sautait aux yeux qu'il ne me croyait pas une seconde. Par chance, la serveuse nous interrompit à point nommé pour prendre notre commande.

— Une tarte aux pommes et un café, s'il vous plaît.

L'air interloqué du policier me fit mesurer l'incongruité d'avoir commandé un dessert dans un moment pareil, mais cela avait été un réflexe.

— Et pour vous, monsieur ?

— Euh, peu importe, un expresso.

Il se tourna de nouveau vers moi, impatienté par l'interruption :

— J'aimerais que vous me parliez des relations qu'entretient Mlle Brissac avec M. Dupré.

— Ils ne sont pas amis, je dirais qu'ils sont copains, même si leurs liens se sont distendus ces dernières années. Sarah ne faisait pas vraiment partie de notre bande, mais comme elle était déjà à l'époque ma meilleure amie, ils ont souvent été amenés à se croiser dans nos soirées.

— Et comment s'entendent vos deux familles ? J'ai entendu dire que la société d'Arnault Brissac aurait coulé depuis longtemps sans l'aide de votre père et qu'il ne le vivrait pas très bien.

Mais où voulait-il en venir ?

— Oui, et alors ? Sarah et moi ne nous occupons pas des histoires de nos familles, c'est une règle entre nous.

— Si vous le dites. Et en ce qui concerne samedi soir ?

J'aimerais que vous réfléchissiez bien avant de me répéter que vous avez passé la nuit avec votre amie.

S'agissait-il d'une tactique policière ? Avait-il cherché à émousser mon attention avec ses questions précédentes avant d'entrer dans le vif du sujet ? En tout cas, il me laissait une dernière chance d'avouer la vérité.

Je pris une longue inspiration.

— Non, vous avez raison, je vous ai menti. Je ne sais pas pourquoi le concierge du *Raphael* a confirmé la présence de Sarah, car j'étais seule. Mais j'ai paniqué en découvrant tout ce sang dans ma chambre, je savais que j'avais tout l'air d'une coupable et j'ai préféré vous mentir.

— En ce qui concerne la fausse déclaration du concierge, ça ne m'étonne pas du tout : il y a tout un tas de types à Paris qui préféreraient se couper un bras plutôt que d'aider un flic, surtout si ça peut permettre de protéger une jolie femme. Mais pour en revenir à votre mensonge, d'après mes souvenirs, c'était plutôt Mlle Brissac qui vous poussait à mentir alors que vous résistiez ! Inutile de la protéger, vous avez suffisamment de problèmes comme ça.

Ainsi il avait tout entendu ! Je comprenais mieux son incroyable indulgence envers moi. Mais déjà il continuait :

— Vous ne vous êtes jamais demandé pourquoi elle tenait tant à vous empêcher de dire la vérité ? Ce n'était pas très intelligent de sa part si vous êtes innocente. Cela lui ressemble ? Elle fait souvent ce genre de choses stupides ?

Non, je me souvenais même très bien d'avoir trouvé sa réaction étrange, mais je répugnais encore à l'avouer au policier.

— Ne me dites pas que vous commencez à la soupçonner elle aussi !

— Et pourquoi pas ? Laissez-moi réfléchir à haute voix.

Il se mit à compter sur ses doigts de manière exagérée.

— Elle seule a pu prévenir M. Dupré que vous vous trouviez devant chez lui avant cette poursuite en vélo, elle seule a les clés de chez vous et aurait pu ouvrir à celui qui a laissé ce sang dans votre chambre, elle seule enfin, en dehors de vous, aurait eu l'opportunité d'effacer les empreintes sur le couteau. Sans oublier son étrange disparition…

J'avais beau être consciente qu'il cherchait à me tester, ses doutes étaient trop proches des miens pour ne pas faire mouche. Je ne pus m'empêcher de continuer mentalement la liste à sa place : elle seule pouvait également avoir effacé mes textos dimanche matin, prévenu le photographe du *Francilien* que je me trouvais au *Raphael*. Mais quel aurait pu être son intérêt ? Elle était ma meilleure amie depuis si longtemps que je savais tout d'elle, je ne voyais pas comment elle aurait pu me cacher qu'elle me haïssait ou qu'elle en voulait à ce point à ma famille. Quand une nouvelle idée me traversa : si elle était réellement la complice de Gabriel, avait-elle disparu ou se cachait-elle pour échapper aux interrogatoires de la police ?

— Vous savez, mademoiselle Bellière, l'éventualité que vous ayez effectivement été victime d'un coup monté ne me paraît plus si insensée que ça. Mais il va falloir me donner quelque chose, je ne pourrai pas vous aider si vous continuez à me cacher des informations et à me considérer comme votre ennemi.

— Je ne vous considère pas comme mon ennemi.

— Alors décidez-vous à me dire la vérité, bon sang ! Mlle Brissac a-t-elle oui ou non encore vos clés, l'avez-vous laissée seule quelques instants dans la même pièce que le couteau ?

J'allais répondre lorsqu'un bip m'annonçant la réception d'un texto m'interrompit. La stupeur se mêla au soulagement lorsque je pris connaissance de son contenu :

Dis à ce policier que tu as eu de mes nouvelles et que tout va bien, fais-moi confiance…

Sarah.

Instinctivement, je jetai un regard alentour tout en effaçant discrètement le texto, sans malheureusement apercevoir mon amie. Elle devait pourtant se trouver dans les parages, sinon elle n'aurait pu m'écrire avec un tel à-propos. *Fais-moi confiance.* Elle en avait de bonnes… Ces dernières quarante-huit heures n'avaient guère contribué à l'améliorer, cette confiance ! J'avais beau l'adorer, je ne pourrais jamais lui pardonner si elle était complice de Gabriel et il était hors de question que j'entre dans son jeu. Mais si je me trompais, si elle disait vrai ? Le lieutenant me regardant avec une attention déstabilisante, j'engloutis un morceau de tarte aux pommes si énorme qu'il m'empêcha presque de respirer.

— Qu'alliez-vous me dire avant d'être si opportunément interrompue, mademoiselle Bellière ?

Le chuintement du percolateur, les bruits de vaisselle entrechoquée m'empêchaient de réfléchir. Quand une idée soudaine me glaça : et si c'était lui qui avait fait envoyer ce message dans le but de tester ma sincérité ? Une pareille prouesse technologique devait être possible, tout spécialement pour la police.

Malgré mes doutes, je choisis de protéger mon amie.

— J'allais vous dire que vous faites fausse route avec vos soupçons. Et au même moment, Sarah m'envoie un texto de New York.

Il parcourut à son tour la salle du regard, les sourcils froncés, avant de reprendre :

— Je croyais que vous vous inquiétiez pour elle, qu'elle avait disparu ?

— Eh bien, finalement il semblerait que ce ne soit pas le cas.

— Vous plaisantez ! Qu'a-t-elle pu vous écrire de si convaincant pour vous rassurer à ce point ?

Je fis mine de ne pas remarquer son ton sarcastique.

— Elle me dit qu'elle n'a pas eu le temps de m'appeler avant de prendre l'avion, qu'elle est débordée de boulot mais qu'elle va bien.

— Elle vous enverrait un simple texto de New York après vous avoir laissée dans l'inquiétude depuis dimanche, dans la situation où vous vous trouvez ? Allons, pourquoi me raconter de telles conneries, vous n'y croyez pas vous-même !

Il me saisit brutalement la main, resserra ses doigts sur mon poignet au point de me faire mal.

— Vous alliez me parler. C'est ce texto qui vous en a dissuadée, n'est-ce pas ? Montrez-le-moi.

Il attrapa mon téléphone sans me laisser le temps de réagir, ouvrit ma messagerie avant de lever des yeux furieux sur moi.

— Ce n'est pas vrai, vous l'avez effacé ! Qui vous a écrit ? Dites-le-moi tout de suite ou je vous embarque au commissariat.

La consternation et l'affolement me submergèrent devant sa colère. Un lien fragile de confiance commençait enfin à s'établir entre nous, et voilà que tout était remis en question ! Mais n'était-ce pas précisément le but de celui ou celle qui avait envoyé le message ?

— Je viens de vous le dire, il s'agissait d'un texto de Sarah que j'ai effacé machinalement. Si vous vérifiez auprès de l'opérateur téléphonique, vous verrez que je dis la vérité.

J'avais conscience de jouer avec le feu, ignorant s'il pouvait également avoir connaissance de la teneur du message, mais cela me permettait tout au moins de gagner un peu de temps. Un air sournois se peignit soudain sur son visage, comme s'il m'avait amenée précisément là où il le voulait.

— Ainsi, votre amie serait bel et bien à l'étranger depuis dimanche ? Elle ne pourra donc pas vous servir d'alibi pour la nuit dernière. Où vous trouviez-vous hier soir ?

Je ne comprenais pas comment nous avions pu changer de sujet aussi rapidement, je me sentais comme un boxeur qui s'était protégé le visage pour finalement recevoir un coup dans l'estomac. Je me serais bien contentée de dire tout de go la vérité, mais son manque de crédibilité me freinait. Le policier commençait juste à envisager que je puisse être innocente, et j'allais devoir lui servir une abracadabrante histoire d'amnésie et de GHB. Et puis il y avait plus grave : sa question confirmait ce que je craignais, un nouveau drame avait bel et bien eu lieu la nuit dernière. Inutile de me demander si l'on n'avait pas trouvé mes empreintes, l'un de mes cheveux ou une quelconque trace de mon passage sur le lieu du délit. L'unique chose rassurante dans tout cela était que la victime ne pouvait être Sarah, sinon le policier ne m'aurait pas harcelée de questions à son propos.

— Je ne vais pas vous mentir, je m'attendais à ce que vous me posiez la question.

Son regard s'aiguisa.

— Ah oui ? Et je peux savoir pourquoi ?

— Lorsque je suis allée voir hier le prêtre de l'église Saint-Vincent-de-Paul pour essayer de retrouver le père Pedro, j'ai été abordée par Gabriel qui m'a proposé d'aller boire un verre.

Le lieutenant parut abasourdi :

— Attendez. Vous n'êtes tout de même pas en train de me dire que vous l'avez suivi ?

— Si, j'espérais une fois encore une explication. Mais c'est lui qui est venu me chercher cette fois, je n'ai rien fait pour provoquer la rencontre ! Le problème…

Je bus une gorgée de café froid pour me donner du courage.

— Le problème ?

— Le problème, c'est qu'il m'a vraisemblablement droguée. Je me suis réveillée ce matin chez ma sœur, incapable de me souvenir de ce que j'avais pu faire entre 17 heures hier et 5 heures ce matin.

— Mais comment vous aurait-il droguée ?

Je lui racontai en quelques mots ce dont je me souvenais, l'insistance de Gabriel à aller me chercher mon jus de tomates, le malaise précédant mon trou noir. Je le vis se décomposer.

— Vous avez eu de ses nouvelles depuis votre réveil ?

— Vous imaginez bien que non ! Pourquoi m'aurait-il appelée ? Pour s'excuser de m'avoir droguée ?

— Je l'ignore, rien n'a de sens dans votre histoire.

— Attendez, j'ai quand même eu le réflexe d'allumer mon Dictaphone !

Un vif intérêt se peignit sur son visage.

— Ne vous réjouissez pas trop vite, l'appareil n'est plus dans mon sac, je ne sais pas ce que j'en ai fait. Tout ce qu'il me reste à espérer, c'est que je l'ai laissé chez ma sœur.

— Je n'ai malheureusement pas le temps de vous y accompagner, mais j'espère pour vous que vous allez le retrouver. Et cette fois, vous n'effacez pas *machinalement* l'enregistrement comme le texto de tout à l'heure, sinon j'arrête définitivement d'essayer de vous aider.

Je pensais qu'il allait se lever et partir mais, à ma grande surprise, il commanda un autre café.

— Je n'en reviens pas que vous ayez suivi M. Dupré ! Avec quoi pensez-vous avoir été droguée ? De l'ecstasy ? Autre chose ?

— Les symptômes ressemblaient à ceux du GHB, mais je ne suis sûre de rien. Pourquoi, que s'est-il passé cette nuit pour que vous m'interrogiez sur mon alibi ?

Il fit mine d'être trop absorbé par ses réflexions pour avoir entendu ma question :

— Je ne comprends pas pourquoi votre Gabriel aurait fait une chose pareille. Vous aviez prévu quelque chose de particulier, vous aviez un rendez-vous hier soir ?

— Je devais dîner avec mon ami Alexis, mais ça s'est décidé le matin même et je ne vois pas comment Gabriel aurait pu être au courant.

— Il y avait une raison à ce dîner, vous deviez faire quelque chose de spécial ?

— Non, rien du tout.

— Alors c'est tout, vous n'avez rien d'autre à m'apprendre à propos d'hier soir…

Cette fois, nous en arrivions à la partie de mon récit que j'aurais mille fois préféré taire… Je me sentais si gênée que ma voix chevrota :

— Si, il y a autre chose… Un inconnu m'a appelée

ce matin en numéro masqué, qui affirme avoir passé une partie de la nuit avec moi.

— Vous ne voulez tout de même pas dire que…

— Je crains malheureusement que si.

Je me sentais si embarrassée d'entrer dans ces détails intimes que je lui résumai l'histoire en quelques mots, les yeux baissés sur mes genoux. Mon malaise ne lui échappa évidemment pas.

— Je suis désolé, j'aurais dû demander à une collègue de vous interroger.

Son embarras me toucha.

— Ne vous inquiétez pas, ça va aller, vous ne pouviez pas deviner ce que j'allais vous dire…

Il laissa passer quelques secondes avant de demander :

— Vous n'avez vraiment aucun moyen de retrouver cet inconnu ? Vous ne pouvez pas me donner au moins un prénom, une adresse, n'importe quel indice ?

— Mais si, j'ai un moyen de le retrouver ! Je n'ai peut-être pas ses coordonnées, mais nous devons dîner ensemble ce soir au *Costes*.

Le policier me regarda soudain avec une désapprobation choquée, se recula sur sa chaise tout en croisant les bras.

— Ne me dites pas que vous comptez vous y rendre ? Je ne comprends vraiment pas votre attitude, mademoiselle Bellière ! Que vous couchiez avec un inconnu parce que vous avez été droguée, passe encore, mais que vous acceptiez de le rejoindre le lendemain de votre plein gré, j'ai nettement plus de mal à le concevoir…

Je me sentis piquée au vif. Pensait-il réellement que j'étais capable de faire l'amour avec un homme le premier soir, de me rendre à un rendez-vous galant dans les circonstances actuelles ?

— Non, mais qu'est-ce que vous croyez ? Je n'avais l'intention de me rendre à ce rendez-vous que pour reconstituer mon emploi du temps de cette nuit, et rien de plus ! Alors dites-moi si vous voulez que j'y aille, parce que si je pose un lapin à cet homme, je doute fort qu'il me recontacte. Je vous avoue d'ailleurs que j'aimerais mieux l'éviter. Si vous pouvez retrouver son numéro en appelant mon opérateur téléphonique, je suis preneuse…

Il resta un instant silencieux, puis déclara :

— Je vais y réfléchir et je vous tiendrai au courant.

J'en restai bouche bée. J'étais si sûre qu'il allait m'interdire formellement de me rendre à ce dîner ! Je ne parvenais décidément pas à cerner cet homme… Quand tout à coup il regarda sa montre.

— Vous pensez donc avoir pris ce GHB il y a une vingtaine d'heures ?

— A peu près, pourquoi ?

Il posa un billet sur la table, se leva tout en enfilant son blouson de cuir.

— Je vous emmène dans un labo d'analyses, peut-être est-il encore possible de déceler quelque chose.

Il ne nous fallut que quelques instants pour rejoindre la voiture du policier, garée en double file un peu plus loin. Une fois dans le flot de la circulation, ce fut à mon tour de le questionner :

— Vous m'avez dit que vous aviez l'intention d'interroger le rédacteur en chef du *Francilien* pour savoir qui avait envoyé ce photographe à Paris. Vous avez eu le temps de le faire ?

— Je lui ai en effet téléphoné, mais il a refusé de me répondre.

Il tapa du plat de la main sur le volant, me faisant tressaillir.

— Je ne supporte plus ces journalistes qui s'abritent derrière leur fichue déontologie ! Qu'est-ce qu'ils croient ? Que l'on s'amuse à enquêter sur des meurtres uniquement pour les emmerder ?

— Peut-être ma visite à Noyon me permettra-t-elle d'en savoir plus.

Il se tourna brusquement vers moi, insouciant des voitures qui freinaient devant nous.

— Parce que vous allez là-bas ? Quand ? Pourquoi ?

De fait, je n'avais pas encore eu le temps de lui parler de l'ancienne querelle entre mon père et Granny. Je lui contai donc en quelques mots ce dont je me souvenais, la suggestion d'Alexis concernant un possible adultère entre mes parents et ceux de Gabriel, ainsi que l'étrange réaction de mon père au téléphone. Il parut intrigué.

— Vous pensez réellement que M. Dupré aurait pu monter une machination pareille à cause de cette vieille histoire ? Ça ne vous semble pas un peu excessif ? Et puis, pourquoi maintenant ?

— Je me suis posé les mêmes questions, figurez-vous, mais je n'en ai malheureusement aucune idée. C'est pourquoi je vais voir mon grand-père, je suis sûre qu'il cherchera à m'aider s'il est en mesure de parler. D'ailleurs, je vous préviens que je vais certainement dormir chez Alexis demain soir, au cas où vous me chercheriez.

Le policier ne semblait guère apprécier mon initiative, comme le trahit son pied qui se leva brutalement de l'accélérateur.

— Je n'ai aucun droit de vous empêcher d'aller rendre visite à qui que ce soit, mais je préférerais nettement que vous restiez à Paris. N'oubliez pas qu'un meurtre a déjà été commis, que votre amie a disparu, rien ne dit que l'on ne va pas prochainement s'attaquer à vous.

Je ne comprenais pas. A certains moments, il semblait me considérer comme une coupable, à d'autres comme une victime. Peut-être serait-il temps qu'il choisisse son camp une bonne fois pour toutes ! Mais au moins ne m'avait-il pas formellement interdit de partir, c'était déjà ça.

— Je ne vois pas ce que je risque avec ce flic collé à mes basques toute la journée ! Vous pourrez lui dire qu'il n'est pas très discret, d'ailleurs, pour qu'une fille aussi novice que moi réussisse à le repérer.

Son visage se figea dans une expression de surprise non feinte.

— On vous suit ? Mais je n'ai jamais demandé une chose pareille !

Il se mit à tourner la tête en tous sens comme pour repérer mon suiveur, ce qui était absurde puisque nous étions en voiture.

— De quoi a-t-il l'air ? Pouvez-vous me le décrire ?

— La cinquantaine, large d'épaules, les cheveux ras, une allure militaire.

Il réfléchit fiévreusement.

— Je suis certain que cet homme n'appartient pas à la brigade criminelle, alors si vous le revoyez, n'allez surtout pas lui parler. Faites plutôt en sorte de le prendre discrètement en photo avec votre Smartphone et avertissez l'agent de police le plus proche. S'il ne s'agit que d'un dragueur, il en sera bon pour une bonne frayeur, mais mieux vaut se montrer prudent.

— Un dragueur qui me suivrait depuis deux jours ? Vous savez aussi bien que moi que c'est impossible !

— Improbable en tout cas, c'est pourquoi j'insiste pour que vous ne l'approchiez pas. En attendant, allons faire cet examen.

19

Le lieutenant Daumas m'avait quittée à la porte du laboratoire, où une infirmière peu aimable m'avait fait une prise de sang. Ne restait plus qu'à attendre les résultats. En sortant, je décidai de retourner chez ma sœur — où d'autre aurais-je pu aller du reste ? Une fois là-bas, je fus surprise de n'entendre aucun rire d'enfant, de ne sentir aucune odeur de cuisine. Nous étions en semaine, mes neveux auraient dû être en train de faire leurs devoirs ou de tremper dans leur bain, ma sœur occupée à préparer le dîner. Une angoisse atroce me glaça tout entière, des images de corps massacrés me firent vaciller tandis que ma main cherchait dans mon sac un stylo susceptible de me servir d'arme. Pouvais-je avoir amené le malheur jusque dans cette famille heureuse ? J'accélérai le pas, le cœur battant à tout rompre, pour trouver avec soulagement ma sœur installée sur le canapé dans l'obscurité, uniquement illuminée par la lumière bleutée de la télévision dont le son avait été coupé.

— Qu'est-ce qui se passe, Audrey ? Où sont les autres ?

— J'ai emmené les enfants chez mes beaux-parents, et Pierre ne rentrera que tard du bureau. Nous devons parler…

Je me tendis. S'apprêtait-elle à me révéler enfin la vérité ?

— Bien, je t'écoute.

Je vis dans la pénombre ses épaules osseuses remuer tandis qu'elle rallumait le son de la télévision. Je ne comprenais pas : nous nous apprêtions à avoir enfin une véritable conversation et elle ne trouvait rien de mieux que de mettre les infos ! Mais, très vite, je compris en entendant le lancement du sujet qui suivait :

Une jeune mariée assassinée à Paris, l'ancienne petite amie de l'époux soupçonnée...

Un bourdonnement enfla dans mes oreilles, qui m'empêcha de saisir les mots qui suivirent. Les images en revanche s'imposaient à moi avec violence : tout d'abord la photo des époux rayonnants posant sous le porche de l'église, à quelques mètres seulement de l'endroit où j'avais vomi, puis un Gabriel effondré filmé à la sortie de ce qui ressemblait à une morgue, pour conclure par une photo du père de la mariée souriant de toutes ses dents sur l'une de ses affiches électorales. Meurtre, politique, amour... Tous les ingrédients étaient réunis pour éveiller le goût du sang des médias, la fascination du public. Lorsqu'un envoyé spécial au nez rougi par le froid prit la parole avec l'air las de celui qui s'est levé à l'aube, je me suspendis à ses lèvres. Pour découvrir avec consternation que, s'il ne prononçait certes pas mon nom, il donnait tant de détails à mon sujet que tous ceux qui m'avaient fréquentée de près ou de loin ne pouvaient que me reconnaître.

J'étais fichue, ce n'était plus qu'une question d'heures avant que la rumeur ne fasse le tour de Paris, jamais je ne retrouverais le moindre job dans les relations publiques... A mes côtés, ma sœur s'était statufiée, comme pour effacer par la seule force de sa volonté le reportage qui venait de s'achever. Un reportage qu'elle avait dû voir plusieurs fois avant mon arrivée... Tout s'expliquait : c'était pour cela qu'elle avait envoyé tout son petit monde au loin. Pour pouvoir me parler et me faire quitter les lieux au plus vite. Et peut-être aussi, songeai-je amèrement, pour éloigner de ses enfants cette tante psychopathe...

— Audrey, qu'est-ce que je dois faire à ton avis ?

La voix de ma sœur était lasse, désabusée :

— Mais qu'est-ce que tu veux que je te dise, Margot ? J'ai

toujours évité de me mêler de cette histoire, même quand Gabriel m'appelait ces dernières semaines pour se plaindre de te voir passer plusieurs fois par jour devant chez lui.

Quelques instants me furent nécessaires pour comprendre ce qu'elle venait de dire. Gabriel lui avait téléphoné pour se plaindre d'être harcelé pendant la période même où il me parlait de mariage ?

— C'est n'importe quoi ! Pourquoi aurais-je fait un truc pareil alors que nous sortions ensemble ? Tu aurais dû m'en parler, ça aurait changé bien des choses.

— Il m'avait demandé de ne pas le faire, pour ne pas te perturber davantage, m'a-t-il dit.

— Tu m'étonnes ! Si tu m'avais parlé de ses accusations, j'aurais compris qu'il se passait quelque chose d'anormal et son plan serait tombé à l'eau. Il est vraiment très fort pour manipuler son monde, celui-là…

— En tout cas, essaie de faire profil bas pendant que Pierre te trouve un avocat compétent. En évitant, s'il te plaît, de nous ramener des inconnus en pleine nuit…

Ne pouvant retenir mes larmes plus longtemps, je quittai précipitamment la pièce pour m'engouffrer dans ma chambre. J'éprouvais l'impression suffocante d'être prisonnière d'une pièce dont les murs se refermaient lentement sur moi. Je devais passer à l'attaque, et vite, avant que Gabriel ne m'ait totalement anéantie…

J'étais en train de retirer mes ballerines lorsque mon regard se posa sur le Dictaphone, qui m'attendait sagement sur la table de nuit, à côté de la coûteuse lampe Tiffany qu'Audrey s'était fait offrir pour son dernier anniversaire. Je me ruai sur l'appareil, le cœur battant à tout rompre à l'idée que mes neveux aient pu effacer la bande en jouant. J'étais si convaincue de n'entendre que du vide que je tressaillis en constatant que ma ruse avait fonctionné. Le soulagement m'envahit : j'allais peut-être enfin pouvoir découvrir ce qui s'était passé la veille après mon évanouissement.

Durant quelques minutes surréalistes, j'entendis ainsi notre conversation dans la brasserie, la voix de Gabriel me proposant d'aller me chercher à boire, puis la mienne se faisant de plus en plus pâteuse après avoir bu mon jus de tomates… Ma tension était telle que je ne pus m'empêcher de me pencher inconsciemment afin d'écouter la suite, comme pour accélérer les choses. J'entendis encore Gabriel me demander si je ne me souvenais vraiment de rien, avant que des bruits sourds ne m'indiquent qu'il fouillait mon sac, puis qu'il manipulait l'appareil. Soucieuse de ne rien rater, je tâtonnais pour monter le son lorsque je sursautai, surprise par la voix toute proche de Gabriel :

— Je suis désolé, Margot, tout ça a été beaucoup trop loin et j'essaie juste d'arranger les choses. Même si tu dois avoir du mal à le croire…

Puis la bande s'arrêta. Même si je m'attendais à un rebondissement de la sorte, une violente déception me submergea et je lançai d'un geste furieux le Dictaphone sur le dessus-de-lit. Finalement, l'unique information que ma manœuvre m'aurait permis d'obtenir était cette phrase sibylline prononcée par Gabriel juste avant mon malaise : *Alors ce qu'on dit est vrai, tu ne te souviens vraiment de rien ?* Que voulait-il dire par là, de quoi étais-je censée me souvenir ? Comme lors de la visite de ma mère la veille, quelque chose bougea désagréablement au fond de moi sans que le souvenir se décide à émerger.

A grand-peine, je me forçai à me concentrer sur le présent : le plus important, à cet instant, était d'agir. En l'occurrence, me préparer pour le rendez-vous de ce soir.

Je sortais à peine de ma douche quand mon téléphone sonna. Le lieutenant Daumas. Craignant qu'il ne m'ordonne de me rendre directement au commissariat, subissant la pression de supérieurs qui avaient eux aussi regardé le journal télévisé, je jugeai plus prudent de le laisser enregistrer un message sur ma boîte vocale. Ainsi, s'il voulait me voir rester chez Audrey, pourrais-je lui dire que je n'avais pas eu son message à temps…

M'efforçant de chasser ma mauvaise conscience, j'entrepris de me maquiller d'une main tout en appelant un taxi de l'autre. Puis sur une impulsion, je glissai une nouvelle fois le Dictaphone dans mon sac à main. Si je ne croyais guère au succès de mon expédition, tout au moins aurais-je fait mon maximum pour me défendre, cela me consolerait peut-être lorsque je croupirais au fond d'une cellule…

Juste avant de quitter la pièce, je me retournai vers le sac de voyage posé dans un coin de la pièce, foudroyée par une idée soudaine : et si je m'enfuyais loin de toute cette noirceur ? Après tout, mon passeport était dans mon sac, aucun travail ne me retenait plus, rien ne m'empêchait de m'envoler pour Cuba ou la République dominicaine. Un reste de bon sens me ramena à la raison : je doutais fort que le lieutenant Daumas me laisse partir ainsi sans m'intercepter à l'aéroport, et cette tentative de fuite ne pourrait qu'être interprétée comme un aveu de culpabilité.

Non, je n'avais toujours qu'une seule option : continuer à me battre jusqu'au bout.

20

Lorsque je parvins enfin devant l'hôtel *Costes*, ce fut pour réaliser avec consternation que j'allais me trouver confrontée à un nouveau problème. Dans ma crainte de rencontrer cet inconnu, j'avais en effet cru me montrer futée en lui donnant rendez-vous dans un lieu public, mais j'en avais oublié l'essentiel : de quelle manière allais-je pouvoir le reconnaître ? Lorsque je devais déjeuner pour la première fois avec une journaliste, il me suffisait de réserver à mon nom et d'avertir le maître d'hôtel pour pouvoir la retrouver aisément. Mais dans le cas présent, je ne pouvais même pas prévenir cet homme d'une hypothétique réservation, puisque je n'avais pas son numéro de téléphone.

Je m'immobilisai devant l'entrée, soudainement glacée par une vague de panique à la pensée de cet inconnu tapi dans l'une des salles du restaurant. Et s'il s'agissait d'un complice de Gabriel, prêt à verser une nouvelle dose de GHB dans mon verre avant de m'enlever ? Après tout, ce serait d'une simplicité enfantine, cette drogue ne rendait pas inconscient, juste dangereusement docile. Aussi décidai-je de prendre mes précautions et de procéder de la même manière que lorsque je me rendais pour la première fois chez un homme : j'allais envoyer un texto pour dire où j'étais, non pas cette fois à des amies, qui n'y comprendraient rien, mais au lieutenant Daumas. Même si cela risquait de déclencher ses foudres. Dans le taxi, j'avais en effet écouté son message pour constater que je ne m'étais pas trompée : il m'enjoignait d'une voix ferme de rester chez ma sœur. Nul doute donc qu'il serait furieux de savoir que j'avais décidé de lui désobéir, mais tout au moins saurait-il où commencer à me chercher si je venais à disparaître…

Une fois le texto tapé, mon doigt s'immobilisa quelques instants au-dessus de la touche d'envoi : que se passerait-il s'il décidait de venir jusqu'ici pour m'arrêter avec pertes et fracas ? Allons, j'allais être en retard, je n'avais pas d'autre choix que de courir le risque.

Un peu plus tard, je m'arrêtai devant l'accueil, où je tentai l'exercice périlleux d'observer les environs tout en évitant de croiser le moindre regard, de crainte de rencontrer celui de mon inconnu sans le reconnaître. Comment diable allais-je bien pouvoir le débusquer au milieu de cette succession de petits salons intimes et baroques ? J'hésitais à aborder l'hôtesse d'accueil pour lui expliquer mon problème lorsque mon téléphone se mit à sonner.

— Bonsoir, Margot, c'est moi.

L'inconnu ! J'entrevis une opportunité de connaître au moins son prénom :

— Qui ça *moi* ?

Je l'entendis glousser.

— Avec combien d'hommes as-tu rendez-vous ce soir ? Ne me dis pas que tu essaies déjà de me rendre jaloux…

Raté. Je faisais décidément une piètre Mata Hari, tout spécialement face à un homme qui manifestement se jouait de moi.

— Tu es déjà arrivé ?

— Pas encore. Je suis désolé mais je vais avoir du retard, je suis bloqué en réunion. Je t'ai parlé hier des horaires plus que fantaisistes de mon boulot. Tu comprends bien que je ne peux pas expliquer au ministre que j'ai rendez-vous avec ma petite amie en pleine crise sur le dopage !

Au ministre ? En pleine crise sur le dopage ? Etait-il en train d'évoquer ce cycliste dont les journaux ne cessaient de parler avant que je ne fasse moi-même la une ? Le sentiment que quelqu'un œuvrait dans l'ombre pour jouer avec mes nerfs revint en force. Rien ne m'assurait en effet que cet homme existait véritablement, Gabriel aurait très bien pu faire téléphoner n'importe lequel de ses amis pour me leurrer. Et s'il était en train de me jouer le même tour que le jour où il m'avait fait rouler une heure en Vélib derrière lui ? L'inconnu n'allait jamais venir et je ne pourrais pas justifier de mon emploi du temps de la soirée. Finalement, je me félicitais d'avoir envoyé ce texto au lieutenant Daumas, il ne pourrait m'accuser d'avoir inventé *a posteriori* une nouvelle histoire insensée si un autre problème se présentait. Pendant que je réfléchissais, mon interlocuteur continuait :

— Je te propose de t'installer à une table, de commander une coupe de champagne, et tu n'auras pas le temps de t'apercevoir de mon retard que je serai déjà là. Tu veux bien ?

Une lassitude soudaine s'abattit sur moi : que faisais-je là, à attendre un inconnu qui ne viendrait probablement jamais ? Je n'avais plus qu'une envie : raccrocher pour aller me coucher.

— Je t'attends, mais pas longtemps. J'ai eu une rude journée et je suis ép…

Je m'interrompis, surprise par le brouhaha en arrière-fond dans le téléphone, comme si deux personnes avinées s'insultaient et se battaient à quelques mètres seulement de l'inconnu. Manifestement, il savait parler aux femmes, mais certainement pas mentir ! Il était évident qu'il se trouvait à une réunion ministérielle comme moi à une vente de poissons à la criée. Comme si mon interlocuteur avait deviné mes pensées, sa voix se fit tendue :

— Je saute dans un taxi dans une vingtaine de minutes et j'arrive, alors tu ne bouges pas, d'accord ?

— Vingt minutes, pas plus.

Une fois le téléphone raccroché, je restai immobile au beau milieu de l'entrée, dans l'indécision la plus complète. Mon intuition me hurlait de partir au plus vite si je ne voulais pas être confrontée à de nouvelles difficultés, mais je ne parvenais pas à m'y résoudre. M'en empêchait l'infime possibilité que cet homme existe réellement, qu'il ait vraiment été retardé par une réunion et qu'il arrive enfin pour me parler de cette soirée de la veille. Et puis, malgré mon malaise, je me sentais en sécurité dans ce restaurant, au milieu de tous ces témoins susceptibles d'attester de ma présence ici ce soir. Je finis donc par laisser docilement une serveuse me guider vers une petite table en coin bien trop romantique à mon gré.

20 h 38. Et toujours pas de nouvelles de l'inconnu. Cette fois, cela suffisait, j'avais assez patienté, même pour un alibi.

J'atteignais déjà l'accueil après avoir payé mon verre lorsque j'aperçus Pauline, la responsable marketing de l'un de mes clients, que j'aimais beaucoup. Elle ne m'avait pas encore vue et j'hésitai à la rejoindre. Elle m'avait en effet laissé un message adorable une dizaine de jours plus tôt, et je culpabilisais de ne pas l'avoir rappelée. Et puis j'ignorais ce qu'elle savait exactement de ma situation actuelle et la conversation pourrait être embarrassante… Mais bientôt, je n'eus plus à m'interroger puisqu'elle m'aperçut à son tour et se précipita vers moi, toujours aussi belle avec sa frange brune coupée au niveau des sourcils et ses somptueux yeux verts. A ma grande surprise, elle posa la main sur mon bras, ce qui me fit un effet bizarre. Le fait que depuis samedi les gens ne cessent de me toucher me donnait l'impression d'être atteinte d'une maladie grave.

— Margot, comment vas-tu ? J'ai appris ce qui t'était arrivé, c'est vraiment horrible…

Elle était donc au courant.

— Oui, et ça ne semble malheureusement pas près de s'arranger. Je ne sais pas si tu as vu les infos aujourd'hui…

Une grimace lui échappa.

— Oui, j'ai vu ça, mais rassure-toi, dans nos boulots nous sommes bien placées pour savoir qu'il ne faut pas toujours croire les journalistes, n'est-ce pas ? Mais alors, dis-moi, nous allons retravailler ensemble ? Tu vas reprendre ton poste à l'agence ?

Je tentai de prendre un ton léger.

— Je l’espère, mais il faudrait déjà que les choses se calment un peu… Je suis désolée, Pauline, j’avais rendez-vous avec un ami mais il y a eu un changement de programme et je dois rentrer. On s’appelle pour fixer un déjeuner, d’accord ?

Son regard s’échappa par-dessus mon épaule tandis que j’achevais ma phrase, et un petit sourire complice étira ses lèvres.

— J’ignore quand tu as parlé à cet homme pour la dernière fois, mais je crois qu’il s’est finalement décidé à te rejoindre. Pas mal d’ailleurs, ton ami…

L’affolement m’envahit, je n’osais me retourner tandis que les battements de mon cœur s’emballaient. Ce n’était pas possible, l’homme avec qui j’avais prétendument passé la nuit ne *pouvait* se trouver derrière moi. Pas au moment où j’avais relâché mon attention, où je ne me tenais plus sur mes gardes. Ma tension était telle que je faillis hurler en entendant une voix derrière moi :

— Vous partez ?

Le lieutenant Daumas ! Tous mes muscles se détendirent sous l’effet du soulagement tandis que Pauline s’éloignait avec discrétion.

— Mais qu’est-ce que vous faites là ?

Les joues du policier s’empourprèrent.

— Qu’est-ce que je fais là ? Mais comment pensiez-vous que j’allais réagir en recevant votre texto ? Je regardais un bon match de foot en essayant de soigner mon rhume avec du Fervex, et il a fallu que je me rhabille en catastrophe pour venir à votre secours !

— C’est gentil, mais ce n’était pas la peine de vous déplacer, je ne suis pas en danger.

Malgré moi, ma voix avait pris un ton légèrement ironique, que je regrettai aussitôt. Son visage se durcit.

— Ne jouez pas à ce petit jeu avec moi, mademoiselle Bellière. Si vous m’avez envoyé ce texto, c’est parce que vous aviez peur. Et c’est peut-être la première réaction intelligente que vous ayez eu ces derniers jours.

Son ton monta d'un cran, me faisant tressaillir.

— Je ne comprends même pas comment vous avez pu me désobéir, alors que tout vous accuse, que je suis obligé de me battre contre ma hiérarchie qui veut absolument vous placer en garde à vue ! Vous ne voyez donc pas que je suis l'un des rares à vous faire confiance ?

Si son inquiétude me touchait, les trahisons dont j'avais été victime ces derniers jours m'empêchaient de croire totalement en sa sincérité.

— Cela ne vous empêche pas d'être venu vérifier que je suis bien là où je disais être.

— Mais vous faites exprès de ne rien comprendre ou quoi ? Je suis venu voir si vous alliez bien, si vous n'aviez pas été agressée ou enlevée. D'ailleurs, où est l'homme avec qui vous aviez rendez-vous ? J'aimerais lui dire deux mots à celui-là.

— Il est soi-disant bloqué à une réunion ministérielle, mais j'imagine qu'il n'a jamais existé, qu'il s'agit d'un complice de Gabriel chargé de me bloquer ici pour je ne sais quelle raison encore. Mais au moins vous êtes là. S'il arrive encore quelque chose, vous pourrez témoigner que j'étais avec vous.

Une expression difficile à déchiffrer traversa son visage.

— Venez ! Puisque je suis là, profitons-en pour nous asseoir quelques instants.

Une fois installés à notre table, le policier fit mine de s'absorber dans la carte des cocktails. Je commençais à le connaître un peu, et j'en déduisis qu'il avait quelque chose de délicat à me dire.

— Pardonnez-moi, lieutenant, mais si vous avez une nouvelle catastrophe à m'annoncer, je préférerais que vous le fassiez tout de suite.

Il tressaillit, comme si je l'avais sorti de ses pensées.

— Très bien, vous avez raison. Je ne sais pas bien où ça nous mène, mais nous avons découvert plusieurs appels rapprochés entre M. Dupré et Mlle Brissac ces dernières semaines.

— C'est pour ça que vous me posiez autant de questions sur Sarah tout à l'heure ?

— Oui, c'est pour ça.

Si jusqu'à présent je continuais malgré les évidences à douter de la duplicité de Sarah, je ne pouvais désormais plus me voiler la face. Le désespoir m'envahit, amplifié par l'épuisement. Je n'avais plus la force de lutter, de la protéger, elle n'avait qu'à se montrer plus claire et répondre à mes appels si elle voulait que je fasse quelque chose pour elle…

Je contai donc à mon compagnon tout ce qui la concernait, jusqu'au texto envoyé en début d'après-midi à la brasserie.

— Pourquoi ne pas m'avoir parlé de tout ça plus tôt ?

— Parce que je n'étais plus sûre de rien dans cette histoire, que je craignais en permanence de commettre une nouvelle erreur.

— Je n'ai qu'un conseil à vous donner si vous ne voulez plus faire d'erreur, mademoiselle Bellière : ne me mentez plus jamais.

J'avais l'impression de me faire sermonner comme une petite fille.

— Je vous jure que je n'en ai plus l'intention ! D'ailleurs, si vous voulez, je peux vous faire écouter l'enregistrement dont je vous ai parlé, j'ai apporté mon Dictaphone pour enregistrer l'inconnu.

Je le lui tendis, et il mit l'appareil en marche. Une fois qu'il eut fini d'écouter, il resta silencieux un moment.

— Vous voyez bien que je ne vous mentais pas, que Gabriel et moi avons bel et bien été boire un verre.

— Oui, en effet.

— Vous n'allez pas l'interroger, lui demander pourquoi il m'a droguée, ce qu'il a fait hier soir ?

Il parut étrangement mal à l'aise.

— Ce n'est pas si simple que ça…

— Mais pourquoi ? Vous passez votre temps à vérifier tout ce que je dis et, pour une fois que je vous apporte une preuve tangible, vous tergiversez !

— Bon, je vais me faire l'avocat du diable pour vous

expliquer la situation. Comme vous l'avez dit si justement, M. Dupré a éteint l'appareil juste après votre malaise. Il aura donc beau jeu de nous expliquer qu'il vous a simplement invitée à boire un verre pour faire la paix.

— Mais vous avez entendu, il dit qu'il est désolé, que ça a été beaucoup trop loin. C'est un début d'aveu, non ?

— Il n'avoue rien du tout, ses propos peuvent être interprétés de différentes manières. Si on l'interroge, il peut très bien dire par exemple que c'est vous qui avez été trop loin.

— Et le patron du café ? Je le connais, il pourra témoigner de mon malaise.

— De votre malaise, oui, mais pas du fait que vous avez été droguée.

Malgré la justesse de ses arguments, le lieutenant donnait l'impression d'être préoccupé par tout autre chose, ce qui fit remonter mon inquiétude en flèche :

— Ne me dites pas que vous avez encore une information à me révéler ?

— Si, et je vous avoue que je ne sais pas bien comment le faire.

— Eh bien, lancez-vous ! Au point où j'en suis…

— Très bien. Tout à l'heure, vous m'avez parlé de l'éventualité d'une querelle entre votre famille et celle de M. Dupré. Je ne pensais pas que cela puisse avoir un lien avec les événements de cette semaine, mais j'ai par acquit de conscience passé un coup de fil au commissariat de Noyon.

Il tripota le verre qu'un serveur venait de déposer devant lui, le porta à ses lèvres avant de le reposer sans avoir bu. J'eus soudain envie de le faire taire, envahie par un méchant pressentiment.

— En réalité, la dispute dont vous vous souvenez ne concernait pas l'adultère de l'un de vos parents, mais un problème impliquant votre sœur.

— Vous voulez parler du vol d'un pull au *Prisunic*, lorsqu'elle était en terminale ? Je me souviens qu'elle a été convoquée plusieurs fois au commissariat.

Mon interlocuteur se rembrunit.

— Il ne s'agit malheureusement pas de ça, l'affaire dont je vous parle paraît nettement plus sérieuse qu'un simple vol d'adolescente. Il semble qu'elle ait fait pas mal de bruit là-bas. Malheureusement, les dossiers de l'époque n'ont pas encore été archivés informatiquement, je dois donc attendre que le policier à qui j'ai parlé se renseigne et me rappelle.

Mon inquiétude se réveilla. De quel problème grave pouvait-il donc s'agir ? Une fois de plus, je tentai de fouiller ma mémoire à la recherche d'une information susceptible de nous aider, lorsque me revint à l'esprit une scène qui m'avait laissé une impression dérangeante avant que je ne l'oublie. Je rentrais de cours, la tête dans les nuages comme d'ordinaire, quand mon pied avait buté contre ma sœur prostrée sur les marches du perron de mes grands-parents. Mon premier réflexe avait été de penser qu'elle avait été agressée, battue. Son visage était en effet bouffi, ses yeux gonflés de larmes, l'une des manches de son gilet n'était même pas enfilée. Mais le pire était son air perdu, choqué, comme si elle venait de perdre l'une de ses illusions les plus précieuses. Touchée par sa détresse, j'avais posé sur son épaule une main poisseuse de chocolat dans un réflexe de protection, mais elle l'avait repoussée avec violence comme si mon contact lui était devenu insupportable. Qu'avait-il pu se passer pour la mettre dans cet état ? S'agissait-il d'une dispute toute bête avec une amie, d'un chagrin d'amour, ou cela avait-il un rapport avec cette mystérieuse affaire ? Il faudrait que je l'interroge dès que possible sur cet incident.

— Lieutenant Daumas, vous ne m'avez pas répondu cet après-midi. Pourquoi m'avez-vous posé toutes ces questions sur mon emploi du temps d'hier soir, que s'est-il encore passé ?

Les derniers événements m'avaient appris à me montrer plus attentive, et je pris conscience du soudain embarras du policier.

— Nous ne savons pas encore exactement, je ne peux pas vous en dire plus pour le moment.

Manifestement, cela semblait grave. Il n'osait plus me

regarder, semblait soudain pressé de s'enfuir. Il tourna la tête en tous sens pour attirer l'attention d'une serveuse.

— Qu'est-ce que vous faites, vous restez ou vous rentrez chez votre sœur ?

Son ton sec m'avait heurtée. Je tentai maladroitement d'adoucir son humeur :

— Merci, c'est gentil, je vois bien que vous êtes encore fiévreux, je vais prendre un taxi. Je vous ai suffisamment ennuyé comme ça.

Il ne se donna même pas la peine de me contredire. Lorsque nous atteignîmes l'entrée, il se rapprocha de moi au point que je pus sentir la chaleur de son corps grippé, les effluves de son parfum, *Habit rouge*.

— Et demain, qu'avez-vous prévu de faire ? Vous avez toujours l'intention d'aller interroger votre grand-père ? Je n'ai pas réussi à vous faire changer d'avis ?

— Ça dépend : vous pouvez m'assurer que je pourrai aller le voir plus tard, que je ne serai pas arrêtée dans les heures qui viennent ?

— Vous savez très bien que je ne peux pas vous promettre une chose pareille.

Des images de cellules exiguës, de toilettes sales et de prisonnières agressives dansèrent devant mes yeux.

— Très bien, alors je crois que je vais maintenir mon programme.

Le visage du lieutenant se ferma.

— Vous avez fait n'importe quoi ces derniers jours, et c'est en partie ma faute, je ne me suis pas montré suffisamment clair. Alors cette fois, je vais prendre le temps de l'être : je veux que vous rentriez immédiatement chez votre sœur et que vous n'en bougiez plus jusqu'à votre départ pour Noyon demain. Vous ne vous approchez plus de personne pour le moment, vous n'acceptez plus de rendez-vous bizarres…

Soucieuse d'entrer dans ses bonnes grâces, je continuai pour lui :

— … et je ne parle plus à Gabriel.

Il chassa ma remarque d'un revers de main, comme s'il était désormais certain de ma docilité à ce sujet.

— Et si ce mystérieux inconnu vous rappelle, vous lui demandez ses coordonnées et vous me laissez gérer les choses, d'accord ? Je vous préviens qu'au moindre nouveau problème, je cesse complètement de vous aider et je laisse le procureur vous mettre derrière les barreaux.

Il me regarda droit dans les yeux.

— Me suis-je montré suffisamment clair, Margot ?

J'étais si surprise de sa véhémence que je le laissai s'éloigner sans répondre. Mais il était, contre toute attente, parvenu à me convaincre : j'allais rentrer sagement dormir rue de Turenne, avant d'aller voir mon grand-père demain et de passer une soirée réconfortante chez Alexis avec mes amis d'autrefois. Ensuite ? Cela dépendrait de ce que j'aurais appris là-bas, mais de toute façon, je ne parvenais plus à me projeter aussi loin. Pour le moment, une chose était certaine, je n'avais plus l'intention de me mettre inutilement en danger.

Une fois le lieutenant parti, j'attendis donc dans l'entrée l'arrivée du taxi commandé par l'hôtesse d'accueil tout en réfléchissant à ce que je venais d'apprendre. Ainsi, mes mésaventures pouvaient être liées à un problème ayant autrefois concerné Audrey à Noyon… Le meurtre de la fille d'un député picard, l'implication d'une riche famille de promoteurs noyonnais… Une forme de logique liée à ma ville natale semblait se dissimuler derrière tout cela, qui malheureusement m'échappait encore. Je m'apprêtais à aller relancer l'hôtesse à propos du taxi, lorsqu'un bip m'informa de l'arrivée d'un nouveau texto :

Je suis là, où es-tu ?

L'inconnu.

21

Avait-il surveillé l'entrée et attendu que le lieutenant s'en aille pour me rejoindre ? Probablement, et cette idée n'était pas des plus rassurantes… La panique m'empêchait de réfléchir. Devais-je m'enfuir pendant qu'il en était encore temps ou suivre la piste de cet inconnu jusqu'au bout ?

Je n'eus pas le temps d'hésiter : mon portable se mit à sonner et je décrochai par réflexe.

— Qu'est-ce que tu fabriques dans le couloir, pourquoi tu ne viens pas me rejoindre ? Tu as eu mon texto, je t'ai vue le lire.

Manifestement, je n'avais plus vraiment le choix. Je me retrouvais malheureusement confrontée au même problème que tout à l'heure, celui d'avoir à identifier mon interlocuteur. Je me retournai lentement, le ventre noué, pour fouiller du regard les environs dans l'espoir d'y trouver un homme au téléphone.

— Tu es dans quelle salle ? Je ne te vois pas.

Il ne me restait plus qu'à prier pour qu'il ne se trouve pas juste à côté de moi.

— Je te laisse me chercher !

Les soupçons qui m'avaient un instant abandonnée revinrent en force. Rien ne m'assurait qu'il se trouvait bien dans ce restaurant, il pouvait tout aussi bien être chez lui en compagnie de Gabriel, plié en deux de rire devant l'étendue de ma bêtise. Quand je revins à la raison : le fait qu'il m'ait vue lire son texto signifiait qu'il était obligatoirement présent.

J'avançai un peu, tout en tentant de conserver mon interlocuteur en ligne afin de pouvoir le repérer dans la salle. Je vis bientôt un homme d'une cinquantaine d'années au visage rougeaud et à la bedaine conséquente, un portable à l'oreille. Oh non, pitié, pas lui… Ses yeux restant fixés sur moi, je me résolvais, la mort dans l'âme, à me diriger vers lui, lorsque je m'aperçus avec soulagement qu'il vociférait dans son téléphone alors que mon inconnu restait muet. La tension dans ma poitrine desserra légèrement sa prise : il s'en était fallu de peu que je me ridiculise en allant lui parler ! Je n'avais plus d'autre choix que de revenir lentement sur mes pas, un filet de sueur me coulant le long des reins. Lorsqu'un rire crispé se fit entendre à l'autre bout du fil.

— Eh bien, pourquoi hésites-tu comme ça ? On dirait que tu ne me reconnais pas !

— Bien sûr que si, mais je n'ai pas mes lunettes et le restaurant est mal éclairé. Tu ne pourrais pas m'aider un peu ?

— Voilà, je suis debout, tu me vois cette fois ?

Je tournai le regard vers la silhouette qui venait de se lever à une dizaine de mètres seulement de moi, pour découvrir avec stupeur un bel homme d'une quarantaine d'années que j'étais convaincue de n'avoir jamais vu de ma vie. Alors que je le rejoignais, l'inconnu ne se rassit pas avant d'avoir galamment avancé ma chaise pour me permettre d'y prendre place. Mais, étonnamment, cela ne fit que renforcer mon malaise. Il en faisait trop, paraissait trop parfait… Une fois installée, je réprimai les questions qui me montaient aux lèvres, préférant stratégiquement le laisser se dévoiler en premier.

— Je suis soulagé, j'avais peur que tu ne m'attendes pas. La serveuse m'a dit que tu avais quitté la table avec un homme.

— J'ai pris un verre en compagnie d'un ancien client en t'attendant, puis comme le temps passait, j'ai cru que ta réunion s'était prolongée et j'étais sur le point de partir.

— Je suis vraiment désolé de ce retard, ça me rendait dingue de ne pas pouvoir m'échapper.

A mon grand embarras, il se pencha vers moi pour me prendre tendrement la main.

— C'était vraiment bien, nous deux, hein ? Ça va peut-être te paraître ridicule à mon âge, mais je crois que je n'avais jamais connu une nuit pareille auparavant. Même si elle a commencé de façon assez peu conventionnelle…

Je tentai de joindre mon rire au sien, priant pour qu'il ne s'aperçoive pas de mon manque de conviction. Que voulait-il dire par *de façon assez peu conventionnelle* ? J'aurais donné cher pour le savoir, mais je ne voyais pas comment je pourrais aborder de manière naturelle le sujet de notre rencontre. Je décidai donc de patienter prudemment, en me promettant de guetter dans son discours des incohérences susceptibles de le trahir. Je n'eus d'autre choix que de saisir le menu tendu par la serveuse, acceptant ainsi implicitement de dîner avec lui. Le lieutenant Daumas serait furieux, mais peu m'importait : j'étais prête à saisir toutes les opportunités qui se présentaient pour apprendre la vérité. Me souvenant de la pressante mise en garde du policier, je me fixai malgré tout prudemment une limite : ne pas quitter le restaurant en compagnie de cet homme.

Durant le repas, je ne parvins guère à m'intéresser à la conversation, concentrée sur la nécessité de dissimuler mon amnésie tout en m'assurant que mon compagnon ne versait rien dans mon verre. Je le laissai donc me parler de son travail au ministère, hochant la tête d'un air entendu lorsqu'il évoquait des confidences prétendument faites la veille. Ce qui ne m'empêcha pas de tenter à plusieurs reprises de le pousser à se dévoiler. Je lui demandai ainsi s'il était originaire de l'Oise, s'il était diplômé — comme Gabriel — d'HEC ou s'il appartenait à un ministère susceptible de travailler avec des traders. Mais sans rien trouver malheureusement. S'il disait bien la vérité, il était originaire de Corse, diplômé de l'Essec et travaillait au ministère des Sports. Si un point commun les liait, mon ex-fiancé et lui, il me faudrait le chercher ailleurs. Je lui tendis également plusieurs perches pour le faire parler de la soirée de la veille, mais il semblait prendre un malin plaisir à ne donner aucune précision. Malgré mes efforts, un silence embarrassant s'installa à plusieurs reprises durant la soirée alors que je posais une question à laquelle il avait déjà manifestement répondu, ou qu'il m'interrogeait sur une vie dont je ne savais comment lui parler. Ce fut donc avec un extrême soulagement que je le vis demander l'addition à la serveuse qui passait non loin de là. Avec un peu de chance, peut-être allais-je pouvoir lire son nom sur sa carte bancaire… Mes efforts d'observation furent récompensés quelques instants plus tard, puisque je finis par apercevoir sur une carte Visa Infinite du plus beau noir le nom de B. Bartoli. Mon esprit se mit à fonctionner à toute allure. B comme Bruno ? Benoît ? Benjamin ? Sans Google à ma disposition, je n'étais guère plus avancée. Certes, je pourrais toujours donner ce nom à la police, lui demander d'effectuer une recherche à partir de sa carte bancaire, mais je courais dans ce cas le risque de voir l'inconnu s'évanouir dans la nature si la carte avait été volée. Mon compagnon me tira de mes pensées d'une voix douce :

— On s'en va ?

— D'accord.

Tandis que nous regagnions la sortie, la panique m'envahit, j'éprouvais le sentiment d'être poussée dans le dos par une force invisible et mauvaise. Je m'étais promis de ne pas quitter le restaurant en compagnie de ce mystérieux B. Bartoli, et voilà que j'allais y être contrainte parce que mon enquête n'avait pas progressé d'un iota. Mais que pouvais-je faire d'autre ? L'interroger brutalement dans le couloir pour le forcer à m'avouer son plan ? Cette option pouvait s'avérer catastrophique : il risquait de se braquer et de me planter au beau milieu du restaurant, ou encore de nier avec aplomb. J'observai une nouvelle fois avec anxiété ses traits réguliers, ses yeux au regard franc. Possédait-il une tête de tueur, de psychopathe ? Je ne pouvais malheureusement pas me permettre de me fier à ce que je voyais, Ted Bundy était un bel homme charismatique et cela ne l'avait pas empêché de décapiter une douzaine de victimes avant de conserver leur tête dans son appartement… Il sembla lire dans mes pensées.

— Tu sembles un peu fatiguée, qu'est-ce que tu préfères faire ? Venir chez moi comme hier ou me faire découvrir ton chez-toi ?

Cette fois, il y avait urgence ! Mon cerveau fonctionnait à toute allure. Si je refusais de le suivre, je perdrais sa trace à jamais. Mais si je le suivais, je risquais de perdre bien plus… Peut-être pouvais-je juste faire mine de l'accompagner pour connaître son adresse, tout en me tenant prête à m'échapper avant d'être obligée de monter chez lui ?

C'était périlleux, mais pas impossible… Et puis, avais-je vraiment le choix ? Tandis que nous débouchions dans la rue, je répondis :

— Allons plutôt chez toi. Mais je préférerais que l'on n'aille pas trop vite, d'accord ?

Il me jeta un regard surpris, et sembla sur le point de dire quelque chose avant de se raviser.

— Très bien, on fera comme tu veux.

A présent, il me restait à trouver un moyen de prévenir le lieutenant Daumas sans éveiller ses soupçons… Quand une idée me vint à l'esprit.

— Attends-moi une minute, je crois que j'ai oublié mon téléphone sur la table. Je reviens.

— Tu veux que j'aille te le chercher ?

— Non, c'est gentil, va plutôt récupérer ta voiture, j'arrive.

Une fois de retour dans l'entrée, le regard suspicieux de l'hôtesse ne me quitta pas un instant tandis que je tapais le message à l'intention du lieutenant Daumas. Mais le sort semblait s'acharner contre moi, puisqu'un problème de réseau empêchait le texto de partir. Pressée par le temps, je griffonnai hâtivement un mot sur une feuille de mon vieux carnet, avant de me retourner vers l'hôtesse :

— S'il vous plaît, pourriez-vous téléphoner au numéro inscrit sur cette feuille et lire ce message au policier qui vous répondra ? C'est vraiment très important ! S'il vous pose des questions, décrivez-lui l'homme qui était avec moi et expliquez-lui qu'il a attendu son départ pour me rejoindre…

Mortellement gênée, je vis la fille lire mon mot avant que je puisse m'échapper.

— Excusez-moi ! Vous voulez réellement me voir appeler ce lieutenant… euh… Daumas pour l'informer que vous vous rendez au domicile de M. Bartoli ? Parce que ce dernier est l'un de nos clients réguliers, et je doute fort que, comme vous l'écrivez…

Un léger sourire étira ses lèvres.

— … il ne vous *attire dans un guet-apens pour vous faire disparaître*. Il a invité ici plusieurs femmes, et aucune à ma connaissance n'a jamais eu le moindre problème.

Je me rapprochai d'elle, intéressée.

— C'est vrai, il vient souvent ? Vous savez s'il travaille réellement dans un ministère ?

— Oui, il me semble.

— Vous pourriez me donner son adresse ?

Son visage se ferma. Probablement devais-je décidément paraître trop bizarre pour elle.

— Je suis désolée, je ne l'ai pas.

— Son prénom alors !

L'urgence m'avait fait hausser la voix, et quelques clients attardés se retournèrent avec curiosité vers nous. Mon interlocutrice me considéra d'un air étrange.

— Vous avez dîné avec lui, vous l'avez laissé vous prendre la main et vous ne connaissez même pas son prénom ? Vous êtes quoi ? Une call-girl ? Un flic sous couverture ?

Encore une qui regardait trop de séries télévisées ! Comme le temps me manquait pour argumenter, je lui glissai maladroitement 20 euros dans la main, en espérant que le billet saurait la décider à passer l'appel. Puis j'allumai le Dictaphone que le lieutenant m'avait rendu, avant de marcher d'un pas résolu vers la sortie.

Une fois dans la rue, je ne pus m'empêcher d'observer bêtement les alentours, comme si le lieutenant Daumas allait se matérialiser devant moi. Mais cela ne risquait pas d'arriver puisqu'il me croyait bien à l'abri dans mon lit…

Une luxueuse voiture gris métallisé s'immobilisa devant moi, et je ne pus faire autrement que de m'installer sur le siège en cuir en m'efforçant de masquer mon trouble. Je savais que je jouais avec le feu, mais c'était ma dernière chance de découvrir ce qui s'était passé la veille, et je n'allais pas la laisser passer. Il ne me restait qu'à prier pour que le lieutenant Daumas ait bien eu mon message…

L'inconnu démarra et, comme chaque fois que je me trouvais seule avec un homme dans un endroit clos, une panique aiguë m'envahit, mon cœur se mit à battre à cent à l'heure. Mon compagnon sembla prendre conscience de mon désarroi, puisqu'il se tourna vers moi pour me sourire gentiment, esquissa le geste de poser sa main sur ma cuisse avant de renoncer prudemment devant ma mine fermée.

Quelques minutes plus tard, nous nous immobilisâmes devant un superbe immeuble haussmannien boulevard Pereire. Voilà, nous y étions. L'inconnu sortit de la voiture et vint galamment m'ouvrir la portière, m'arrachant un pâle sourire. Maintenant que j'avais son adresse, c'était le moment ou jamais de partir, mais je ne savais comment lui annoncer que je n'allais pas monter.

Un instant, j'envisageai de lui dire la vérité, avant de me raviser : si j'avais dû tout lui avouer, nul doute que j'aurais dû le faire au restaurant, en sécurité au milieu des autres convives. Et non au milieu du hall d'entrée de son immeuble…

— Ecoute, commençai-je d'une petite voix, je suis désolée mais je crois que je vais rentrer…

— Qu'est-ce qui se passe ? Tu es toute pâle.

De fait, je ne me sentais pas bien du tout, ma bouche était

sèche et mes tempes bourdonnantes. De petites lumières virevoltèrent devant mes yeux, je sentis mes jambes me lâcher et j'eus le vague sentiment que mon compagnon se penchait sur moi.

Pour vérifier que la drogue faisait son effet ?

22

Quand je rouvris les yeux, ce fut pour voir une nouvelle fois le visage de l'inconnu penché sur moi. Je me relevai et regardai durant quelques instants autour de moi avec une curiosité hébétée. Je me trouvais dans le salon d'un appartement à la décoration élégante mais un peu trop minimaliste à mon goût, avec ses tons noirs et blancs et ses tableaux abstraits. L'odeur en revanche était agréable, mélange de bois de cèdre et d'orange. Quand tout à coup, la réalité s'imposa à moi : ce n'était pas vrai, l'homme était parvenu à me faire monter chez lui ! Mon premier réflexe fut de guetter la sirène rassurante d'une voiture de police, mais je n'entendis rien d'autre que le bruit assourdi d'une classique circulation nocturne. L'hôtesse du restaurant s'était-elle refusé à faire du tort à son client en passant l'appel que je lui avais demandé ? A moins que le lieutenant Daumas n'ait décidé que j'avais définitivement perdu l'esprit… Mon cœur se serra, le résultat de toute façon était le même : j'avais été droguée, enlevée, et nul ne viendrait à mon secours…

— Margot, ne bouge pas. On peut dire que tu m'as fait une peur bleue !

A ma grande surprise, mon compagnon semblait bel et bien inquiet. Avait-il craint un surdosage accidentel, reçu la consigne de me garder consciente jusqu'à l'arrivée de Gabriel ? En tout cas, si j'en étais par instants arrivée à croire en sa sincérité au cours de la soirée, mon malaise de tout à l'heure m'avait brutalement remis les idées en place et je ne doutais plus désormais de sa participation au piège.

Avec précaution, je tentai de me lever du canapé où j'étais allongée, pour constater avec étonnement que je me sentais nettement mieux. Les effets de la drogue semblaient s'être dissipés…

— Tu veux que j'appelle un médecin ? Sinon, je peux aller chercher mon voisin, il est ORL à la retraite mais…

Croyait-il réellement que j'allais laisser un complice nous rejoindre ?

— Non, merci, ça va aller.

Il me contempla avec ébahissement, surpris par la sécheresse de mon ton.

— Alors viens…

Il posa une main dans mon dos, m'incitant à avancer en direction du couloir. Un instant, j'envisageai de le bousculer pour me précipiter vers la sortie, mais la porte devait être fermée à clé et je craignais d'aggraver encore la situation. Je me souvins d'une jeune fille de 15 ans retenue captive par un violeur multirécidiviste, qui, une fois retrouvée, avait expliqué aux médias qu'elle avait accepté tout ce qu'il lui avait demandé pour rester en vie. Elle avait raison, et j'allais faire comme elle, même si j'étais à cet instant complètement terrorisée. Moi aussi je voulais rester en vie…

Je m'aperçus pourtant très vite que l'attitude de mon hôte n'avait rien de menaçant : il me murmurait de petits mots tendres, m'embrassait dans le cou tel un adolescent amoureux. Qu'est-ce que cela pouvait signifier ? Tandis qu'il m'entraînait en direction de ce que je devinais être sa chambre, je ne pus m'empêcher de guetter une autre présence par les portes entrouvertes, un son anormal dans l'appartement silencieux, mais nous semblions être bel et bien seuls. Je comprenais de moins en moins. Quel était leur plan, à Gabriel et lui ? Ce dernier lui avait-il simplement demandé de m'immobiliser quelque part et en profitait-il pour joindre l'utile à l'agréable ?

Je n'eus guère l'opportunité de m'interroger plus longuement puisque, une fois dans la chambre, l'inconnu écrasa ses lèvres sur les miennes. Si j'espérais que mon corps raidi par la peur suffirait à le décourager, j'en fus pour mes frais. Pressé de parvenir à ses fins et me jugeant sans doute trop lente, il glissa une main entreprenante sous mon pull. Cette fois, je n'y tins plus et me reculai telle une ânesse rétive. Surpris, il s'immobilisa et ramena ses cheveux en arrière de ses mains pour masquer son malaise.

— Je suis désolé, je croyais qu'après ce qui s'était passé hier, tu aurais envie de recommencer tout de suite. Mais tu sembles différente ce soir…

Il me sourit gentiment.

— Je suis si content de te revoir que j'ai sans doute été trop vite. Excuse-moi, on va reprendre les choses dans l'ordre. Je vais me chercher un verre, tu veux quelque chose ?

La surprise me coupa le souffle. Même si mon sens de la psychologie masculine avait révélé ses limites ces derniers temps, j'étais à cet instant sûre d'une chose : cet homme était quelqu'un de bien. Ce qui voulait dire que je m'étais trompée sur toute la ligne…

— Non, merci, balbutiai-je.

— Eh bien, moi, je vais me prendre un truc bien fort…

— Attends deux secondes, s'il te plaît.

Mon cerveau tournait à toute allure. S'il ne connaissait pas Gabriel, si sa sollicitude de tout à l'heure n'était pas feinte, et s'il ne m'avait pas droguée, comment expliquer mon évanouissement ?

Quand soudain l'évidence me frappa. Ce n'était pas la première fois que mon corps me lâchait dans une situation de stress. Quand j'étais adolescente, le médecin avait même mis un mot sur ces crises impressionnantes qui me prenaient à l'improviste : spasmophilie. Sauf que cela faisait des années que cela ne m'était pas arrivé, et que j'avais fini par les oublier…

Mon Dieu, dans quelle situation étais-je allée me fourrer ? J'avais dissimulé mon amnésie à cet homme, je l'avais laissé m'inviter au restaurant, je l'avais fait passer pour un dangereux psychopathe auprès de l'hôtesse d'accueil et voilà maintenant que j'allais devoir lui révéler la vérité…

Terriblement mal à l'aise, je me laissai tomber sur le lit. Puis je rassemblai tout mon courage.

— Je dois t'avouer quelque chose. Tu as raison, je ne suis pas tout à fait la même qu'hier soir.

Comme il restait muet, j'inspirai longuement pour me laisser le temps de peser mes mots :

— Lorsque nous nous sommes rencontrés, je venais de boire un verre avec mon ex-fiancé, et je crois qu'il m'a fait prendre du GHB. Je ne me trouvais donc pas dans mon état normal…

— Du GHB ? La drogue du violeur, celle qui désinhibe et fait perdre la mémoire ?

Il semblait connaître le sujet, ce qui était normal s'il travaillait dans le monde du sport.

— C'est ça. D'où la différence entre mon attitude d'hier et celle d'aujourd'hui. Je ne sais pas comment te dire ça mais… je suis désolée, je ne me souviens plus du tout de toi.

J'avais conclu ma phrase par un petit rire crispé, ce qui ne fit qu'accroître la tension ambiante. Devant son visage bouleversé, perdu, mes derniers doutes s'évanouirent et je fus soudain certaine de son innocence.

Il détourna la tête.

— C'est agréable à entendre.

Sa voix tremblait légèrement, et je n'aurais su dire si c'était de dépit ou de colère. J'eus soudain envie de le réconforter :

— C'est vrai, j'ai tout oublié de notre nuit, mais dès que je t'ai aperçu au restaurant, j'ai ressenti quelque chose, comme si une partie de moi se souvenait du beau moment que nous avions passé ensemble.

— Bien sûr, c'est pour ça que tu es passée deux fois à côté de moi sans me reconnaître !

Zut.

— Je t'assure que c'est vrai, je suis sûre que si tu me racontes notre soirée, tout va me revenir à la mémoire.

C'était bien essayé, mais il parut ne pas m'avoir entendue. Il me semblait presque voir les rouages de son cerveau fonctionner.

— Et ce soir, qu'est-ce que tu étais en train de faire ? Tu essayais de m'utiliser pour retrouver tes souvenirs, c'est ça ?

Durant un instant affreux, je craignis qu'il ne me frappe. Avant de m'apercevoir que ce n'était pas de la colère mais de la déception qui assombrissait son regard.

— Eh bien, vas-y, pose tes questions puisque tu n'es venue que pour ça.

— Tu peux peut-être commencer par me dire comment tu t'appelles.

— Ce n'est pas vrai, tu ne te souviens même pas de mon nom ! Bertrand. Je m'appelle Bertrand Bartoli.

— Bertrand, je suis désolée, je t'assure que…

Il m'interrompit d'un ton sec :

— Si tu me disais plutôt pourquoi tu ne m'as pas raconté tout ça au resto, au lieu de me suivre jusqu'ici ?

— Très bien, mais je te préviens que ça va te paraître assez dingue… Pour résumer, la femme de Gabriel, mon ex, a été assassinée samedi, et il fait tout pour me faire accuser du meurtre. Du coup, lorsqu'il m'a droguée hier, j'en ai déduit qu'il avait encore trafiqué quelque chose…

Il sembla soudain lassé de mon histoire.

— Et qu'est-ce que ça a à voir avec moi ?

— Quand tu m'as téléphoné ce matin pour me dire que nous avions passé la nuit ensemble, j'ai pensé que tu étais son complice. J'ai essayé au resto de te faire parler de ce qui s'était passé hier soir, mais comme tu semblais prendre un malin plaisir à ne rien me dire, j'ai bien été obligée de te suivre jusqu'ici.

— Tu venais te jeter dans la gueule du loup ? Ce n'est pas très intelligent de ta part !

Son visage se décomposa soudain.

— Attends… Tu n'es quand même pas cette fille dont on parle aux infos, celle qui a poignardé sa rivale le jour de son mariage ?

C'était un comble : c'était lui qui semblait avoir peur de moi maintenant !

— C'est bien de moi qu'on parle, oui, mais je n'ai poignardé personne, je suis innocente. C'est d'ailleurs ce que j'essaie de prouver... Tu comprends mieux maintenant pourquoi j'ai besoin que tu me racontes la soirée d'hier ? La police me demande mon alibi et je ne sais pas quoi répondre.

Il resta un long moment silencieux, comme s'il avait besoin de temps pour assimiler mes révélations. Puis il finit par dire :

— Ton ex ne serait pas grand, châtain, avec un blouson en cuir par hasard ?

Je me redressai, soudain en alerte.

— Si, pourquoi ? Tu l'as vu ?

— Bien sûr que je l'ai vu, il est même venu me demander de garder un œil sur toi quelques minutes, histoire de vérifier que tu n'allais pas faire un nouveau malaise dans la brasserie.

— Et c'est ce que tu as fait : veiller sur moi...

Mon ton avait dû être plus sarcastique que je ne l'avais voulu, puisqu'il recula d'un pas en levant les mains pour protester :

— Holà, tout doux, je n'ai pas profité de la situation, je ne pouvais pas deviner que tu avais été droguée ! Je n'ai même pas bougé de ma table, c'est toi qui es venue me parler, tu n'arrêtais pas de me dire que tu avais toujours attendu un homme comme moi. Comment voulais-tu que je réagisse alors qu'une fille magnifique venait me brancher ? Je ne suis pas de bois.

Le compliment me troubla, mais je ne pouvais me permettre de me laisser déconcentrer.

— Et ensuite ?

— Tu m'as demandé de t'emmener chez moi et c'est ce que j'ai fait.

— C'est donc toi qui m'as raccompagnée chez ma sœur.

— J'ignorais que c'était chez ta sœur, mais je t'ai

ramenée rue de Turenne au petit matin, oui. Une blonde en nuisette est même venue nous engueuler parce qu'on faisait trop de bruit.

Un léger sourire étira ses lèvres.

— C'est vrai qu'on s'était descendu deux bouteilles de vin…

Mais son visage se ferma très vite. Il recula d'un pas.

— Bon, maintenant, je crois qu'il est temps que tu t'en ailles, Margot.

Un instant, j'hésitai à m'excuser une nouvelle fois, mais ses yeux vides m'en dissuadèrent et je me levai pour partir. Mais arrivée à la porte, je ne pus m'empêcher de me retourner pour poser une dernière question :

— Tout à l'heure, au téléphone, pourquoi m'as-tu menti ? Tu n'étais pas en réunion, j'entendais des poivrots derrière toi.

Il haussa les épaules.

— Bien sûr que si, je suis simplement sorti dans la rue pour t'appeler, c'était un coup de fil privé et je n'allais pas le passer devant le ministre.

C'était logique. Je refermai la porte derrière moi, envahie par le sentiment d'un immense gâchis. Le constat était en effet affligeant : l'unique fois où j'étais parvenue à séduire un homme dont je n'aurais jamais osé rêver, j'étais désinhibée par le GHB ! Ainsi, ce n'était pas mon manque d'attraits ou ma personnalité qui m'empêchaient de trouver l'amour, mais plutôt ce manque de confiance en moi, cette étrange anxiété qui me poursuivaient depuis l'adolescence…

Sans doute faudrait-il que j'y réfléchisse à tête reposée. Mais pour le moment, ma priorité était de rendre visite à mon grand-père. Même si, pour être tout à fait honnête, je mourais de peur à l'idée de voir cet homme autrefois si charismatique réduit à l'état de quasi-légume, petite chose ratatinée dans son fauteuil roulant. Membre actif de plusieurs associations d'aide aux personnes défavorisées, directeur d'usine adoré par ses employés, il avait toujours été pour moi un modèle, un héros. Malheureusement, ce glorieux grand-père n'existait plus, remplacé par un vieux monsieur sénile aux jambes molles et aux yeux vides. Et cette perspective m'émiettait le cœur.

23

Mercredi

Lorsque je me réveillai le lendemain matin, l'esprit embrumé par les somnifères qui m'avaient permis de m'écrouler cette nuit, une clarté laiteuse derrière les doubles rideaux laissait deviner un temps de Toussaint gris et humide. Encore assoupie, je me frottai les yeux dans l'espoir de chasser les cauchemars tapis dans les plis de mes paupières, avant de saisir par réflexe mon portable pour vérifier ma messagerie. Quand je m'aperçus avec surprise que j'avais reçu deux messages dans la nuit, provenant d'un numéro inconnu, dont un MMS à 2 heures du matin. Mon cœur bondit dans ma poitrine : tout cela ne me disait rien qui vaille… Je m'empressai d'ouvrir le document, la gorge serrée d'appréhension, avant de réprimer un mouvement de recul face à des vêtements froissés et tachés de rouge photographiés comme s'il s'était agi d'un corps alangui. Je les reconnus instantanément : c'était ceux que Sarah portait dimanche en venant me chercher à l'hôtel ! Le cliché exsudait le malaise, le danger, peut-être même plus que si j'avais eu sous les yeux la photo d'un véritable corps. Qu'est-ce que tout ça pouvait signifier ?

Poussée par un sentiment d'urgence, j'ouvris ensuite le texto envoyé juste après le MMS :

Avoue le meurtre de Sophie ou je tue Sarah.

Ce n'était pas vrai, Gabriel avait enlevé mon amie ! Mais alors, elle n'était finalement pas sa complice ? Je ne comprenais plus : pourquoi s'était-il excusé sur l'enregistrement, pourquoi m'avait-il dit qu'il essayait d'arranger les choses s'il recommençait à me menacer ? A moins que la photo n'ait été envoyée par un complice, ce qui expliquerait le numéro inconnu. Mais il y avait plus grave : si Gabriel voulait me faire peur, me mettre la pression, pourquoi ne s'était-il pas contenté d'envoyer une photo de Sarah bâillonnée, ligotée ? Les yeux vitreux, la bouche ouverte de Sophie Dupré dansèrent devant mes yeux tandis qu'une explication éminemment effrayante m'emplissait l'esprit : et si mon amie était déjà morte ?

En tout cas, une chose était certaine : je n'avais plus le choix, j'allais devoir me dénoncer à la police. Mais ne devais-je pas d'abord exiger une preuve que Sarah était toujours vivante ? Ce n'était certes pas sans risque : si je demandais à Gabriel de me faire entendre sa voix, comme dans les films, il risquait de s'énerver et de commettre un acte irréfléchi…

Complètement paniquée, je cherchai dans mon répertoire téléphonique le numéro d'Alexis pour avoir ses conseils. Alors que les premières sonneries s'égrenaient, je réalisai que j'aurais dû commencer par appeler le lieutenant Daumas. Il avait lancé les recherches pour retrouver Sarah et je devais l'informer d'urgence que la situation s'aggravait… J'éloignais déjà le téléphone de mon oreille pour raccrocher quand j'entendis la voix lointaine d'Alexis :

— Margot, content de t'entendre ! Tu m'appelles pour me confirmer ta venue ce soir ? Les garçons sont ravis.

Je l'interrompis :

— Non, je t'appelle pour autre chose. C'est horrible, j'ai reçu cette nuit un texto de Gabriel me demandant d'avouer le meurtre de Sophie. Enfin, ça ne provenait pas de son portable habituel, mais je suppose qu'il s'en est acheté un nouveau, il doit craindre d'être sur écoute.

Me prenant par surprise, ma voix monta dans les aigus :

— Tu ne peux pas savoir comme j'ai peur, il m'a envoyé une photo des vêtements de Sarah pleins de sang, il menace de la tuer si je ne lui obéis pas.

— Margot, calme-toi, écoute-moi. Il t'a envoyé une photo de Sarah, ou seulement de ses vêtements ?

— Juste de ses vêtements.

— Alors ça ne prouve rien, il a très bien pu aller les récupérer chez elle, tous ses amis savent qu'elle laisse une clé de secours au-dessus de sa porte.

— Mais non, tu ne comprends pas, il s'agit de ceux qu'elle portait en venant me retrouver à l'hôtel dimanche ! Et comme Quentin ne l'a pas revue, cela veut dire qu'elle n'est pas rentrée chez elle se changer.

Mes yeux se remplirent de larmes.

— Alexis, j'ai peur qu'elle soit déjà morte, que ce soit pour ça que Gabriel n'a pas voulu la photographier. Je vais téléphoner tout de suite au lieutenant Daumas et je te rappelle après, d'accord ?

— A ta place je ne ferais pas ça, je suis sûr que c'est ce que Gabriel attend de toi, qu'il cherche encore à te discréditer. Tu imagines, si Sarah appelle la police deux heures plus tard, tu auras l'air de quoi ? A mon avis, si Gabriel ne t'a pas envoyé sa photo, c'est tout simplement parce qu'il ne l'a pas enlevée. Peut-être qu'elle est bel et bien rentrée chez elle se changer et que Gabriel a pu récupérer ses fringues, que pour une raison ou une autre, Quentin ne t'a pas dit qu'elle était revenue. Il avait l'air inquiet ?

— Au début oui, mais ensuite plus vraiment…

— Alors, qu'est-ce que je te disais ?

Un léger espoir se réveilla en moi.

— C'est vrai qu'il a reçu un message pendant que j'étais là-bas, qui commençait par *Salut, amour.* Il avait l'air gêné et j'ai aussitôt pensé qu'il trompait Sarah. Mais à la réflexion, je me demande si ce n'est pas elle qui a envoyé ce SMS. Ça expliquerait le revirement d'attitude de Quentin…

— Et puis qu'est-ce qui te dit que les vêtements étaient

tachés de sang ? J'imagine que tu as vu du rouge, rien de plus. Gabriel a très bien pu mettre du ketchup pour t'effrayer…

— Tu as raison.

— Tu vois… Tu imagines si tu avais appelé la police ?

— Mais pourquoi se cacherait-elle de moi et pas de Quentin ? Ça n'a aucun sens…

Tout en prononçant ces mots, je repensai pourtant à mes soupçons, à ceux du lieutenant Daumas concernant sa complicité avec Gabriel. Malheureusement, si, tout cela avait bel et bien un sens…

— Mais alors je fais quoi ? J'arrête de la chercher ? Je ne peux pas imaginer ce qui se passera si je me trompe encore une fois.

— Tu peux toujours envoyer un texto pour demander une preuve qu'elle est en vie, tu verras bien. Si Gabriel te l'envoie, il sera toujours temps d'appeler les flics.

— Très bien, je vais suivre ton conseil.

— Tu viens toujours ce soir, dis-moi ?

— Pour le moment, oui, on avisera en fonction de la réponse de Gabriel. Je t'envoie un message si je change de programme, d'accord ?

Une fois le téléphone raccroché, je me dirigeai vers la cuisine pour me faire un café. J'avais bien eu raison d'appeler Alexis, cette conversation m'avait remis les idées en place et je me sentais plus apaisée. Ce fut d'ailleurs avec un état d'esprit relativement serein que j'envoyai un texto au numéro inconnu :

Je veux une preuve que Sarah est en vie.

Une fois de retour de la buanderie où j'étais allée me chercher des sous-vêtements propres, je me cognai à Audrey. J'ignorais qu'elle était encore là. Si son aspect débraillé me stupéfia, elle ressemblait plus que jamais à Gwyneth Paltrow avec sa chemise blanche mal repassée et ses cheveux blonds en bataille. Etait-ce parce que le lieutenant

Daumas m'avait appris qu'elle dissimulait un secret depuis l'adolescence ? Elle me paraissait presque étrangère, comme si je ne l'avais jamais véritablement connue…

— Margot, il faut que je te parle. Ça ne peut pas continuer comme ça, toute la famille s'inquiète, nous craignons que tu ne sois en train de craquer…

— Ce n'est pas le moment, Audrey.

— Tu pourrais au moins me dire ce qui se passe ! Tu sors, tu rentres sans nous raconter ce que tu fais…

J'aurais adoré pouvoir lui parler de ce que j'avais découvert, partager mes inquiétudes avec elle. Mais c'était trop tard, je n'avais plus confiance.

— Tu sais très bien ce que je fais : j'essaie de comprendre ce qui m'arrive puisque vous refusez de m'en parler.

Elle parut soudain très lasse.

— Nous ne refusons pas de te parler, Margot, nous cherchons juste à te protéger.

— Si vous voulez tant me protéger comme tu dis, tu pourrais peut-être commencer par me dire ce qui s'est passé avant notre déménagement. Cela m'éviterait d'avoir à aller interroger papy à ce sujet.

— Ce n'est pas un secret, j'ai piqué un pull au *Prisunic*, on ne va pas en faire tout un plat vingt ans plus tard ! Ne me dis pas que tu vas faire le trajet jusqu'à Noyon pour ça !

Son visage sans maquillage s'était marbré de taches écarlates, ce qui me conforta dans l'idée que cette histoire de pull était le cadet de ses soucis.

— Tu sais très bien qu'il ne s'agit pas de ça. Le lieutenant Daumas a parlé d'un problème grave, pas d'un petit vol d'ado. Cela a peut-être un rapport avec ce jour où je t'ai trouvée en pleurs sur les marches du perron de papy et Granny…

Elle parut soudain au supplice :

— Margot, laisse tomber, s'il te plaît, tu dois me croire quand je te dis qu'il vaut mieux arrêter de poser des questions.

Son mutisme aurait dû me mettre en colère, mais je sentais une telle souffrance en elle que je préférai ne pas insister.

— Je suis désolée, Audrey, mais tu ne m'empêcheras pas d'aller voir papy.

Je tournais les talons pour me diriger vers la douche, lorsqu'elle me rappela d'une petite voix :

— Tu dînes à la maison ce soir ? Je pourrais te préparer l'un de tes plats préférés, un hachis Parmentier peut-être, ou des chèvres chauds…

Touchée par sa proposition, j'aurais voulu lui parler de l'invitation d'Alexis afin de lui expliquer mon refus, mais une étrange réticence m'en empêcha. Elle et moi évitions d'un commun accord d'évoquer l'amitié que je continuais à entretenir avec ce dernier, amitié qu'Audrey, je le savais, désapprouvait…

— Non, c'est gentil, mais je ne suis pas sûre de rentrer, je vais peut-être prendre une chambre d'hôtel là-bas.

— Très bien, fais comme tu veux…

Je compris qu'elle avait interprété mon refus comme un rejet et me fis la promesse d'avoir une vraie discussion avec elle à mon retour, une fois que tout serait fini : après tout, je n'avais qu'une sœur et j'y tenais énormément.

Quelques minutes plus tard, je dévalai l'escalier de l'immeuble, les clés de voiture d'Audrey à la main, lorsque mon téléphone se mit à sonner. En voyant le numéro qui s'affichait sur l'écran, mon cœur fit un bond dans ma poitrine.

— Lieutenant Daumas ! Vous allez mieux ? Votre rhume est passé ?

— Ça va, merci.

Sa voix était cassante comme du bois sec et mon inquiétude se réveilla. Avait-il appris que j'avais suivi l'inconnu hier soir, l'hôtesse lui avait-elle bel et bien laissé mon message ? Ou pire, s'apprêtait-il à m'annoncer que l'on avait retrouvé le corps de Sarah ?

— Mademoiselle Bellière, je dois vous parler, vous avez la possibilité de vous installer quelque part ?

— Oui, enfin non, pas vraiment, je suis dans un escalier.

— Alors je vous conseille de vous asseoir quelques instants sur les marches.

J'obéis, le cœur serré par l'anxiété.

— Je vous écoute.

— J'ai plusieurs choses à vous dire. Tout d'abord, votre test sanguin est négatif, le labo n'a pas trouvé de trace de GHB. Mais cela ne veut rien dire, la drogue s'élimine très vite dans le sang et les urines…

Il avait beau tenter de me rassurer, je nc pus m'empêcher de me poser de nouvelles questions à propos de ma santé mentale. Parce que si ce n'était pas la drogue qui avait provoqué ces étranges manifestations d'humeur, ce trou noir soudain, de quel autre problème pouvait-il s'agir ? Et surtout, qui m'assurait que je n'avais pas imaginé toute cette machination de la part de Gabriel, utilisé les informations à ma disposition pour élaborer à ma convenance un puzzle bancal et monstrueux.

— Vous avez parlé de plusieurs choses…

— En effet… Le policier à qui j'ai parlé hier à propos de votre sœur m'a rappelé. Le problème est encore plus sérieux que je ne le pensais et je dois maintenant prendre contact avec votre ancien médecin de famille.

— Vous ne pouvez toujours pas me dire de quoi il s'agit ?

— Toujours pas, je suis désolé…

Les extrapolations les plus folles se bousculèrent dans mon esprit. Qu'avait pu faire ma sœur vingt ans plus tôt pour mettre encore ma famille dans un état pareil, pour avoir eu besoin du Dr Necker ? La voix du lieutenant Daumas me tira de mes pensées :

— Margot, je dois vous parler d'autre chose encore. Quelque chose de difficile.

La gravité soudaine de sa voix, le fait qu'il m'appelle une nouvelle fois par mon prénom, accélérèrent les battements de mon cœur. Mon pressentiment était donc juste, il était arrivé malheur à Sarah… Mes mains se mirent à trembler.

— De quoi s'agit-il ? Dites-le-moi.

— Je suis désolé d'avoir à vous annoncer une chose pareille au téléphone, mais M. Dupré est mort.

J'eus besoin de quelques instants pour assimiler ce qu'il venait de me dire. Gabriel, et non Sarah ? Etonnamment, j'éprouvai, sur le moment, le sentiment que la partie de mon cerveau qui avait reçu l'information venait d'être anesthésiée comme une dent chez le dentiste, provoquant un effet cotonneux, désagréable. Ressentant un soudain besoin d'air frais, je me relevai pour quitter cet escalier devenu irrespirable.

— Mais quand ?

— Sa mère nous avait signalé sa disparition hier, il ne répondait ni au téléphone ni à son Interphone. Avec ce qui était arrivé à sa toute nouvelle belle-fille, il était logique qu'elle s'inquiète.

— Vous avez fouillé son appartement ?

— Bien sûr que oui, mais nous n'avons trouvé personne.

Je restais malgré tout si convaincue de la duplicité de mon ex-fiancé que mon esprit se refusait à intégrer la possibilité de sa mort. Il devait encore s'agir d'une ruse, d'une parodie de décès orchestrée pour me piéger. Il avait très bien pu fermer son portable pour ne recevoir aucun appel, utiliser de l'argent liquide pour éviter de se servir de sa Carte bleue et attendre paisiblement que la police m'arrête pour meurtre. Mais dans ce cas, pourquoi ne s'était-il pas contenté de patienter au lieu de m'envoyer cette inquiétante photo des vêtements de Sarah, ce texto de menace pour me contraindre à me dénoncer ? Avait-il perdu ses moyens, fait n'importe quoi ?

— Qui vous dit qu'il n'est pas toujours vivant, qu'il ne s'est pas caché quelque part pour m'attirer de nouveaux d'ennuis ?

Mon interlocuteur poussa un gros soupir.

— Nous avons malheureusement retrouvé son corps à 5 heures ce matin. Manifestement, il s'agit d'un suicide.

Durant quelques instants, j'éprouvai la sensation de chuter dans un précipice, tandis que le peu de sens que j'étais parvenue à trouver à cette histoire se dissolvait impitoyablement. Un suicide ? Quelqu'un qui s'apprêtait à se donner la mort devait tout de même montrer quelques signes de trouble, de dépression non ? A moins que son étrange comportement de ces dernières semaines n'en soit précisément un… Je ne pus m'empêcher d'insister :

— Vous en êtes certain ? Il est mort ?

— Absolument. Selon le légiste, il se serait pendu chez lui lundi ou mardi. Nous attendons les résultats de l'autopsie pour plus de précisions, mais le résultat ne semble faire aucun doute.

Pendu… Le mot m'avait fait tressaillir. Mais que lui avait-il pris de me donner cette précision que je n'avais pas demandée ? Désormais, la dernière image que j'allais conserver de Gabriel serait un corps se balançant au bout d'une corde, une langue noirâtre grotesquement sortie de sa bouche.

— Je doute que ce soit lundi, il m'a envoyé des messages de menace cette nuit.

— Des messages de menace ? De quoi voulez-vous parler ?

Je lui expliquai le contenu des textos, ainsi que le chantage exercé pour me contraindre à m'avouer coupable.

— Vous me montrerez ces messages, mais je doute fort que ce soit M. Dupré qui vous les ait envoyés. Peut-être avait-il un complice qui n'est pas informé de sa mort ?

Oui, mais qui ? Etait-il possible qu'il s'agisse de Sarah ?

— Mais cela n'a aucun sens ! Pourquoi Gabriel aurait-il mis fin à ses jours après s'être donné tout ce mal ces derniers jours pour me compromettre ?

— Si l'on en croit la lettre qu'il a laissée, il ne supportait plus l'idée d'être responsable de la mort de sa femme.

Il avait laissé un courrier pour avouer sa culpabilité ? Etait-ce donc de cela qu'il voulait parler sur l'enregistrement lorsqu'il me disait vouloir tout arranger ? Mes pensées s'embrouillèrent sous l'effet de l'incompréhension. Cette histoire n'avait décidément ni queue ni tête… Durant ces trois derniers jours, Gabriel avait organisé une odieuse campagne de communication contre moi dans les médias, m'avait droguée afin d'empêcher Alexis de m'apporter son aide, m'avait envoyé — ou fait envoyer — une photo des vêtements ensanglantés de Sarah pour que je m'accuse du meurtre de son épouse… Tout cela pour finalement m'innocenter ? Cela ne pouvait être que l'œuvre d'un dément.

— D'après ses explications, elle lui aurait fait une scène durant leur nuit de noces à cause de votre irruption au mariage. Il se serait énervé, l'aurait poussée et elle se serait accidentellement cogné la tête contre la baignoire de leur chambre d'hôtel.

— Je ne peux pas y croire, jamais Gabriel ne lèverait la main sur une femme ! Je le connais quand même !

Un silence assourdissant souligna cette déclaration absurde, tandis qu'une nouvelle pensée me traversait l'esprit :

— Mais je ne comprends pas, pourquoi écrit-il qu'elle s'est cognée ? Vous ne m'aviez pas dit qu'elle avait reçu des coups de couteau ?

Il hésita à me répondre. Probablement m'en révélait-il plus que ce qu'il était en droit de faire.

— En effet, c'est ce qu'a constaté le médecin légiste. Son rapport mentionnait également le choc à la tête mais il n'arrivait pas à se prononcer sur la cause exacte du décès. Peut-être Sophie Dupré s'est-elle bel et bien accidentellement cogné la tête, et son mari, en constatant sa mort, a-t-il eu l'idée d'utiliser l'un de vos couteaux de cuisine pour vous compromettre.

Cette conversation macabre me glaçait.

— Cela voudrait dire qu'après l'accident Gabriel serait allé chercher dimanche matin un couteau doté de mes empreintes chez moi, sans même savoir que j'étais absente, pour aller ensuite poignarder le corps de la femme qu'il aimait ? Non, ça ne peut pas s'être passé comme ça !

— Qu'est-ce que ça change puisque M. Dupré vous a innocentée avant de se suicider ? Arrêtez de vous torturer, Margot, c'était un homme déséquilibré et personne ne peut comprendre ce qu'il avait dans la tête…

Mais alors, si Gabriel était bel et bien mort, où se trouvait Sarah ? Etait-elle cachée quelque part, ou prisonnière d'un complice de Gabriel ?

— Et Sarah ? Rassurez-moi, vous n'allez pas arrêter de la chercher ? Parce qu'il faut bien que quelqu'un ait envoyé ce MMS !

— Si, nous allons interrompre les recherches, pour la bonne raison qu'elle nous a appelés ce matin de New York et qu'elle va parfaitement bien.

Là encore, je refusai dans un premier temps de le croire. Comment en effet aurait-elle fait pour m'envoyer à point nommé ce texto à la brasserie hier ? Pourquoi n'aurait-elle répondu à aucun de mes messages ? Tout cela n'avait aucun sens.

— Sarah vous aurait appelé, vous ? J'imagine que vous avez vérifié que l'appel provenait bien des Etats-Unis.

— Mademoiselle Bellière, Margot, ne compliquez pas les choses, voulez-vous ? Tout se termine bien, vous n'êtes plus soupçonnée de meurtre, votre amie est en sécurité.

— Mais pourquoi alors ne m'a-t-elle pas contactée ?

— Je n'en sais pas plus que vous, le mieux sera de le lui demander quand vous la verrez.

Comme je restais silencieuse, le lieutenant Daumas acheva la conversation en tentant maladroitement de me consoler :

— Vous avez vécu une semaine particulièrement éprouvante, alors ne gaspillez pas votre énergie à vous en vouloir pour quelque chose que vous ne pouviez pas changer, d'accord ? Plus personne ne vous menace, vous allez pouvoir retrouver votre vie, rentrer chez vous dès aujourd'hui si vous le souhaitez.

— Non, je vais toujours à Noyon comme prévu pour voir mon grand-père, et ensuite je passe la soirée chez Alexis avec des amis, je dormirai sûrement là-bas.

— Très bien, alors passez une bonne journée. Si vous le permettez, je vous appellerai dans quelques jours pour prendre de vos nouvelles.

J'acceptai mécaniquement, avant de raccrocher, l'esprit déjà ailleurs. Pour le lieutenant Daumas, l'enquête était bouclée, j'étais innocentée et c'était tout ce qui importait. Mais de mon côté, je restais fermement décidée à découvrir la raison qui avait poussé Gabriel à orchestrer ce piège complexe, j'en avais besoin pour aller de l'avant.

24

J'étais si choquée par les révélations du policier que j'avais conduit en mode automatique durant plus d'une heure, avant de m'arrêter sur une aire d'autoroute pour boire un café. J'en profitai pour laisser un nouveau message à Sarah, puisqu'elle ne se décidait toujours pas à répondre au téléphone :

— Sarah, c'est Margot, il paraît que tu as appelé la police ce matin pour dire que tu étais à New York. Rappelle-moi s'il te plaît, même deux minutes, je veux être certaine que tu vas bien.

J'hésitai quelques instants avant de continuer :

— Et puis... Gabriel s'est suicidé, j'ai besoin de te parler.

Soucieuse de faire taire le vacarme dans ma tête, je cherchai après avoir repris la route une station de radio diffusant une musique entraînante, pour tomber sur FMC, *la radio 100 % Oise*, comme venait de l'annoncer leur jingle trop aigu. Oh oui, *I will survive*, c'était tout à fait de circonstance. Quelques instants plus tard malheureusement, l'animateur interrompit brutalement la chanson pour annoncer les informations de 11 heures. Peu soucieuse d'entendre parler de crise financière ou de querelles entre politiciens, je m'apprêtais à changer de station lorsque les premiers mots du présentateur interrompirent mon geste :

La police enquête toujours sur le meurtre de Sophie Dupré, assassinée lors de sa nuit de noces. De nombreuses personnalités de l'Oise, de droite comme de gauche, ont tenu à apporter leur soutien au père effondré. Une marche blanche aura lieu à Noyon cet après-midi à 16 heures, en hommage à cette ancienne championne de natation qui…

Une marche blanche. La malchance continuait, je n'aurais pu choisir pire moment pour retourner dans ma ville natale ! Qu'allait-il en effet se passer si quelqu'un me reconnaissait ? Ma présence n'allait-elle pas être interprétée comme une provocation, surtout si les médias n'avaient pas encore annoncé la culpabilité de Gabriel ? J'imaginais déjà les cris, les gens échauffés, ma voix incapable de couvrir le tumulte des manifestants sous le regard narquois des policiers qui ne bougeraient pas d'un cil pour me venir en aide.

Je frissonnai, comme si la scène n'était pas simplement le fruit de mon imagination, mais une véritable prémonition. Avais-je pourtant le choix ? Certes, j'aurais pu patienter un jour ou deux, le temps que la nouvelle de mon innocence parvienne jusqu'à Noyon, mais je n'étais pas certaine d'avoir le courage de repartir si je rebroussais chemin. Et puis la police avait beau ne plus me poursuivre, le temps malgré tout pressait.

Le désespoir me talonnait, prêt à m'engloutir sous sa noirceur.

Lorsque je parvins à Noyon, l'épuisement pesait sur ma nuque. Une obscurité d'avant orage assombrissait les environs tandis que je parcourais la ville au ralenti afin de m'assurer de la tranquillité des rues, submergée par la nostalgie. Si je revenais chez mes parents quatre ou cinq fois par an à l'occasion des traditionnelles fêtes de famille, je retournais en revanche rarement dans le centre-ville, et les lieux me semblaient à la fois étrangers et familiers. Les commerçants avaient pour la plupart changé, les maisons s'étaient remaquillées de nouvelles couleurs de façades ou de volets, des immeubles modernes, probablement construits par ma famille, avaient poussé. Une affreuse détresse gonflait dans ma gorge au fil des minutes, chaque coin de rue, chaque banc, me rappelaient douloureusement Gabriel, mon esprit ne parvenait pas à concevoir qu'il ne verrait plus ces illuminations de Noël, cette salle des fêtes... M'efforçant de chasser mes idées noires, je m'arrêtai devant une pâtisserie réputée de la ville, où j'achetai l'un de ces paris-brest dont mon grand-père raffolait.

Quelques minutes plus tard, j'arrivai enfin à la maison de retraite *Les Trois Chênes*. Apercevoir au bout de la majestueuse allée l'ancien manoir où mon grand-père achevait ses jours me serra le cœur avec violence. Comment en effet oublier qu'il s'agissait d'un mouroir, même paré de somptueuses couleurs ? Plusieurs vieillardes en fauteuil roulant étaient stationnées sous le porche malgré le froid, tels des fantômes de pierre, les yeux avidement fixés sur le portail muni d'un code, comme pour guetter une chance de s'échapper. Lorsque je pénétrai dans le hall du bâtiment principal, mon bonjour outrageusement sonore ne reçut en réponse que des regards fixes, presque haineux. Comme dans une église, je marchai malgré moi sur la pointe des pieds afin d'éviter que mes talons ne claquent, alors même qu'au bout du couloir se faisaient entendre d'effroyables cris d'animaux. Quand je frappai enfin à la porte de la chambre de mon grand-père, je dus refréner une irrépressible envie de m'enfuir de cet endroit qui empestait l'urine et la mort. Mais dans le même temps, un manque immense de mon papy d'autrefois me précipita dans la pièce sans même attendre une réponse. Et si son regard s'éclairait comme avant à mon approche, s'il me reconnaissait, s'il me souriait ?

— Papy, tu es là ?

Oui, il était là, je sentais sa présence, sa respiration hésitante et polie, son odeur dépersonnalisée par les produits d'entretien bon marché, dans la pénombre d'une pièce que personne ne s'était donné la peine d'éclairer malgré la grisaille extérieure. Une fois encore, la décoration de la chambre me parut curieuse pour un vieil homme. Ce dernier avait en effet absolument tenu à conserver les napperons, la vitrine emplie de petits animaux en cristal chers à son épouse défunte, qui voisinaient étrangement avec les essais politiques et les médailles de guerre. Une vague de culpabilité me submergea comme chaque fois que je lui rendais visite : comment avions-nous pu l'abandonner dans un lieu pareil ? Certes, il était parfaitement traité dans cet établissement haut de gamme. Mais *parfaitement traité*, qu'est-ce que cela voulait dire ? Qu'une aide-soignante le faisait manger à la petite cuillère, lui changeait sa couche avec une régularité de métronome, lui boutonnait jusqu'au cou un pyjama propre et bien repassé qui lui donnait l'allure d'un gros poupon trop vieux et trop sage ? Je disposais le paris-brest dans une assiette quand une voix ténue s'éleva derrière moi :

— Margot, c'est toi ?

Un instant, je crus avoir rêvé. C'était un véritable miracle… Cela faisait des mois qu'il me confondait avec ma mère, ma sœur, qu'il ne m'avait pas appelée par mon prénom, et voilà qu'il le faisait ce matin sans hésiter ! Je m'étais tellement préparée à la situation inverse que je restai muette quelques secondes. Puis, dans un élan soudain, je me jetai à son cou.

— Oh ! papy, tu n'imagines pas à quel point je suis heureuse de te voir !

Son regard perçant me scruta attentivement comme autrefois, scanner aimant capable de détecter la moindre fluctuation de moral.

— Tu n'as pas l'air d'aller fort, mon chéri ?

Et sous ces paroles, instantanément, cette question évidente bien que non formulée : *Que puis-je faire pour que tu ailles mieux ?* De nouvelles larmes me piquèrent les yeux. Depuis toujours, mon grand-père avait été l'une des rares personnes au monde à deviner mes doutes, mes peurs, mon désespoir même parfois, derrière mon attitude bravache. Et encore aujourd'hui, alors qu'il était âgé de 95 ans, grabataire, presque sénile, la question dans son esprit ne se posait pas : il allait trouver un moyen de m'aider à traverser cette mauvaise passe dont il ne savait encore rien… Si cela n'était malheureusement plus en son pouvoir, ce réflexe protecteur me bouleversa. Même si le temps pressait, même si son esprit risquait de s'égarer d'un instant à l'autre, je choisis de profiter de ce rare moment de lucidité pour l'interroger sur lui :

— Commence par me parler de toi, papy, dis-je en lui présentant un morceau de paris-brest. Dis-moi si tu es heureux ici, si tu as besoin de quelque chose…

Le voir ouvrir docilement la bouche comme un enfant me donna envie de hurler.

— On parlera de moi après, dit-il après avoir avalé une bouchée de gâteau. Je vois bien que ça ne va pas, tu es toute pâle et tu as des cernes jusqu'au milieu des joues. Raconte-moi ce qui se passe.

Il avait redressé les épaules, retrouvant un peu de sa prestance d'autrefois durant quelques instants.

— Très bien, comme tu veux… Ce serait trop long de t'expliquer ce qui s'est passé ces derniers jours, mais je me suis souvenue d'une dispute entre papa et Granny concernant la famille Dupré juste avant que l'on déménage. Tu ne te souviendrais pas par hasard de cette histoire ?

A ma grande surprise, son visage se figea.

— Alors ça y est, tu t'en souviens enfin ?

C'était incroyable, il avait pratiquement utilisé les mêmes mots que Gabriel avant que je ne perde conscience : *Alors ce qu'on dit est vrai, tu ne te souviens vraiment de rien ?* Manifestement, tout le monde guettait le moment où je retrouverais la mémoire, avec semblait-il plus ou moins d'impatience. Les battements de mon cœur s'accélérèrent. Enfin j'allais connaître la vérité…

— Je ne me souviens que de cette dispute, papy, de rien d'autre. Alors s'il s'est passé quelque chose de grave, dis-le-moi, s'il te plaît, j'ai besoin de comprendre.

Mon grand-père s'agita nerveusement sur son fauteuil, produisant un chuintement de couche mouillée. Sa manière de me regarder avec compassion ne me dit rien qui vaille, pas plus que sa grosse main qui se posa gauchement sur la mienne.

— Je pense qu'il vaut mieux attendre que tes souvenirs se réveillent naturellement...

Oh non, il faisait marche arrière, il avait été proche de tout me révéler et voilà qu'il changeait d'avis...

— Je t'en supplie, papy, il n'y a que toi qui puisses m'aider !

Il ferma les yeux avec lassitude, ce qui me donna envie d'abandonner. De quel droit le torturais-je avec mes questions au lieu de me préoccuper de lui ?

— Très bien, tu sais que je ne peux rien te refuser, mon chéri... Je ne pourrai pas te raconter toute l'histoire, tes parents ayant tout fait pour nous laisser à l'écart, ta grand-mère et moi. Mais lorsque ces événements ont eu lieu, j'ai mené ma petite enquête de mon côté, c'est comme ça que j'ai appris ce qui s'était passé.

Si je m'étais toujours interrogée sur la conscience qu'avait le vieil homme de son état, le doute à cet instant n'était plus permis. Il semblait agité à présent, pressé de parler, comme s'il craignait de ne plus pouvoir le faire ensuite. Probablement l'infirmière lui avait-elle donné sa morphine peu avant mon arrivée...

— Quels événements, papy ?

— Je n'ai jamais compris pourquoi tes parents avaient refusé de t'en parler. Si vous avez déménagé aussi précipitamment en cours d'année, c'est parce que ta sœur a été victime d'agression. D'agression sexuelle.

25

L'ombre semblait soudain avoir englouti la pièce, je frissonnais malgré la touffeur ambiante. Je n'en pouvais plus… Depuis le début de cette histoire, chaque fois que je soulevais une pierre, c'était pour y trouver une masse grouillante de questionnements plus répugnants les uns que les autres. Ainsi, ce n'était pas pour une histoire de vol de pull que ma sœur s'était rendue au commissariat à plusieurs reprises. Le lieutenant avait raison, c'était bien pire que cela… Audrey, victime d'agression sexuelle ! Tout soudain prenait un nouvel éclairage. Bien sûr, cela expliquait cette tristesse impalpable qui semblait l'isoler des autres, cette amertume, sa manière particulière de se renfermer à l'intérieur d'elle-même lorsque nous nous trouvions réunis en famille. Mais pourquoi ne m'en avait-elle jamais parlé ? Pourquoi n'avait-elle pas partagé sa souffrance avec moi ? Les mots qui tombèrent de ma bouche semblaient dérisoires :

— Quelle horreur ! Pauvre Audrey… Et on sait qui a fait ça ?

— Ça n'a jamais été très clair…

Le débit de mon grand-père se ralentissait, il commençait à chercher ses mots :

— Mais, Margot… tu ne dois pas en vouloir à Hélène, tout ce qui a tou… toujours compté pour elle, c'est de protéger ses filles.

Et on voyait le résultat ! J'avais été incroyablement protégée ces derniers jours ! Quand tout à coup, une intuition me glaça :

— Mais pourquoi Granny et papa se seraient-ils disputés à propos de la famille Dupré ? Ne me dis pas que ça a quelque chose à voir avec cette agression…

— Je n'ai jamais réussi à avoir le fin mot de l'histoire, mais je crois que l'un des petits-fils Dupré a été impliqué.

Gabriel ou Manu, impliqués dans l'agression d'Audrey ? Je me sentais écœurée, nauséeuse. Et d'abord, qu'est-ce que ça voulait dire concrètement, *impliqué* ?

Soudain, mon grand-père tenta maladroitement de se relever de son fauteuil tandis que ses yeux s'échappaient derrière moi. Intriguée, je tournai la tête dans la direction de son regard, pour découvrir avec surprise ma mère appuyée contre le chambranle de la porte.

— Margot, tu ne m'avais pas dit que tu venais voir ton grand-père…

— Non, mais manifestement Audrey l'a fait.

— Bien sûr, et heureusement encore !

Le regard effrayé du vieil homme naviguait entre nous sans paraître comprendre la raison de cette tension soudaine.

— Maman, si ça ne t'embête pas, je préférerais que tu m'attendes dehors, je voudrais te parler…

Elle eut l'air contrarié, cet air que je lui connaissais si bien, mais elle finit par s'éloigner.

Une fois ma mère partie, je m'approchai de mon grand-père pour embrasser son attendrissant crâne chauve, sur lequel ne subsistait plus qu'un léger duvet de nouveau-né d'un blanc éclatant. Apaisé, il leva docilement le visage pour me gratifier à son tour d'un baiser baveux.

— Au revoir, mon papy, prends bien soin de toi.

Et je sortis avec, comme toujours, l'impression culpabilisante de l'abandonner lâchement, de courir vers la vie en le laissant seul au milieu des ombres mortifères qui l'entraînaient vers l'abîme…

Une fois dehors, je rejoignis ma mère qui faisait les cent pas devant la porte d'un air soucieux, indifférente aux regards apathiques de trois petites vieilles mal coiffées. Maintenant que je me trouvais devant elle, mes sentiments à son égard étaient si mitigés que je ne savais plus comment me comporter. D'un côté, je ne comprenais pas comment elle avait pu me laisser fréquenter Gabriel, foncer tout droit dans le mur sans m'avertir du danger, elle qui était censée me protéger, et je ne me sentais pas prête à lui pardonner de sitôt. Et d'un autre côté, je ne faisais qu'imaginer la douleur qu'elle avait dû ressentir lors de l'agression d'Audrey, le courage qu'il lui avait fallu pour affronter cette effroyable situation…

— Maman, c'est gentil de m'avoir attendue. Je… Je suppose que papa t'a parlé des questions que je lui ai posées au téléphone. C'est pour ça que tu es venue ?

— Pas du tout, je ne suis là que pour payer la maison de retraite, comme je le fais chaque mois.

Elle mentait décidément très mal. J'avais guetté les expressions sur son visage tandis qu'elle parlait, et je compris soudain ce qu'elle dissimulait : de la peur, la même que celle que j'avais devinée dans la voix de mon père. Si jusque-là j'étais décidée à la laisser s'embourber dans ses mensonges, ce moment de faiblesse fit fléchir ma détermination. Une réelle souffrance régnait au sein de la famille, et je sentais bien que nous aurions besoin de nous rapprocher les uns des autres dans les semaines à venir…

— Papy m'a raconté la vérité, maman, il m'a dit qu'Audrey avait été victime d'agression sexuelle. Je peux comprendre ce qui vous a poussés à ne rien me dire à l'époque, j'étais une gamine et cela aurait sans doute pu me traumatiser. Mais pourquoi avoir gardé le silence ces dernières années ?

Elle referma le col de son manteau, comme pour se protéger.

— Nous ne savions pas comment aborder le sujet, ça ne semblait jamais être le bon moment.

— Mais vous ne vous êtes pas posé de questions lorsque j'ai commencé à fréquenter Gabriel ? D'après ce que m'a dit papy, lui ou son frère est quand même impliqué dans cette agression, c'est quelque chose de grave ! Vous deviez bien vous douter que ça allait mal se passer…

Une partie de moi espérait encore que ma mère allait protester, mettre l'accusation de mon grand-père sur le compte de la morphine. Mais son visage s'emplit subitement de gêne.

— C'est compliqué, nous n'étions pas au courant de tes projets de mariage sinon nous aurions réagi… Mais pourquoi ne laisses-tu pas tomber ? Pourquoi n'oublies-tu pas une bonne fois pour toutes ce Gabriel au lieu de remuer la boue du passé ?

Je réalisai à cet instant qu'elle ignorait les événements de ces dernières heures, ce qui rendait son discours surréaliste. A l'idée de lui révéler la vérité, mon esprit se recroquevillait comme sous la brûlure d'une plaque électrique.

— Inutile de continuer à te taire, maman, Gabriel s'est donné la mort ce matin.

— Il s'est suicidé ?

Me faisais-je des idées ? Il me semblait avoir vu un éclair de soulagement traverser son regard. Peut-être allait-elle enfin accepter de me dire la vérité ?

— Oui, maman, le lieutenant Daumas m'a téléphoné ce matin, je ne suis plus soupçonnée de meurtre, je vais pouvoir reprendre ma vie en main et réparer ce qui peut encore l'être. Alors c'est peut-être le moment de mettre les choses à plat dans la famille, tu ne crois pas ? Après tout, si Audrey a été agressée, nous n'avons pas à en avoir honte, bien au contraire, elle a besoin de tout le soutien possible. Même celui de sa sœur…

Je la vis hésiter puis, lentement, elle déclara :

— Tu ne sais pas de quoi tu parles, Margot. Je suis désolée, mais je ne peux pas t'en dire plus.

La frustration me donna envie de hurler, j'éprouvais l'impression de me cogner encore et encore contre le même mur, comme l'un de ces jouets mécaniques pour enfants que personne ne se donnait la peine de changer de direction.

Je levai des yeux suppliants vers elle, mais elle se contenta de me serrer dans ses bras et de me murmurer à l'oreille :

— Chaque jour que Dieu fait, je me demande si j'ai pris les bonnes décisions, Margot. J'ai aujourd'hui de sérieux doutes, mais je ne peux malheureusement plus rien y changer. Prends soin de toi, ma chérie…

Cela faisait des années qu'elle ne m'avait pas appelée ainsi, qu'elle ne m'avait pas serrée dans ses bras pour m'envelopper de l'odeur familière de son parfum Chanel, et cela me bouleversa. Mais déjà elle s'éloignait, silhouette sèche et pressée qui ne prit pas la peine de se retourner une seule fois.

Et pourtant, elle n'avait pas toujours été comme ça, engoncée dans sa rigidité comme dans un manteau en mauvais drap qui lui irritait le cou. Elle avait su accompagner la pose de sparadrap par de tendres baisers, me confectionner un énorme gâteau au chocolat le soir de mon premier chagrin d'amour à 7 ans…

Je la suivais toujours du regard, lorsqu'une autre scène de mon passé me revint à l'esprit. Une scène qui, maintenant que j'y réfléchissais, s'était déroulée elle aussi quelque temps avant notre déménagement… Ma mère, qui avait à l'époque les cheveux courts, courait dans la rue principale de Noyon comme une démente à la poursuite de quelqu'un qu'elle semblait insulter. Je me souvenais d'avoir été morte de honte, engluée au sol dans l'attente qu'elle se comporte enfin de manière décente, uniquement préoccupée par ce qu'allaient penser les gens… Revenue à la réalité, je resserrai les bras autour de moi, soudain consciente du froid mordant qui régnait alentour. Cette scène avait-elle un lien avec ce que je venais de découvrir ? La personne que ma mère insultait était-elle l'agresseur de ma sœur ? S'agissait-il de Gabriel ou de Manu ? J'avais beau chercher, je ne parvenais pas à me souvenir des détails de l'incident, comme si mon esprit avait préféré l'enfouir dans un recoin de ma mémoire d'où je ne pourrais pas l'exhumer…

*
* *

En quittant à mon tour la maison de retraite, je tentai d'apercevoir la silhouette de mon grand-père derrière la grande vitre de sa chambre au premier étage, mais en vain. Probablement avait-il oublié jusqu'à mon existence. Je composais le code pour sortir du parc — certains résidents ayant tendance à prendre la poudre d'escampette —, lorsque la sonnerie de mon téléphone retentit.

— Margot ?

Le soulagement inonda mes veines.

— Sarah, enfin c'est toi ! Tu ne peux pas savoir comme je me suis inquiétée pour toi… Comment vas-tu ? C'est vrai ce que m'a dit le lieutenant Daumas ? Tu es réellement à New York ?

— Oui, je suis désolée de ne pas avoir eu le temps de te laisser mes clés, mon client m'a appelée dimanche midi et il a fallu que je parte en catastrophe. Je suis rentrée en coup de vent, même Quentin n'était pas prévenu. Je lui avais laissé un mot mais il ne l'a pas vu.

Sa voix était lasse, hachée. Quelle heure était-il là-bas ? Je ne savais jamais dans quel sens était le décalage horaire.

— Mais je ne comprends pas, pourquoi tu ne m'as pas envoyé un texto dimanche ou lundi ? Ça n'aurait pris que deux minutes et je n'aurais pas passé mon temps à te chercher !

— J'avais oublié mon chargeur, j'ai été obligée d'en racheter un sur place.

Si son explication se tenait, je ne parvenais pourtant pas à me laisser convaincre.

— Et ce texto que tu m'as envoyé hier pour me demander de ne pas parler à la police, ça voulait dire quoi ?

Elle hésita quelques instants, comme si elle ne comprenait pas de quoi je parlais.

— Si ça ne t'embête pas, on parlera de tout ça à mon retour, mon client ne me lâche pas d'une semelle et j'ai besoin de relire un dossier.

— Bien sûr, pas de soucis, je viendrai te chercher à l'aéroport. Tu rentres quand, samedi ?

— C'est ça, samedi… Je t'enverrai un texto pour te dire à quelle heure j'atterris, je dois te laisser.

L'absence de chaleur dans sa voix me blessa. Je pouvais comprendre qu'elle soit débordée, fatiguée, mais tout de même, je lui avais laissé un message pour lui annoncer que Gabriel s'était suicidé et elle n'avait même pas évoqué le sujet ! N'aurait-elle pas pu me consacrer deux minutes, me proposer de me rappeler calmement lorsqu'elle aurait un petit moment de libre ? J'étais convaincue que ses préoccupations professionnelles n'étaient qu'un prétexte, qu'autre chose la rendait à ce point distante. Mais quoi ? Cela avait-il un lien avec ses appels échangés avec Gabriel ? Ressentait-elle de la culpabilité à mon égard ? Il me faudrait malheureusement patienter pour obtenir des réponses…

26

Plantée au beau milieu du trottoir, je ressentis soudain le besoin urgent de me retrouver seule. La souffrance liée à la mort de Gabriel, à l'agression d'Audrey, avait entrepris de m'emplir comme l'eau dans une bouteille, commençant par m'alourdir les jambes, le bas-ventre, avant de me submerger tout entière. Un instant, j'envisageai même d'annuler ma soirée chez Alexis pour rentrer chez moi comme le lieutenant Daumas m'y avait autorisée, mais la perspective de l'appartement en désordre, rempli des affaires d'une fille qui n'existait plus, suffit à m'en dissuader. Je préférais mille fois retrouver ce soir d'anciens amis qui s'étaient proposé de resserrer les rangs autour de moi.

Tout en marchant vers la voiture, je tentai de me projeter en leur compagnie. Dire que je les avais adulés aurait encore été en deçà de la vérité. Ces garçons beaux et sûrs d'eux adoraient autrefois me chahuter, me donnant la sensation d'être unique. Au collège, cette amitié m'avait même conféré une aura supplémentaire, mes camarades de classe s'étant mis à me considérer avec un nouveau respect lorsque j'avais commencé à me promener en ville en leur compagnie. Il ne me restait plus qu'à espérer que la magie de leur présence continuerait à fonctionner près de vingt ans plus tard…

Je n'étais plus qu'à quelques mètres de la Mini lorsqu'une silhouette courbée derrière un 4×4 en stationnement attira mon attention. Sans réfléchir, je m'élançai en direction de l'inconnu qui se mit lui aussi à courir à toutes jambes. Mais un appareil photo le gênait pour avancer aussi rapidement qu'il l'aurait souhaité, ce qui me permit de le rattraper au bout d'une centaine de mètres.

— Qu'est-ce que vous me voulez ? Vous n'étiez quand même pas en train de me photographier ?

— Je ne fais que mon boulot…

— Ne me dites pas que vous êtes François Rogier !

— Si, c'est moi.

— Ça tombe bien, j'ai quelques questions à vous poser.

Son air se fit méfiant.

— Je ne vois pas pourquoi je vous répondrais…

— Parce que vous avez participé à détruire ma vie, que votre journal m'a fait passer pour une meurtrière et que vous aurez de la chance si je ne vous attaque pas pour atteinte à la vie privée, voire pour diffamation !

J'avais bien entendu bluffé, mais il parut ébranlé par mon assurance malgré son air bravache.

— *Diffamation*, c'est vite dit.

— Croyez-moi, c'est exactement ça, parce que je vais vous donner un scoop : la police m'a totalement blanchie ce matin, plus aucun soupçon ne pèse sur moi. Alors j'apprécierais que vous cessiez de me mitrailler pour répondre à mes questions. Qui vous a demandé de me photographier samedi à ce mariage ?

— A votre avis ?

— Gabriel Dupré ? Allons, vous pouvez bien me le dire puisqu'il est mort.

Une expression surprise traversa son visage avant de se faire roublarde. Je pris conscience trop tard d'avoir commis une erreur stratégique.

— Oui, c'est bien lui qui m'a demandé de surveiller votre arrivée.

Il me menait en bateau, c'était évident. Je décidai d'insister :

— Il vous avait averti que j'allais débarquer à son mariage en robe de mariée ?

— Il m'avait prévenu de me tenir prêt, qu'un incident

allait se produire, mais on peut dire que ça a été une excellente surprise !

J'eus envie de le gifler. J'étais certaine qu'il mentait, et j'étais certaine aussi qu'il ne me dirait jamais qui l'avait engagé. Mais au moins, je savais que ce n'était pas Gabriel… Qui alors ? Sarah ? Je ne pouvais me permettre d'oublier qu'elle était, comme moi, attachée de presse et qu'elle maîtrisait parfaitement les relations avec les médias. Mais alors, les nombreux appels échangés avec Gabriel avaient-ils pour but d'organiser la parution de ces affreux articles ?

Mon téléphone sonna soudain, et je le cherchai dans mon sac pour répondre. Bien entendu, le photographe en profita pour s'enfuir.

— Alexis, salut.

— Comment vas-tu, ma belle, tu es bien arrivée ?

— Ça ne va pas bien du tout, c'est l'horreur, chaque fois que j'apprends quelque chose, c'est encore pire.

— Où es-tu ? Je t'invite à déjeuner.

— Ce n'est pas de refus, j'ai bien besoin de parler à un ami ! Où veux-tu que l'on se rejoigne ? Je ne connais plus les restos de Noyon, tu sais…

— Retrouvons-nous vers 12 h 30 au *Pot de miel*, c'est un salon de thé juste à côté de la mairie.

— Parfait. Je serai sûrement en avance mais prends ton temps, je t'attends.

Après avoir raccroché je regardai ma montre, pour constater avec surprise qu'il était déjà 11 h 50. Incapable de rester sans rien faire, je me demandai comment mettre à profit cette demi-heure de liberté. Si je me rendais au commissariat, quelqu'un accepterait-il de me renseigner sur l'agression de ma sœur ? J'en doutais malheureusement fort. Non, mieux valait appeler directement Audrey, d'autant plus que ma mère avait déjà dû l'avertir des révélations de mon grand-père. Les larmes farouchement retenues depuis mon départ de la maison de retraite vinrent brouiller ma vision, tandis que des images de ma sœur aux prises avec un violeur dansaient devant mes yeux. Je comprenais mieux la préférence manifeste de ma mère, sa manière de défendre Audrey comme une tigresse, de lui donner raison avec la mauvaise foi la plus absolue. L'idée d'avoir pu rester centrée sur moi-même sans prendre conscience de la souffrance de mes proches m'horrifiait, mais j'allais me rattraper, j'allais faire comprendre à ma sœur que j'étais là pour elle.

Une fois installée derrière le volant, je réfléchis durant quelques instants à la meilleure manière d'aborder le sujet avec elle, mais toutes les phrases qui me venaient à l'esprit me paraissaient superficielles, vides de sens. Il ne me restait plus qu'à laisser ma spontanéité s'exprimer, avec tous les risques que cela comportait. Malheureusement, la messagerie s'enclencha au bout de deux sonneries, signe probable qu'Audrey ne tenait pas à me parler. Prise de court, je bredouillai quelques mots sans aucun sens, avant de démarrer pour rejoindre Alexis au restaurant.

Ce ne fut qu'une fois parvenue sur la place de l'Hôtel-de-Ville que je repensai à la fameuse marche blanche annoncée par le présentateur radio. Si la procession avait été maintenue, nul doute qu'elle partirait d'ici mais, pour le moment, je n'apercevais qu'une grande banderole blanche repliée sur une inscription que je ne parvenais pas à lire. Heureusement que le départ n'était prévu qu'à 16 heures, cela me laissait le loisir de déjeuner avec Alexis avant de m'éloigner de ce champ de mines. Je restai malgré tout quelques minutes au volant de la voiture stationnée, les yeux perdus dans le vague. L'habitacle surchauffé me rassurait, j'appréhendais d'avoir à le quitter. L'homme qui s'en prenait à moi avait beau être mort, les événements de ces derniers jours avaient été si violents que tout désormais me paraissait menaçant, périlleux. J'allais avoir besoin de temps avant de retrouver une existence normale…

Finalement, je parvins à sortir de la voiture pour pénétrer dans le restaurant où, par chance, personne ne sembla me reconnaître. Mon ami avait choisi un salon de thé réconfortant au papier peint suranné, qui proposait sur une table de bois ancienne une multitude de quiches et de crumbles tous plus appétissants les uns que les autres. Ce qui me permit de constater que le choc lié aux derniers événements ne m'avait pas coupé l'appétit, mais l'avait au contraire aiguisé, signe annonciateur d'une monstrueuse crise de boulimie.

Je venais juste dc réserver une part de quiche aux poireaux et roquefort, de crainte qu'il n'y en ait plus quand Alexis arriverait, et je m'apprêtais à jeter mon dévolu sur une tarte Tatin des plus appétissantes lorsqu'une serveuse vint me chercher pour m'installer à une table sans même me demander mon nom. L'influence d'Alexis sans aucun doute... Tout en patientant, je tentai de réfléchir plus posément à une possible implication des frères Dupré dans l'agression d'Audrey. J'avais beau retourner la question dans tous les sens, je ne pouvais imaginer aucun d'entre eux dans la peau d'un violeur. Ils étaient beaux, charismatiques, les filles à l'époque se pressaient autour d'eux comme des groupies et ils n'avaient qu'à faire un geste pour sortir avec l'une d'entre elles. Ils n'avaient certainement pas besoin d'agresser une amie proche ! Mais après tout, mon grand-père n'avait pas explicitement dit qu'un petit-fils Dupré avait violé Audrey, simplement qu'il était *impliqué*. Alors qu'avait-il pu faire ? Avait-il été témoin de l'agression ? Je ne comprenais toujours pas pourquoi ma famille refusait de me parler de cette histoire, ce qu'elle pouvait bien me dissimuler avec une telle énergie. Quand tout à coup, une explication me vint à l'esprit, si dérangeante que j'eus besoin de quelques instants avant de la laisser éclore dans mon esprit : et si mes parents et ma sœur avaient accusé Manu alors qu'il était innocent ? Cela donnait un sens nouveau à la colère de Gabriel, à son désir de vengeance qui aurait été excessif si son frère avait été coupable... Mon esprit maintenant moulinait à toute allure. Cela pourrait également expliquer l'exil de Manu en Australie, le fait qu'il ne soit pas revenu pour le mariage de son frère afin de ne pas avoir à affronter les commérages de la ville... Le prétexte des problèmes d'argent dont m'avait parlé Alexis ne tenait pas, Gabriel l'adorait et n'aurait pas hésité à lui payer dix fois son billet d'avion pour l'avoir à ses côtés.

Plus j'y réfléchissais, plus cette horrible éventualité me paraissait malheureusement plausible, probable même. Alors la voilà, l'explication à ce simulacre d'histoire d'amour ! Gabriel avait voulu venger son frère, et avait choisi le maillon le plus fragile, le plus vulnérable de ma famille, pour l'atteindre plus aisément. Et comme cela ne prenait pas la direction souhaitée ou que ça ne lui apportait pas l'apaisement attendu, il avait finalement craqué et mis fin à ses jours… Sauf qu'il restait un point d'interrogation, et de taille : si mes parents avaient accusé un innocent, qui protégeaient-ils ? Un notable ? Quelqu'un de suffisamment puissant pour faire pression sur eux ? Je n'osais imaginer la douleur, les questionnements qu'une telle accusation mensongère avait pu engendrer dans la bande de garçons… Quand tout à coup je compris : bien entendu, elle était là, l'explication au silence, à l'éloignement de la plupart d'entre eux ! J'avais déjà de la chance que Thibault ait accepté de répondre à mes appels, bien que de manière distante, et qu'Alexis soit resté mon ami. Pour autant, cela n'expliquait pas du tout pourquoi Gabriel avait attendu toutes ces années pour s'en prendre à nous…

L'apparition d'Alexis dans un costume gris et une éblouissante chemise blanche me tira de mes réflexions. Je réprimai un sourire en voyant deux serveuses se pousser du coude en l'apercevant, et la patronne qui m'avait à peine accordé un regard se précipiter sur lui comme s'il s'agissait d'une personnalité de marque. La raison qui l'avait motivé à revenir ici, au lieu d'accepter l'alléchant poste à l'international qui lui avait été proposé, m'apparaissait déjà un peu plus clairement. Il faisait dans cette ville presque figure de héros local avec son MBA de Harvard. Qu'en aurait-il été pour lui dans un environnement anonyme, au milieu de jeunes loups tout aussi diplômés et ambitieux que lui ? Probablement l'état de détresse dans lequel je me noyais depuis samedi n'y était-il pas étranger, mais le soulagement qui m'envahit à le voir me commander d'autorité une bouteille de San Pellegrino, replacer sur mes épaules mon gilet tombé à terre, me fit monter les larmes aux yeux. Il s'était montré d'une fidélité exemplaire à mon égard, se révélait dans l'adversité le seul à qui je pouvais réellement me fier, et je prenais soudain conscience qu'il méritait mieux que ces dîners ou ces appels épisodiques lorsque j'avais besoin d'une oreille attentive. Je lui souris avec tendresse, comme s'il avait le pouvoir de lire dans mes pensées.

— Alors, comment vas-tu ? J'ai reçu une alerte info sur mon iPhone à propos de la mort de Gabriel. Je n'ose imaginer à quel point tu dois être bouleversée.

— Pour le moment, j'essaie de ne pas trop y penser, de tenir la souffrance à distance, même si ce n'est pas évident… Ils ont également parlé du meurtre de Sophie ?

— Non, seulement du suicide de Gabriel.

Voyant ma lèvre inférieure trembler, il sembla juger plus prudent de changer de sujet :

— Et sinon, tu as réussi à voir ton grand-père ? Il a pu t'apprendre quelque chose sur la dispute entre vos deux familles ? Je suppose que ça n'a plus grande importance, mais ça te ferait peut-être du bien de comprendre ce qui s'est passé.

Mon Dieu, comment allais-je pouvoir lui apprendre l'agression d'Audrey ? Tel que je le connaissais, il allait en être choqué, bouleversé. C'était déjà un miracle qu'il ne soit pas au courant, probablement le drame avait-il eu lieu durant l'un de ses voyages aux Etats-Unis. Ma gorge était si serrée que je chuchotai presque :

— Ses propos n'étaient pas très cohérents mais il m'a quand même parlé d'un truc. Il m'a laissé entendre que ma sœur aurait pu être victime de viol… Enfin, d'agression sexuelle.

J'avais guetté sa réaction, pensant lire sur son visage la surprise, l'incrédulité… pour n'y trouver que de la commisération. Mon cœur se lesta d'un poids supplémentaire : ainsi, même Alexis en était informé. Mais alors, pourquoi m'avait-il orientée sur cette fausse piste de l'adultère de nos parents ? Encore et toujours pour la même raison : le souci de me protéger.

— Tu étais au courant alors.

— Vaguement, j'en avais entendu parler mais sans vouloir y croire.

— Et tu n'as jamais posé la question à Audrey alors que tu étais son ami ?

— Je n'en ai jamais eu l'occasion, les rumeurs ne me sont parvenues qu'après votre déménagement, et je n'avais plus de nouvelles de ta sœur. Je ne me voyais pas l'appeler pour lui demander une chose pareille au téléphone ! Et puis, je pensais que tu m'en aurais parlé si c'était vrai. Je ne pouvais pas imaginer que ta famille t'avait caché la vérité.

C'était cohérent. Il me fallait maintenant aborder la question des frères Dupré, mais comment ? Parce que de deux choses l'une : soit ils étaient innocents et ma famille était responsable de leurs vies gâchées, soit l'un d'entre eux était coupable et ce serait tout aussi terrible. Je finis par choisir une question en demi-teinte :

— Et ces fameuses rumeurs, t'ont-elles appris qui était l'agresseur ? Mon grand-père m'a dit que ça n'avait jamais été clair.

— Je suis désolé, je n'en ai aucune idée.

— Tout à l'heure, mon grand-père a évoqué la possible implication des frères Dupré, mais je suis sûre que c'est n'importe quoi, c'était au moment où il commençait à dérailler et il a probablement tout mélangé.

— Gabriel ou Manu impliqués ? Ça paraît en effet délirant !

— Je suis d'accord avec toi, j'en suis même arrivée à me demander si mes parents n'avaient pas accusé Manu à tort pour couvrir quelqu'un. Ça pourrait expliquer pourquoi Gabriel cherchait tant à nous nuire, à impliquer mes parents dans les articles du *Francilien*.

— Et il aurait été jusqu'à tuer Sophie Dupré pour se venger ? Ça ne tient pas debout…

— A moins qu'il n'ait également un compte à régler avec le père de Sophie ! Il aurait très bien pu chercher à faire d'une pierre deux coups, même si ce plan serait incontestablement le fruit d'un cerveau malade.

— Si tu as raison, il était en effet salement déséquilibré ! Mais franchement, j'ai du mal à y croire. En tout cas, si tu cherches des infos sur l'agresseur de ta sœur, tu pourrais peut-être interroger Claire.

— Claire, ton ex ?

— Eh bien, oui, je ne sais pas si tu t'en souviens, mais sa mère était la secrétaire du Dr Necker. Si Audrey a été violée, il est fort probable qu'elle en ait entendu parler.

— Tu te rappelles du nom de notre médecin de famille ? Tu as une sacrée mémoire.

Il me lança l'un de ses regards intenses dont il avait le secret.

— Je n'oublie rien de ce qui te concerne, Margot.

Cela m'apprendrait à lui tendre une perche. Lorsqu'il avait prononcé le nom de Claire, je m'étais malgré moi raidie. Evoquer cette fille avec lui me mettait toujours aussi mal à l'aise, même après toutes ces années. Il faut dire qu'à l'époque ma conduite n'avait guère été glorieuse. Je l'ai dit, j'avais toujours considéré l'adoration d'Alexis comme acquise, j'aimais le savoir éperdu d'admiration, prêt à tout pour me faire plaisir. Jusqu'au jour où il était tombé amoureux de Claire, sa voisine et amie, juste après son retour des Etats-Unis. Les premiers temps, j'étais convaincue qu'après quelques semaines Alexis allait revenir vers moi, repentant. Mais cela ne s'était pas du tout passé de cette manière, les amoureux n'avaient pas fait mine de rompre, bien au contraire. Alexis commençait même à parler de déjeuners dominicaux chez les parents, de fiançailles. Etait-ce parce que j'étais jalouse de leur bonheur ? Lors d'une soirée organisée par Sarah alors que j'étais revenue passer le week-end chez mes grands-parents, je n'avais rien trouvé de mieux que de sortir le grand jeu à Alexis, jusqu'à le décider à coucher avec moi dans une chambre voisine. Certes, j'étais pompette, je sortais d'un chagrin d'amour, mais cela ne suffisait certainement pas à excuser ma conduite… Le lendemain, Claire — qui n'avait pu venir la veille — avait appris par la rumeur l'incartade de son amoureux et avait aussitôt rompu avec lui. Le plus étonnant était qu'Alexis n'avait jamais semblé m'en tenir rigueur, même s'il était évident que j'avais tout fait pour lui tourner la tête. Claire, en revanche, ne lui avait jamais pardonné son écart. Il n'était par conséquent pas difficile d'imaginer les réserves qui m'empêchaient d'aller trouver mon ex-rivale pour lui demander de l'aide, même si j'avais à l'époque tenté plusieurs fois de m'excuser auprès d'elle après cet épisode. Mais Alexis avait raison : nul doute que si Audrey avait été victime d'une telle monstruosité, Mme Boneuil, la féroce secrétaire médicale, ne pourrait que s'en souvenir. Et puis cela me permettrait tout au moins d'alléger ma conscience en m'excusant auprès de Claire.

— Elle habite toujours rue du Calvaire ?

— Claire ? Non, ça fait longtemps qu'elle est partie de chez ses parents.

— Je te parlais de sa mère ! Elle n'a pas déménagé depuis tout ce temps ?

— Si, pour la bonne raison qu'elle est morte, tout comme le Dr Necker. C'est pour ça que je te conseillais d'aller voir Claire, elle seule pourra éventuellement répondre à tes questions.

Je tentai tant bien que mal de masquer mon manque d'enthousiasme.

— Bon, si tu le dis… Tu as son adresse ?

— Oui, elle s'est installée boulevard Carnot avec son mari. C'est facile à trouver.

Durant quelques instants, Alexis sembla plongé dans ses pensées, comme s'il repensait à Claire et à tout ce qu'ils avaient vécu ensemble autrefois. Puis il se reprit avant de changer radicalement de sujet :

— Et côté judiciaire, ça se passe comment, tu es toujours soupçonnée du meurtre de Sophie ?

— Non, j'ai du mal à le croire pour le moment mais tout semble réglé, Gabriel a avoué être responsable de sa mort. Apparemment, lui et Sophie se seraient disputés, il l'aurait poussée un peu trop fort et elle se serait accidentellement cogné la tête contre la baignoire.

Alexis sembla surpris.

— Elle n'a donc pas été poignardée ?

— Ce serait au départ un accident, mais quand Gabriel a vu qu'elle était morte, il l'aurait frappée avec l'un de mes couteaux pour me faire accuser.

— Mais c'est dingue ! Il se promenait avec l'un de tes couteaux sur lui, ou bien il a été en chercher un après la chute de Sophie ?

— C'est une bonne question, mais la police ne semble pas décidée à chercher plus loin. De toute façon, je ne comprends pas pourquoi Gabriel m'innocenterait après avoir tant fait pour me compromettre.

— Je ne sais pas, il voulait peut-être libérer sa conscience avant de se donner la mort, il n'y a peut-être rien d'autre à comprendre. Tu es tranquille alors ?

— Je ne le serai que lorsque les médias auront annoncé mon innocence et que j'aurai comblé tous les blancs de cette horrible histoire. Par exemple, tu ne saurais pas pourquoi Thibault a nié m'avoir prévenue que Gabriel me cherchait ? Tu le connais bien, il t'en a peut-être parlé.

— Tu plaisantes ! Il sait que l'on est super proches tous les deux, il ne m'aurait rien dit ! Mais il a sûrement fait ce que Gab' lui a demandé, sans savoir ce que ça allait engendrer. Inutile de chercher plus loin, tu sais…

Comme je ne trouvais plus rien à répondre, Alexis appela la serveuse d'un geste d'habitué, paya l'addition sans tenir compte de mes protestations, avant de se lever et de ramasser son téléphone sur la table.

— Bon, je file, j'ai rendez-vous avec le maire. Comment

fait-on pour ce soir, tu veux que je te donne mes clés tout de suite ?

Je me levai à mon tour.

— Oui, c'est le plus simple. Mais il faudrait également que tu me donnes ton adresse et ton code, parce que, malgré tes nombreuses invitations, je ne suis encore jamais venue chez toi.

Il s'effaçait pour me laisser galamment passer, lorsque je pris conscience de l'envie pressante qui me tendait le bas-ventre.

— Je te dis au revoir tout de suite, je vais aller faire un tour aux toilettes.

Il me serra brièvement contre lui, m'embrassa sur la joue de manière un peu trop appuyée.

— Tu vas suivre mon conseil, tu vas aller voir Claire ?

— Oui, tout de suite après avoir rappelé Audrey.

— Alors à ce soir, ma belle. J'ai hâte de t'avoir enfin toute à moi.

27

Lorsque je sortis à mon tour du salon de thé quelques minutes plus tard, je sursautai nerveusement. Il n'était pas encore 15 heures, mais des manifestants énervés s'agitaient déjà autour de la banderole, à quelques pas seulement de la Mini. Je regardai avec hébétement autour de moi, éprouvant soudain l'impression oppressante que la ville avait posé ses pattes sur moi, tel un félin malveillant, et qu'elle enfonçait maintenant ses griffes pour mieux me maintenir. Par chance, la pluie recommença fort opportunément à tomber, ce qui me permit d'ouvrir mon parapluie et de courir vers la voiture en le maintenant devant mon visage. J'ignorais s'il s'agissait d'un effet de mon imagination, mais je crus entendre dans mon dos : *C'est elle, c'est la meurtrière !*, ce qui me fit encore accélérer ma course. Lorsque je m'engouffrai enfin dans la Mini, mon cœur battait à cent à l'heure, je me sentais au bord du malaise après ce sprint auquel je n'étais pas habituée. Mais j'eus beau jeter des regards affolés en direction du groupe de manifestants, personne ne semblait avoir fait attention à moi, je m'étais fait une belle frayeur pour rien. Peut-être après tout les médias avaient-ils annoncé la culpabilité de Gabriel durant mon déjeuner avec Alexis ? Maintenant que j'étais en sécurité, il ne me restait plus qu'à appeler Audrey. Malheureusement, l'élan qui m'avait soulevée avant le déjeuner s'était évaporé, et j'espérais presque qu'elle allait de nouveau filtrer mon appel.

— Allô ?

Je rassemblai tout mon courage.

— Audrey, tu as eu mon message de tout à l'heure ? Je ne sais pas quoi te dire, tu ne peux pas savoir à quel point je suis horrifiée par ce que m'a raconté papy.

— Ah oui, le fameux secret dont on a tant cherché à te protéger…

Je restai stupéfaite. C'était tout ce qu'elle trouvait à répondre ? Et puis pourquoi ce ton sarcastique ? Mais probablement avait-elle érigé un tel mur autour de ses sentiments qu'elle ne savait plus comment le faire tomber.

— Je suis d'accord avec toi, j'ai été épargnée trop longtemps. Je suis adulte maintenant, tu aurais pu me dire la vérité.

J'entendis une exclamation étouffée dans le combiné. J'avais inconsciemment toujours espéré voir Audrey perdre de sa superbe, mais maintenant que cela se produisait, cela ne faisait que m'effrayer. Sa voix avait une intonation de petite fille lorsqu'elle me répondit :

— Papa et maman me l'avaient interdit.

— Mais pourquoi ? Ça n'a aucun sens !

— Tu n'auras qu'à leur poser la question, puisque tu sembles décidée à ne pas laisser le passé en paix. Moi, je n'en peux plus, tous ces mensonges ont fini par gangrener notre vie…

Tous ces mensonges ? Parlait-elle du fait que l'on m'avait caché la vérité… ou d'autre chose, comme de la personne qu'ils avaient accusée par exemple ?

— Audrey, je suis ta sœur, pas ton ennemie.

— Laisse tomber, tu veux ? De toute façon, la seule chose qui t'intéresse, c'est de récupérer Gabriel !

Serait-il possible que ma mère ne lui ait pas parlé de sa mort ? Je me sentis soudain acculée, oppressée à l'idée de prononcer une nouvelle fois ces mots définitifs.

— Non, Audrey, je ne cherche plus à *récupérer* Gabriel comme tu dis, pour la bonne raison qu'il s'est suicidé ce matin.

La voix de ma sœur changea du tout au tout, il me sembla presque l'avoir entendue tressaillir à l'autre bout du fil :

— Ce n'est pas vrai, lui aussi… Margot, c'est horrible, je ne sais pas quoi dire.

Sa réponse me frappa de plein fouet.

— Comment ça, *lui aussi* ? De quoi veux-tu parler, qui d'autre s'est suicidé ?

Un silence interminable s'installa, qui me fit penser un instant que la communication avait été coupée. Puis ma sœur soupira longuement.

— Bon, après tout je peux aussi bien te le dire, de toute façon, tu finiras bien par l'apprendre. Manu s'est suicidé au mois d'avril de l'année dernière.

Ma tête se mit à tourner. Ce cauchemar n'allait donc jamais s'arrêter ? Cela expliquait en tout cas pourquoi Gabriel s'était mis en action après toutes ces années : l'élément déclencheur avait été la perte de son frère.

— Mais ce n'est pas possible ! Il a fait ça en Australie ?

— Bien sûr que non, Margot, Manu n'est jamais allé en Australie ! Lorsque Gabriel t'a raconté ça, nous nous sommes demandé si nous devions te dire la vérité, et puis nous nous sommes dit qu'il cherchait lui aussi à te protéger.

— Nous savons maintenant que ce n'était pas le cas, n'est-ce pas ! Mais où a vécu Manu durant tout ce temps ?

— Dans le garage de ses parents, il s'était aménagé un studio et n'en sortait pratiquement jamais.

Quand je songeais qu'Alexis prétendait l'avoir eu quelques jours plus tôt au téléphone ! Mais il avait eu mille fois raison de me mentir, une telle nouvelle m'aurait, à coup sûr, anéantie.

— Audrey, je suis désolée d'avoir à te poser la question, mais j'ai besoin de savoir. Manu s'est-il suicidé parce que vous l'avez accusé à tort de ton agression ?

Si je pensais voir ma sœur monter sur ses grands chevaux, j'en fus pour mes frais. Mon cœur accéléra ses battements, tandis que le silence se prolongeait.

— C'est compliqué, tu n'as pas tous les éléments.

Encore cette expression : *C'est compliqué !* Manifestement, ma famille s'en servait comme d'un bouclier pour repousser les questions importunes. Mais alors c'était vrai, ils avaient bel et bien accusé l'adorable Manu alors qu'il était innocent !

— Je suis désolée, Margot, je dois raccrocher, je suis au bureau et je ne peux pas parler de tout ça ici. Mais nous allons le faire, je te le promets, il y a pas mal de choses que je dois t'expliquer, et cela doit se faire au calme.

— Très bien, je prends la route tout de suite et nous en parlons ce soir au dîner.

— Non, pas ce soir, je vais revenir tard. Comme tu ne devais pas rentrer, Pierre vient d'accepter un dîner au resto avec l'un de ses clients et je dois être présente.

Je tentai d'analyser sa voix. Essayait-elle d'échapper à la conversation ? Je n'en avais pas l'impression.

— Si tu veux, tu n'as qu'à dormir à la maison ? Nous en parlerons demain matin, j'irai travailler plus tard.

Je réfléchis quelques instants à sa proposition.

— Non, c'est gentil, je n'ai pas envie de ruminer toute seule à l'appart, je préfère dormir à l'hôtel et prendre la route de bonne heure demain matin. Ça te va si on se prend un petit déj' vers 8 heures toutes les deux ?

— Très bien, on fait comme ça.

J'aurais amplement préféré avoir le fin mot de l'histoire avant de retrouver les garçons ce soir, mais je n'avais manifestement pas le choix. J'avais déjà éloigné le téléphone de mon oreille lorsque sa voix lointaine interrompit mon geste :

— Margot… Je sais que j'ai du mal à te le dire, mais je t'aime, tu sais.

Ces derniers mots m'avaient tellement surprise que je n'eus pas la présence d'esprit de répondre. Des années de silence, de pudeur, m'en avaient empêchée et je le regrettais déjà. Cela m'aurait probablement soulagée de lâcher un peu de vapeur, d'évacuer ce trop-plein d'émotions qui m'étouffait depuis tant de temps. Je ne pouvais pourtant ignorer qu'Audrey et moi avions fait un petit pas l'une vers l'autre, et c'était déjà bien davantage que ce que j'aurais pu espérer ce matin en me levant. Malheureusement, la bienfaisante légèreté qui m'avait envahie durant quelques instants retomba à la minute où je repensai aux frères Dupré, tandis que je me lançais dans la circulation. Manu, Gabriel… Serait-il possible qu'ils soient tous les deux morts à cause de ma famille ?

28

Quelques minutes plus tard, je sonnai à la grille d'une maison en briques rouges, assez conforme au souvenir que je conservais de son occupante : banale, modeste, mais impeccablement entretenue et tirant au maximum parti de ses atouts. Je devais avouer que je ne me sentais pas très fière de venir ainsi quémander à une ancienne rivale une aide que ma propre famille m'avait refusée, mais la situation était trop grave pour que je puisse me permettre le moindre état d'âme. Aussitôt la porte ouverte — et même si ce n'était pas bien difficile pour moi dans ces circonstances —, Claire et moi nous reconnûmes instantanément. Elle avait toujours ces mêmes lunettes à verres légèrement trop épais, cette même grosse frange brune, ces mêmes taches de rousseur sur un nez retroussé. Son corps autrefois mince avouait en revanche deux, voire trois, grossesses rapprochées. Une supposition aussitôt confortée par les joyeuses photos de famille disséminées sur le mur d'entrée et par la silhouette d'un parc pour enfants au fond de la pièce. Probablement devais-je l'observer avec une curiosité qui frisait l'impolitesse, mais elle n'avait pas bougé d'un cil, la main toujours posée sur la poignée de la porte, comme pour conserver la possibilité de me la claquer au nez.

— Margot, depuis le temps…

Sa voix était fraîche, ses traits tendus, mais comment le lui reprocher ? Consciente qu'aucune entrée en matière ne pourrait réellement convenir, je choisis de ne pas tourner autour du pot :

— Bonjour, Claire, j'imagine que tu ne t'attendais pas à ma visite !

— Non, en effet. Même si tu as fait pas mal parler de toi en ville ces derniers jours.

— Je t'avoue que je me serais bien passée de cette publicité.

L'amertume dans ma voix fit passer un éclair de satisfaction dans son regard, si furtif que je crus l'avoir rêvé. C'est à cet instant que la pluie se mit soudain à tomber dru, comme pour la contraindre à me laisser entrer.

— Ne reste pas dehors, entre boire un thé, j'ai préparé un gâteau au chocolat pour le goûter des enfants.

— Tu en as combien ?

— Trois : deux filles et un garçon.

Je notai avec envie la fierté qui pointa un instant dans sa voix. Chaque mot pourtant semblait lui coûter, ce qui me poussa à plaisanter maladroitement :

— Eh bien, tu n'as pas perdu de temps ! Toi au moins tu as trouvé ton prince charmant, tout le monde n'a pas cette chance !

Elle tressaillit, tandis que je prenais conscience de mon manque de tact. C'était toujours la même chose : plus je me sentais mal à l'aise, plus je multipliais les gaffes, comme si un mauvais génie s'amusait à me glisser des mots inopportuns sur la langue. Claire ne perdit pas une aussi belle occasion de me remettre à ma place :

— Oui, et puis il y en a qui le rencontrent et le perdent.

Manifestement, Alexis restait un sujet sensible, ce qui n'allait pas me faciliter la tâche.

Tandis que je la suivais dans un salon décoré dans des tons gris et taupe, une nostalgie inattendue me serra la gorge. Même si nous n'avions jamais été amies, Claire et moi avions partagé de nombreux moments ensemble dans les mêmes boums ou les mêmes sorties scolaires, et me retrouver dans la même pièce qu'elle après toutes ces années me faisait un drôle d'effet, comme un brutal saut dans le temps. J'envisageai un instant d'évoquer quelques souvenirs avec elle, mais son regard froid m'en dissuada immédiatement. Après m'avoir priée de m'asseoir, elle me quitta quelques minutes pour revenir les bras chargés d'un plateau contenant des tasses, une théière et des assiettes à dessert assorties. Une fois assise en face de moi, elle entreprit de couper quelques tranches d'un gros gâteau au chocolat, comme pour se donner une contenance.

— Bon, Margot, si tu me disais plutôt pourquoi tu es venue ? J'imagine que ce n'est pas par amitié, surtout après toutes ces années sans la moindre nouvelle.

Cela commençait fort. Je changeai nerveusement de position sur le canapé pourtant confortable tout en cherchant une formulation appropriée.

— Tu as raison, j'ai besoin de toi. Mais auparavant, je tenais à m'excuser une nouvelle fois pour ce que je t'ai fait autrefois. Je te l'avais déjà dit à l'époque mais c'était stupide, égoïste, et je comprendrais que tu m'en veuilles encore.

Son regard se déroba tandis qu'elle me versait une tasse de thé. Son animosité était telle que l'atmosphère en semblait densifiée, assombrie, et je n'osais lui dire que je détestais le thé. Si j'avais imaginé qu'elle était encore à ce point fâchée contre moi, jamais je ne serais venue m'imposer de cette manière.

— Ne parlons plus de ça, finit-elle par dire.

— Mais si, parlons-en justement ! Je n'ai jamais compris pourquoi Alexis n'était pas revenu vers toi, vous avez pourtant dû avoir de nombreuses occasions de vous revoir.

— Je ne l'ai pas laissé faire.

— Mais pourquoi ? Il a dû t'expliquer ce qui s'était passé non ? C'est moi qui ai tout fait pour le séduire. Je peux te dire que nous nous sommes réveillés le lendemain avec une bonne gueule de bois et de sacrés regrets. Ce n'était qu'un petit écart sans conséquence, je t'assure.

Elle releva la tête pour me transpercer d'un regard dur qui me prit par surprise.

— *Un petit écart sans conséquence ?* Ne parle pas de ce que tu ne sais pas !

— Mais Alexis et toi étiez manifestement faits l'un pour l'autre. La preuve : je ne lui ai jamais connu d'histoire sérieuse après toi.

Mon insistance sembla avoir raison de sa détermination, puisqu'elle se radoucit légèrement :

— Puisque tu tiens tant à le savoir, il m'a rappelée durant plusieurs mois, nous avons même repris notre histoire quelques semaines, mais ça n'a pas marché. Ce *petit écart*, comme tu dis, avait réduit en cendres toutes nos chances d'être heureux.

Mais encore une fois, pourquoi une telle intransigeance ? Nous n'avions pas encore 20 ans, un égarement de deux heures ne méritait pas de se voir accorder une telle importance. J'avais le sentiment qu'elle ne me disait pas tout, mais je ne pouvais me permettre d'insister davantage.

— Tu ne peux pas savoir à quel point je suis désolée, Claire.

— Si tu me disais plutôt ce que tu attends de moi ?

Je m'engouffrai avec soulagement dans la brèche et lui contai à mots concis les événements de ces derniers jours, en occultant au maximum ce qui ne me paraissait pas indispensable. La commisération se peignit sur son visage.

— Ton fiancé qui annule votre mariage avant de se suicider, ta sœur violée, et toi au milieu de tout ça qui n'étais au courant de rien… Je te plains sincèrement, Margot, personne ne devrait vivre des choses pareilles. Ça va ? Tu tiens le choc ?

A ma grande surprise, les mots me vinrent naturellement à la bouche :

— Je sens que la souffrance guette la moindre seconde d'inattention pour me submerger, j'ai l'impression d'avancer le long d'une digue prête à craquer mais, à part ça, ça va. La seule manière que j'ai trouvée pour tenir, c'est de continuer à mener l'enquête. Je ne sais pas ce qui se passera lorsque j'aurais appris toute la vérité, je dois t'avouer que j'ai bien peur de m'écrouler pour de bon.

— L'enquête ? Mais quelle enquête ?

— Je sais que ça paraît dément, mais je crains que mes parents n'aient accusé Manu à tort de l'agression de ma sœur, ce qui pourrait expliquer pourquoi Gabriel a tant cherché à se venger de notre famille. Je dois absolument comprendre pourquoi ils ont fait une chose pareille, et surtout qui ils protègent.

— Et comme ma mère était la secrétaire de votre médecin de famille, tu t'es dit que je pourrais te révéler l'identité du véritable violeur.

J'optai pour la franchise :

— Oui, c'est ça.

— Je suis désolée, je ne peux rien te dire, Margot, et ça n'a rien à voir avec notre ancienne rivalité. Ma mère était une vraie tombe, tout ce qu'elle entendait au cabinet était confidentiel.

La déception me submergea.

— Essaie de réfléchir, cette histoire a manifestement fait beaucoup de bruit en ville et Alexis semble convaincu que ta mère t'a dit quelque chose.

Claire releva brusquement la tête, tandis que ses yeux se mettaient à briller.

— Alexis t'a parlé de moi ?

Elle sembla se ressaisir, la lumière dans son regard s'éteignit.

— Eh bien, il s'est trompé, je suis désolée mais je ne peux rien t'apprendre.

Je me tus quelques instants, touchée par la vivacité de sa réaction. Plus je la découvrais, plus je regrettais de lui avoir joué ce sale tour, même si jamais à l'époque je n'aurais pu en deviner les conséquences. Ce fut à cet instant que la porte d'entrée claqua violemment et qu'une fillette de 8 ou 9 ans aux joues couvertes de taches de son fit son entrée, amenant dans son sillage un courant d'air frais.

— Maman, il faut que je te raconte, j'ai eu un dix-huit en maths, la maîtresse m'a félicitée devant toute la classe !

— C'est super, ma chérie, je suis vraiment fière de toi !

En quelques instants, Claire s'était ressaisie et offrait à

sa fille un visage serein et souriant. Sans plus se soucier de politesse, elle se leva brusquement pour se diriger vers l'entrée sans s'assurer que je la suivais, me signifiant par là que l'entretien était terminé. Ce ne fut qu'une fois hors de portée de voix de sa fille qu'elle reprit la parole à voix basse :

— Laisse tomber, Margot, je t'assure. Je pense que tu as suffisamment souffert comme ça.

Durant quelques secondes, je crus avoir mal compris. Ainsi Alexis avait raison, elle savait quelque chose ! Mais alors, pourquoi simuler l'ignorance un peu plus tôt ? Un membre de ma famille l'avait-il appelée pour lui demander de se taire ? Je n'aurais su expliquer pourquoi, mais je pressentais pourtant qu'elle était sincère, que ses réticences étaient liées à quelque chose de plus obscur que son ressentiment envers moi ou son désir d'obéir à mes parents. Le silence lorsqu'elle me raccompagna sur le perron fut assourdissant, ce qui me poussa à lui saisir maladroitement le bras comme pour l'empêcher de s'échapper.

— Prends soin de toi, Claire. Tu as la chance d'avoir des gens qui t'aiment, une famille, n'oublie pas à quel point c'est précieux.

Elle sembla sur le point de m'envoyer promener, mais se ravisa.

— Cela ne risque pas. Toi aussi prends soin de toi, Margot.

Tandis que je rejoignais une fois de plus la Mini, l'énergie qui m'avait animée jusque-là retomba. L'idée que les deux frères Dupré s'étaient probablement suicidés à cause de ma famille m'obsédait et je me sentais proche du désespoir. Pauvre Manu, il était si sensible, si adorable, c'était bien la dernière personne qui méritait de vivre une chose pareille. Si au moins je pouvais comprendre ce qui était réellement arrivé à Audrey ! Mais j'éprouvais l'impression rageante que chaque fois que je tirais un fil, ce dernier s'effilochait entre mes doigts…

De retour dans la voiture, j'étais si nerveuse que je me

trompai deux fois d'interlocuteur dans mon répertoire avant de tomber sur Alexis.

— Alexis, c'est horrible, je viens d'apprendre que j'avais probablement raison tout à l'heure. Tout porte à croire que mes parents ont accusé Manu à tort. Je n'en peux plus de leurs cachotteries, de leurs mensonges, je me sens si mal que j'ai envie d'aller hurler dans la forêt pour me calmer.

— Comment l'as-tu appris ? C'est Claire qui te l'a dit ?

— Non, elle n'a pas pu m'aider, mais j'ai posé directement la question à Audrey et elle n'a pas nié, elle a simplement dit : *C'est compliqué !* Je dois la voir demain matin pour en parler.

— Je comprends que tu sois sous le choc, ça explique en effet tout ce que Gabriel t'a fait subir.

— Sans oublier le suicide de Manu ! Ecoute, il vaut mieux que j'annule pour ce soir, j'imagine que ça va être insupportable pour toi de me voir après avoir appris un truc pareil. Et je ne parle même pas des garçons…

J'étais sincère, j'avais tellement honte de ma famille que je me faisais soudain horreur.

— Margot, ne sois pas bête, tu sais très bien que je ne te juge pas responsable de tout ça. Si on va par là, je suis encore plus coupable que toi, je t'ai caché la mort de Manu, les rumeurs sur l'agression de ta sœur… Si je t'en avais parlé plus tôt, tu n'aurais pas eu à vivre les événements de cette semaine et Gabriel serait sûrement toujours en vie.

— Ah non, tu ne vas pas te mettre à culpabiliser, toi aussi ! Les vrais responsables de cette histoire sont ceux qui ont menti, pas nous.

— Je ne te le fais pas dire, alors tu vas me faire le plaisir de venir dîner à la maison sans faire d'histoire !

— Mais les garçons ?

— Ils ne sont au courant de rien. Pour eux, Manu faisait une énorme dépression dans son garage et a fini par craquer. Mais si ça peut te rassurer, je vais quand même les briefer pour qu'on n'évoque pas les frères Dupré ce soir. Ça te va ?

— Tu es adorable, je ne sais pas ce que je ferais sans toi. Mais il va falloir que je me réveille super tôt, j'ai promis à ma sœur d'être rue de Turenne pour 8 heures.

— Pas de soucis, ton café sera prêt pour 5 h 30, nous avons une cafetière programmable.

Une fois le téléphone raccroché, je patientai quelques instants avant de démarrer, hésitant à me rendre directement à l'appartement. Je me sentais si déprimée que la seule perspective de me retrouver seule dans un environnement inconnu me donnait envie de pleurer. J'envisageais de m'installer dans un café malgré cette marche blanche dont je ne connaissais pas le trajet, lorsqu'une silhouette familière attira mon attention. Un instant, je crus de nouveau perdre l'esprit. Mon suiveur marchait en effet tranquillement dans la rue à deux pas de moi, je reconnaissais son allure militaire, ses cheveux gris coupés ras. Sur une impulsion, je décidai d'abandonner ma voiture pour le suivre à pied. Peut-être allais-je enfin me montrer capable d'éclaircir un mystère dans les minutes à venir…

A ma vive stupéfaction, l'inconnu emprunta un court moment plus tard la rue de mes parents… avant de sonner carrément chez eux ! Je reculai précipitamment d'un pas pour me cacher sous un arrêt de bus. Qu'est-ce que cela pouvait signifier ? Je ne pouvais imaginer un instant qu'il venait chez eux pour la première fois, précisément le jour où je me trouvais à Noyon. Cela aurait été une trop grosse coïncidence. Mais alors quel rôle avait-il joué dans cette histoire, se pouvait-il que mes parents aient voulu m'intimider pour me faire renoncer à Gabriel ? Non, je ne pouvais croire qu'ils puissent aller jusque-là, même pour protéger leur précieux secret. Et puis, l'homme ne s'était jamais montré menaçant, il s'était contenté de me suivre afin d'observer mes faits et gestes. Voulaient-ils alors s'assurer que mon enquête ne progressait pas ? Mon suiveur patienta une ou deux minutes en jetant des regards de plus en plus exaspérés en direction des fenêtres, avant de glisser une enveloppe blanche dans la boîte aux lettres. De quoi pouvait-il s'agir ? D'une lettre de menace ? Cela semblait peu probable, il se serait montré plus nerveux, sur le qui-vive. Une envie brûlante de découvrir le contenu du courrier me souleva soudain, qui me décida à aller le chercher dès que la voie serait libre. Fébrile, je patientai en me rognant les ongles tandis que l'inconnu fumait une cigarette en faisant les cent pas sur le trottoir, puis repartait d'un pas lent en regardant sans cesse derrière lui, comme s'il espérait encore la survenue de mes parents.

Une fois tranquille, je m'assurai machinalement qu'aucun voisin ne se trouvait à sa fenêtre — même si après tout je ne faisais rien de mal —, avant de me diriger d'un pas décidé vers le domicile familial. Il ne me fallut pas longtemps pour ouvrir la boîte aux lettres, puis pour saisir la première enveloppe sur la pile de courrier laissée par le facteur. En pénétrant chez mes parents, je me fis la réflexion que je ne m'étais jamais sentie chez moi dans cette maison achetée après notre séjour à Paris, où je n'avais jamais habité, même si j'y retrouvais des meubles, des odeurs de mon enfance. Quelques instants plus tard, je décachetai fébrilement l'enveloppe rectangulaire sans souci de la déchirer, pour découvrir avec stupeur l'en-tête du papier à lettres : *Morin et fils Détectives.*

Ainsi c'était donc cela, mon suiveur était détective privé ! Je n'en revenais pas que mes parents n'aient songé qu'à organiser ma surveillance alors que tout autour de moi s'effondrait, se désagrégeait. Malheureusement, cela ne confortait que trop ma théorie qui voulait qu'ils aient accusé un innocent. Sinon, pourquoi s'assurer que je n'approchais pas la vérité de trop près ? Un instant, j'hésitai à les attendre pour leur demander des explications, avant de renoncer. J'étais si révoltée que je ne pouvais supporter de rester une minute de plus dans cette maison. Puisqu'il me restait du temps avant le retour des garçons, mieux valait aller faire quelques courses afin de leur préparer la surprise d'un petit dîner, j'avais toujours adoré cuisiner et cela me détendrait. Je pris cependant soin de laisser la lettre ouverte bien en évidence sur la table du salon, avant de refermer derrière moi une porte que je n'avais pas l'intention de refranchir de sitôt.

29

Une fois à quelques pas de l'immeuble d'Alexis, mes pas ralentirent d'eux-mêmes. Cela pouvait paraître absurde après tout ce que je venais de vivre, mais un étrange trac m'envahissait à l'idée de revoir mes amis après tant d'années. Quel accueil allaient-ils me réserver, quel regard allaient-ils poser sur moi après avoir appris mes humiliantes mésaventures ? Je ne pouvais également m'empêcher de me demander si Alexis ne se trompait pas, si l'un d'entre eux n'avait pas appris les accusations mensongères de mes parents à propos de Manu. Peut-être dans ce cas n'avait-il fait mine d'accepter ma venue que pour mieux régler ses comptes… Je frissonnai. La carapace que j'étais patiemment parvenue à ériger au fil des années s'était fissurée, et mon manque d'assurance filtrait par les interstices comme une lumière violente. Puis je repensai aux paroles rassurantes d'Alexis : *J'ai raconté ce qui t'arrive aux garçons, je suis sûr qu'ils adoreraient te dorloter.* Je tentai de me rasséréner : même s'ils étaient au courant du comportement odieux de mes parents, je pouvais faire confiance à mon ami pour plaider ma cause, les convaincre que je n'étais qu'une victime dans cette histoire ! Je repris ma route d'un pas plus décidé, et composai résolument le code de la porte d'entrée de l'immeuble. Une fois dans le hall, je reconnus sans surprise le style de l'un des architectes de l'entreprise familiale, qui travaillait pour mon père depuis des années et ne se donnait plus, depuis belle lurette, la peine d'inventer de nouveaux plans. Décidément, où que j'aille tout me ramenait à ma famille…

La porte de l'appartement poussée, je tressaillis en me retrouvant confrontée à l'énorme miroir de l'entrée. Si je m'étais croisée dans la rue, nul doute que j'aurais mis quelques instants à me reconnaître avec mes traits durs et mon regard aux abois. Pour la première fois de ma vie, un bouton de fièvre m'était même poussé sur la lèvre supérieure, probablement dû au chagrin qui me sortait du corps en pus jaunâtre. Me retrouver en sécurité dans cet appartement douillet aurait pourtant dû m'apaiser, mais c'était tout l'inverse qui se produisait. Certes, je commençais à réaliser que cette affreuse aventure était terminée, la peur refluait peu à peu, mais c'était pour mieux céder la place à une souffrance aiguë. Les visages de Manu, de Gabriel, d'Audrey dansaient une sarabande macabre devant mes yeux, au point de me donner le tournis et de m'obliger à fermer les paupières pour reprendre mes esprits.

Une fois les courses rangées, je déambulai sans but dans l'appartement vide, transie de froid malgré le chauffage poussé à fond par un Alexis attentionné qui me savait frileuse. La décoration pleine de goût, le mélange harmonieux de meubles dépareillés probablement chinés dans des brocantes me surprenaient. J'aurais plutôt imaginé un capharnaüm constellé de cartons de pizzas pour ces trois célibataires endurcis. La propreté des lieux également m'étonnait, mais peut-être était-elle tout bonnement due au fait que mes hôtes étaient avertis de mon arrivée. Alexis m'ayant suggéré de m'installer dans la chambre du fond, je décidai d'y déposer mon sac et de préparer mes affaires pour la nuit. Ainsi, je pourrais m'effondrer sans avoir à chercher ma nuisette si nous vidions quelques bouteilles de vin…

En poussant la porte, je découvris avec une heureuse surprise une pièce au parquet cérusé blanc, dotée d'un vaste lit recouvert d'une couette moelleuse. J'avais toujours été sensible aux ambiances, et celle-ci me ragaillardit légèrement. Puisque tout allait de travers dans mon existence, mieux valait profiter des petits instants de bonheur qui s'offraient à moi. Mes paupières commençant à se faire lourdes, je tentai de réfléchir au programme de la soirée pour m'insuffler le courage de me préparer. J'allais commencer par cuisiner le tajine d'agneau comme je l'avais prévu, avant de prendre un bain interminable avec une montagne de mousse dans la baignoire aux pieds de lion qui me tendait les bras depuis la salle de bains adjacente. Après tout, je me trouvais à la fin du thriller, au moment où l'héroïne n'avait plus à regarder par-dessus son épaule pour s'assurer que personne ne la suivait, et je pouvais commencer à prendre soin de moi comme me l'avait conseillé le lieutenant Daumas.

Même si je savais qu'un nouveau choc m'attendait avec les révélations de ma sœur le lendemain matin.

J'étais encore plongée dans le bain lorsque le bruit de la porte d'entrée me fit tressaillir. Quelle poisse ! L'un des garçons rentrait plus tôt que prévu ! J'hésitai quant à la réaction à avoir : devais-je sortir précipitamment de la baignoire pour manifester ma présence, ou rester silencieuse dans l'espoir qu'il reparte ? Quand je repensai au tajine en train de mijoter. Bien entendu, le nouvel arrivant allait rapidement deviner que j'étais là en suivant comme un fil d'Ariane l'arôme qui ondoyait depuis la cuisine ! En pensant à la piètre allure que je devais avoir, mon premier réflexe, ridicule, fut d'espérer qu'il ne s'agissait pas de Benjamin. Non seulement il avait toujours eu la plaisanterie facile, mais il était également celui auquel j'avais envie de me montrer sous mon meilleur jour. Entendant mon hôte se rapprocher dangereusement de la chambre, je me rinçai précipitamment les cheveux avant de sortir de l'eau en faisant le maximum de bruit possible. Quelques instants plus tard, je sortais dans le couloir, enroulée dans une serviette moelleuse piochée au hasard dans une armoire, lorsque j'aperçus dans la pénombre du salon un homme que je mis quelques instants à reconnaître : Guillaume ! Mon cœur se serra. Il avait autant changé que je me l'étais imaginé, mais de manière malheureusement très différente. Alors que j'avais pensé retrouver un dandy un peu fané qui en faisait trop avec son foulard de soie et sa veste en velours, je me retrouvais confrontée à un homme aux épaules voûtées et à la bouche amère, vêtu d'un costume grisâtre mal coupé. Si je n'avais pas su qu'il travaillait dans la publicité, nul doute que j'aurais pu le croire comptable ou professeur de SVT chahuté par ses élèves ! Il ne m'avait pas encore vue, et j'hésitai à manifester ma présence. En premier lieu bien sûr parce que j'étais à moitié nue, mais également parce que le Guillaume d'autrefois aurait détesté être surpris dans un tel moment d'abandon. Malheureusement, je ne m'étais pas montrée suffisamment discrète, puisqu'il releva la tête et m'aperçut alors que je faisais demi-tour sur la pointe des pieds.

— Margot, qu'est-ce que tu fabriques ? Viens me dire bonjour.

Aussi gênés l'un que l'autre, nous nous avançâmes pour nous étreindre maladroitement, avant de nous reculer précipitamment comme si nous nous étions brûlés l'un l'autre.

— J'ignorais que tu étais déjà là. Je suis rentré tôt pour préparer le dîner.

— J'ai eu la même idée, figure-toi, je ne sais pas si tu as senti l'odeur du tajine qui mijote.

Il esquissa un geste las en direction de son nez.

— Désolé, je n'ai plus d'odorat avec ce rhume qui n'en finit pas, je me demande d'ailleurs si ça ne va pas tourner en sinusite.

Il semblait mal à l'aise, pressé de se débarrasser de moi. Avait-il honte de ce qu'il était devenu ? Ces retrouvailles guindées, le sentiment que je ne connaissais plus cet homme, me poussèrent à faire une plaisanterie maladroite :

— Ça ne te dérangerait pas d'aller arrêter le gaz ? J'avais choisi cette tenue tout spécialement pour toi, mais je crois que je vais enfiler des vêtements avant l'arrivée des autres.

— Prends ton temps, de toute façon j'ai une lessive à faire tourner.

Une lessive à faire tourner ? Le garçon brillant et légèrement méprisant qui m'impressionnait tant autrefois aurait préféré être immolé sur la place publique plutôt que d'avoir à prononcer une telle phrase ! Malheureusement vingt ans étaient passés, et le temps ne lui avait pas fait de cadeau si j'en croyais ses cheveux clairsemés, son double menton et le parfum de défaite et de laisser-aller qu'il laissait dans son sillage… Une fois de retour dans ma chambre, je m'interrogeai sur ce qui avait pu faire dévier la route de ce garçon promis lui aussi à un brillant avenir. Avait-il raté un coche, une opportunité qu'il n'avait pas su voir ? A moins qu'il ne se soit tout bonnement laissé engluer par la monotonie d'une vie qui avait endormi à petit feu son enthousiasme et son talent. Je commençai soudain à appréhender cette soirée, qui s'augurait finalement moins détendue que je ne l'avais imaginé. Il ne me restait qu'à espérer que le temps aurait fait moins de ravages sur Benjamin !

Tandis que j'achevais de me maquiller, la porte d'entrée claqua une nouvelle fois et une voix masculine s'adressa à Guillaume toujours dans le salon. Je tendais l'oreille dans l'espoir de reconnaître le ou les nouveaux arrivants, lorsque la vibration de mon Smartphone détourna mon attention. Le lieutenant Daumas. Certes, il m'avait prévenue qu'il me téléphonerait pour prendre de mes nouvelles, mais je n'attendais pas son appel avant deux ou trois semaines. S'inquiétait-il de ma réaction après l'annonce du décès de Gabriel ? Cela me touchait, mais je n'avais guère l'énergie de jouer la comédie, de le laisser me dire une fois de plus que tout était terminé alors que mes parents avaient probablement poussé un innocent à la mort. Je préférais de loin le rappeler demain après ma conversation avec Audrey. Peut-être pourrait-il ainsi faire rouvrir l'enquête si je parvenais à découvrir l'identité du véritable agresseur ? Quelques instants plus tard, mon téléphone se manifesta de nouveau, et je m'aperçus sans surprise que c'était cette fois au tour de ma mère de m'appeler. Manifestement, elle avait trouvé la lettre. Ne souhaitant pas être plus déstabilisée que je ne l'étais déjà à l'approche du dîner, je laissai l'appareil vibrer tout son soûl.

30

Quelques minutes plus tard, le bourdonnement croissant de la conversation me fit sortir de ma chambre, le cœur battant. Tout en avançant lentement, je tentais d'identifier les différents timbres de voix, lorsque des bribes de phrases se firent plus distinctes :

— Je trouvais son comportement bizarre depuis quelque temps, mais là c'est de la démence !

— C'est clair, il est hors de question qu'on soit impliqués dans cette histoire, on a eu assez d'emmerdes comme ça…

L'animosité dans les voix était palpable, ce qui me mit étrangement mal à l'aise. Je n'avais rien entendu de concret qui aille dans ce sens, et pourtant je ne pus m'empêcher de craindre que mes hôtes ne soient en train de se disputer à cause de ma présence ici ce soir. Je tentai de me raisonner : c'était ridicule, ils ne m'avaient pas vue depuis des années et devaient avoir bien d'autres sujets de discorde que moi ! Finalement, je n'avais pas tant changé que cela, j'avais toujours été du genre à prendre comme une moquerie à mon encontre tout rire, toute messe basse dans la même pièce que moi. Je décidai malgré tout prudemment d'attendre dans ma chambre l'arrivée d'Alexis, lorsqu'un bruit de clés attira mon attention. C'était lui !

La seule magie de sa présence suffit à me détendre, et je hâtai le pas pour pénétrer à son invite dans le salon. Par chance, sa haute taille me permit de rester quelques instants dans son ombre, et je pus détailler tout à loisir les hommes présents dans la pièce. Ma déception avait été telle à la vue de Guillaume que je fus agréablement surprise en découvrant Benjamin. Contrairement à mes craintes, il était resté bel homme, il n'avait pas perdu ses cheveux ni pris du ventre. En revanche, je ne pus m'empêcher de remarquer le tremblement de ses mains, sa manière manifestement coutumière de vider d'un trait le verre de vin qu'il venait de se verser. Serait-il possible qu'il soit devenu alcoolique ? Certes, il lui arrivait régulièrement de se soûler lors de nos soirées d'autrefois, mais j'avais toujours pensé qu'il s'agissait d'une dérive adolescente sans conséquence. Etait-ce à cause de cela qu'il n'était pas parti comme prévu jouer au basket aux Etats-Unis ? Sans même lui avoir parlé, je pouvais deviner qu'il ne s'en était jamais remis, que sous son aspect soigné les regrets et l'aigreur l'avaient rongé de l'intérieur.

Je fis quelques pas en avant, et une tension désagréable régna dans la pièce durant quelques instants interminables. Puis le visage des garçons se détendit et Benjamin s'avança vers moi pour m'embrasser.

— Margot, ma pauvre, j'ai appris ce qui s'était passé.

Tandis que je le serrais dans mes bras, je surpris le regard circonspect de Guillaume posé sur moi. Comme s'il se demandait ce que j'avais réellement dans la tête. Quand Alexis intervint d'un ton peu naturel :

— Alors, qu'est-ce que vous avez préparé pour notre invitée, les mecs ?

Ce fut Guillaume qui répondit :

— Malheureusement rien, Margot m'a devancé en concoctant ce tajine dont tu as senti le délicieux fumet depuis l'entrée. Elle adorait déjà cuisiner lorsqu'elle était ado, manifestement elle a encore fait des progrès, je m'en régale d'avance.

Alexis sembla touché par mon attention, ce qui, dans l'état émotionnel où je me trouvais, me mit les larmes aux yeux. J'avais tout intérêt à me reprendre, sinon j'allais pleurer comme une fontaine avant la fin de la soirée. Par chance, il parut prendre conscience de ma détresse.

— Si on prenait l'apéro ? J'ai eu une dure journée et j'aurais bien besoin de me détendre !

Comme nous tous manifestement.

Le moment de l'apéritif passa rapidement, mes hôtes me bombardant de questions sur une vie que je racontai complaisamment. Probablement avaient-ils bel et bien reçu des consignes de la part d'Alexis, puisqu'ils se cantonnèrent diplomatiquement au domaine professionnel, m'interrogeant sur les études que j'avais menées, les marques de cosmétiques pour lesquelles j'avais travaillé. Mais bien évidemment personne n'était dupe, les questions tournaient tellement dans les esprits que Gabriel semblait plus encore imprégner la pièce que s'il avait été véritablement présent. De mon côté, je devais avouer que j'avais du mal à savoir comment me comporter. Connaissant chacun de leurs parcours ratés par Alexis et Sarah, je tentai durant quelques minutes de m'extasier sur les perspectives de carrière lorsque l'on vendait des espaces publicitaires ou que l'on entraînait des équipes juniors de basket, mais cela sonnait épouvantablement faux et je décidai rapidement d'abandonner. La soirée promettait d'être longue…

Un étau.

Sans comprendre du tout d'où cela venait, j'eus soudain la sensation d'être prise dans un étau. Alexis venait juste de se rasseoir près de moi après avoir mis le CD d'un groupe que nous adorions autrefois, Led Zeppelin, et un inexplicable sentiment de danger m'avait submergée. Etait-ce cette nouvelle configuration du groupe ? Les battements de mon cœur prirent un rythme désordonné tandis que je réalisais avec malaise que je me trouvais au centre de leur cercle, entourée de trois visages curieux qui sous l'effet de la fatigue semblaient se déformer comme devant un miroir de foire. Mais que se passait-il ? Qu'est-ce qui pouvait bien me mettre dans cet état d'alerte ? Je tentai de juguler mon affolement. Ce n'était rien, probablement avais-je présumé de mes forces en pensant pouvoir passer une soirée toute simple à discuter de tout et de rien. Malheureusement rien ne s'arrangea, je commençais même à suffoquer, ce qui me poussa à me lever précipitamment.

— Le tajine ! Je l'ai remis à chauffer il y a plus d'une demi-heure, il doit être complètement carbonisé.

Je parvins juste à temps dans la cuisine pour empêcher le plat de brûler, et j'en profitai pour m'asseoir sur une chaise afin de recouvrer mon calme. Etait-ce le fait d'avoir retrouvé mes amis après toutes ces années ? Soudain, des images s'imposèrent à moi, et il me fallut quelques instants pour les resituer. Nous nous trouvions à la soirée que Thibault avait organisée quelques semaines avant notre déménagement, celle où j'avais attendu en vain Gabriel et où j'étais rentrée chez moi ivre morte. Dans mon souvenir, j'étais en train de m'allonger pesamment sur le lit de la chambre d'amis, assommée par les verres de punch, lorsque Audrey entra dans la pièce avec deux des garçons dont je ne faisais qu'entrevoir le visage dans l'obscurité. Tout ce que je parvenais à comprendre à travers les vapeurs d'alcool, c'était qu'ils étaient en train de lui faire une surprise. Quand tout à coup je me souvins : l'anniversaire d'Audrey avait eu lieu deux semaines plus tôt, Benjamin et Guillaume m'avaient parlé de leur intention de lui offrir quelque chose d'un peu spécial — sans me préciser de quoi il s'agissait — et je m'étais sentie fière d'être impliquée dans cette confidence de grands. Les garçons semblaient très excités, se poussaient du coude en gloussant, tandis qu'Audrey déchirait l'emballage cadeau. Puis très vite leurs rires se firent gênés, troublés en la regardant extraire d'une élégante boîte carrée une guêpière sexy et un string assorti. Leurs visages également avaient changé, les ombres leur dessinaient une expression étrange qui me donna soudain envie de m'enfuir. Quand tout à coup, l'un d'entre eux claqua la porte de la chambre et nous nous retrouvâmes dans le noir total. J'entendis la voix toute proche d'un garçon, peut-être celle de Benjamin :

— Et si tu l'essayais, cette guêpière ?

— Devant vous ? Tu plaisantes !

Audrey avait beau protester, le rire dans sa voix laissait entendre que la situation l'amusait, qu'il ne s'agissait pas d'un véritable refus.

— Allez, ne fais pas ta coincée, tu nous as souvent dit que tu rêvais de t'acheter ce genre de trucs. Alors maintenant qu'on s'est cotisés, tu peux peut-être nous faire profiter du spectacle…

C'était le sérieux Guillaume qui insistait d'une voix rauque. Il était évident pour moi que ma sœur allait refuser une pareille proposition mais, à ma vive surprise, elle entreprit de se déshabiller. Mes yeux commençant à s'habituer à la pénombre, je devinais son corps qui ondoyait dans le noir, le soupir de ses vêtements qui tombaient à terre dans un silence religieux. Vaguement effrayée par ces mystérieux jeux d'adultes et craignant que les garçons ne s'aperçoivent de ma présence, je tâtonnai discrètement dans l'obscurité pour m'entourer le plus possible des manteaux des invités. Assommée par l'alcool, je commençais même à m'assoupir lorsque la voix légèrement crispée d'Audrey me tira soudain de ma torpeur :

— Bon, arrêtez les garçons, ce n'est pas drôle !

Je perçus ensuite de légers bruits de lutte, des exclamations étouffées, de nouveaux rires masculins émoustillés. Quelque chose clochait, je devais aider ma sœur… Ma main se tendait instinctivement vers la lampe de chevet dont je devinais l'ombre à quelques centimètres de moi, lorsque, par chance, la porte s'ouvrit sur un nouvel arrivant. Manu !

— Audrey, mais qu'est-ce que tu fous à moitié à poil dans le noir ?

Sa voix était choquée, désapprobatrice. Celle de ma sœur, quand elle lui répondit, semblait bouleversée :

— Les garçons ont insisté pour que j'essaie votre cadeau d'anniversaire et je crois que je me suis laissé dépasser… Sur le moment j'ai trouvé ça drôle, mais maintenant je voudrais que ça s'arrête.

— Eh bien, il suffit de le dire.

Manu appuya soudain sur l'interrupteur à sa droite, et une lumière violente nous éblouit, me poussant à fermer les yeux dans un réflexe de protection. Tandis qu'Audrey ramassait précipitamment ses vêtements éparpillés et quittait la pièce en compagnie de Manu, le rouge aux joues, Benjamin et Guillaume se tournèrent vers moi d'un air étonné :

— Tiens, tiens, on ne savait pas qu'une petite souris s'était cachée là…

Lorsque je revins au présent, je me trouvais toujours assise sur la chaise de cuisine, les mains convulsivement crispées sur un torchon. Dire que j'étais abasourdie aurait été un mot trop faible, mon cerveau était assailli d'un essaim agressif de questions après ce souvenir effarant. Ainsi, ma sœur avait été agressée sexuellement par les garçons, ses meilleurs amis, et j'étais présente lorsque le drame avait eu lieu. Je comprenais mieux mon appréhension lorsque je me trouvais dans un lieu exigu avec un homme ! Avec l'obscurité, je n'avais pas vu ce qui s'était réellement passé, mais je n'avais pas besoin d'être ultralucide pour le deviner… Ma sœur m'en voulait-elle de ne pas être intervenue ? Etait-ce pour cela qu'elle refusait de me parler de l'agression ? En tout cas, une chose était certaine, ni Manu ni Gabriel n'avaient participé à cette horreur. Alors pour quelle raison mon grand-père aurait-il affirmé que l'un d'entre eux était impliqué ? Mes parents avaient-ils bel et bien accusé un innocent ? Avaient-ils une bonne raison de protéger les autres garçons ? A moins que ce ne soit Audrey qui ait menti. Je croyais me souvenir qu'elle ne s'était jamais bien entendu avec Manu. Mes souvenirs avaient beau commencer à se réveiller, cela ne rendait malheureusement pas les choses plus limpides ! Cela expliquait en revanche notre déménagement en plein milieu d'année scolaire, le fait qu'Audrey n'ait jamais recontacté ses amis, sa réticence à me voir continuer à fréquenter Alexis et Gabriel bien qu'ils n'aient pas été présents ce soir-là…

Tout à coup, je sursautai en me souvenant du lieu où je me trouvais. Dire que j'avais envisagé de passer la nuit dans l'appartement de ces monstres ! Je comprenais mieux leur malaise en apprenant que j'étais invitée, leur conciliabule avant que je ne pénètre dans le salon. Probablement craignaient-ils que je ne parle de mes souvenirs à Alexis et que ce dernier n'exige leur départ immédiat. Le pauvre, il pensait m'avoir offert un havre de paix où me reposer, et voilà qu'il m'avait jetée tout droit dans la gueule du loup ! Je regardai autour de moi avec angoisse. De quelle manière allais-je bien pouvoir m'enfuir alors que la porte d'entrée se trouvait dans l'axe du salon ? Je songeais quelques instants à courir vers la sortie, avant de renoncer. Le pari était trop risqué, la porte d'entrée pouvait très bien être fermée à clé et ma tentative de fuite pourrait dans ce cas mettre le feu aux poudres. Qui savait en effet ce qu'ils avaient dans la tête ? L'unique solution était d'avertir discrètement Alexis, j'allais lui envoyer un texto pour lui demander de me rejoindre dans la cuisine. Probablement allait-il être surpris, mais je le connaissais, il viendrait.

Je ne m'étais pas trompée puisqu'il apparut quelques instants plus tard, le front soucieux.

— Margot, qu'est-ce qui se passe ? Je commençais à m'inquiéter. Tu as eu un malaise ?

— Non, plutôt un souvenir.

Une soudaine réticence m'empêcha de continuer. Il était si droit, si entier. Comment lui annoncer que ses colocataires, ses meilleurs amis, avaient agressé ma sœur pendant qu'il apprenait l'anglais aux Etats-Unis ? Je pouvais être certaine que cela l'anéantirait. Je me blottis contre son torse large et rassurant.

— Alexis, c'est horrible, je viens de me souvenir de tout, de l'agression d'Audrey.

Ses pectoraux durcirent contre mon visage.

— Comment ça… Tu étais là ?

— Oui, malheureusement.

— Mais alors, tu dois savoir qui est le coupable…

Il m'avait légèrement éloignée de lui et me regardait maintenant avec une expression attentive, soucieuse. Encore sous le choc de ma découverte, j'éclatai en sanglots et me serrai plus fort contre lui.

— Ce sont les garçons. Benjamin, Guillaume.

Il sursauta violemment.

— Ce n'est pas vrai, je n'arrive pas à y croire !

— Je suis désolée de t'apprendre une chose pareille, Alexis. Tu t'occupes d'eux depuis des années et tu n'as pas mérité ça.

— Ne te fais pas de soucis, tu as bien fait de m'en parler, j'aurai une sérieuse explication avec eux plus tard. Pour le moment, la priorité est de s'occuper de toi, il est hors de question que tu passes la nuit ici.

Son visage se tendit tandis qu'il réfléchissait à une solution.

— Ne t'inquiète pas, j'ai une idée.

Voyant qu'il m'entraînait vers la sortie, je demandai :

— Tu ne crains pas qu'ils réagissent mal en nous voyant partir brusquement ?

— Si, tu as raison, je vais trouver quelque chose. Pendant ce temps, va chercher ton sac.

L'idée de m'éloigner de lui ne serait-ce que de quelques mètres me terrifiait, mais je n'avais guère le choix. Par chance, je parvins à récupérer mon sac de voyage dans la chambre et à sortir de l'appartement sans que quiconque cherche à m'en empêcher.

J'ignorais ce qu'Alexis avait dit à ses colocataires, et peu m'importait. A cet instant, je ne pensais plus qu'à une chose : m'éloigner de ces malfaisants au plus vite.

31

Lorsque je sortis de l'immeuble, un froid glacial me saisit. Par chance, Alexis était galamment venu se garer devant la porte et je m'engouffrai avec reconnaissance dans son 4×4 Toyota flambant neuf. Je resserrai les pans de mon manteau autour de moi, montai le chauffage à fond et m'appuyai avec lassitude sur l'appuie-tête. Etonnamment, le fait de me retrouver dans un espace confiné en compagnie d'Alexis ne faisait pas naître l'anxiété aiguë que je ressentais d'ordinaire avec les autres hommes. Comme si le sentiment de danger qui m'accompagnait depuis samedi avait émoussé mes anciennes peurs… A moins que ce ne soit le fait d'avoir enfin retrouvé mes souvenirs ?

J'avais bien conscience de lui devoir des explications, mais j'étais incapable de savoir par où commencer. Il semblait en effet tout aussi bouleversé que moi, et je répugnais à rompre le silence. Mais d'un autre côté, ne valait-il pas mieux parler de tout cela une bonne fois pour toutes ? Comme s'il avait deviné mes pensées, Alexis se tourna vers moi :

— Maintenant que tu es en sécurité, si tu m'expliquais ce dont tu t'es souvenue précisément ?

Durant quelques instants, les mots se bousculèrent dans mon esprit. Certes, je lui avais déjà dit l'essentiel, mais la perspective d'entrer dans les détails me répugnait à un point inimaginable. Après tout, il s'agissait de ma sœur, de nos amis, il n'y aurait jamais de manière acceptable de présenter les choses. Le silence s'éternisant, je me résolus à lui résumer mon souvenir de la manière la plus concise possible, en priant le ciel pour qu'il ne m'interrompe pas avec des questions embarrassantes. Lorsque j'eus terminé, je vis qu'il réfléchissait fiévreusement.

— Je suis tellement choqué que je ne sais pas quoi dire, Margot. Ce que je ne comprends pas, c'est ce qui s'est passé au niveau judiciaire. Si tes parents et ta sœur ont porté plainte, si Benjamin et Guillaume ont été arrêtés, comment se fait-il que je n'en aie jamais entendu parler ? Je n'ai pas pu venir à cette soirée parce que j'allais faire un séjour linguistique et visiter Harvard, mais ensuite je suis revenu à Noyon.

— Peut-être parce que c'est l'un des deux frères Dupré qui a été accusé ?

— Mais j'en aurais aussi entendu parler s'ils avaient eu ce genre de problème ! Eux aussi étaient mes potes…

Quand tout à coup ses yeux s'agrandirent de surprise.

— Mais attends, bien sûr que je sais quelque chose ! Benjamin, Guillaume, Manu… Ça les concerne tous ! Je n'avais pas fait le lien, mais ils ont bel et bien eu des problèmes avec la justice à l'époque. Ils m'ont raconté qu'ils avaient été piégés, victimes d'une fraude à l'assurance…

Il tapa du plat de la main sur le volant, me faisant tressaillir.

— Ce n'est pas vrai ! Comment ai-je pu gober leurs salades ? Ils m'ont expliqué qu'ils étaient entrés par effraction chez un mec dont les parents avaient une piscine intérieure chauffée pour prendre un bain de minuit le lendemain de la soirée de Thibault, et que les parents en avaient profité pour les accuser d'avoir volé des bijoux de valeur. Je les ai crus, leur histoire était cohérente ! De toute façon, quelque temps après je partais étudier aux Etats-Unis, alors je n'ai pas suivi de près le reste de l'affaire. Je savais juste qu'ils avaient écopé d'un peu de prison, c'est d'ailleurs pour ça que je les ai recueillis chez moi, que je leur ai trouvé un boulot.

— Mais c'est dingue ! Pourquoi ne m'en as-tu jamais parlé ?

— Tout simplement parce qu'ils m'avaient supplié de ne pas ébruiter les choses ! Ils avaient honte d'avoir fait de la prison alors qu'ils étaient innocents, et je n'ai pas voulu en rajouter…

C'était si simple de duper les gens intègres… Ils avaient agressé ma sœur — sauf Manu bien sûr —, et ensuite ils n'avaient rien trouvé de mieux que d'aller se plaindre d'une injustice auprès d'Alexis qui les avait aussitôt pris sous son aile ! Leur attitude me faisait horreur.

— C'est sûr, ils ne tenaient pas à ce que tu apprennes qu'ils étaient des violeurs, ils préféraient jouer les victimes ! Mais pourquoi Manu a-t-il été arrêté comme les autres ? Dans mon souvenir, c'est au contraire lui qui a fait irruption dans la chambre pour aider Audrey. Sans lui, je ne sais même pas comment ça aurait dégénéré.

— Je n'en sais pas plus que toi, ma belle, il faudra poser la question à ta famille.

— En tout cas, je comprends mieux pourquoi aucun des garçons n'a pu accomplir son rêve, pourquoi Benjamin n'est pas parti aux Etats-Unis, pourquoi Guillaume n'est jamais devenu grand reporter.

— C'est sûr qu'avec un casier judiciaire, ça devient tout de suite plus compliqué.

Je repensai au document aperçu dans le dossier du lieutenant Daumas : probablement appartenait-il à l'un des garçons.

— Ce qui est incroyable, c'est que de mon côté non plus je n'ai jamais entendu parler d'une enquête impliquant ma famille.

— C'est normal, tes parents vous ont fait déménager très vite ! Et puis réfléchis, ils t'ont bien parlé de rendez-vous d'Audrey au commissariat à propos d'un vol de pull, non ? Ils t'ont simplement menti, comme les garçons avec leur histoire de bain de minuit… En tout cas, cela explique pourquoi ils ont voulu rompre tout contact avec vous du jour au lendemain. Lorsque je voulais vous inviter pour mon anniversaire par exemple, ils trouvaient toujours un prétexte pour m'empêcher de le faire.

Il me prit affectueusement la main tout en continuant à regarder la route.

— Mais arrêtons de parler de ça pour le moment, ce soir je m'occupe de toi, je vais te faire oublier cette semaine cauchemardesque...

Il avait raison, nous ne pouvions rien faire d'autre ce soir que d'essayer de nous détendre, il serait toujours temps d'obtenir les dernières réponses à nos questions demain en discutant avec Audrey. Ensuite, il ne me resterait plus qu'à demander au lieutenant Daumas d'enquêter sur l'éventuelle implication des garçons sur les événements de ces derniers jours — je n'oubliais pas en effet le faux témoignage de Thibault, l'existence d'un possible complice — et tout serait définitivement terminé. Ah non, j'oubliais un point ! Il me faudrait également m'excuser auprès d'Alexis pour mon attitude d'autrefois, comme je l'avais fait avec Claire. Je pourrais ainsi commencer une nouvelle vie, débarrassée des miasmes de ce passé qui avait gangrené toutes mes relations.

Alors que nous sortions de la ville, Alexis m'expliqua :

— Depuis que ma grand-mère est en maison de retraite, je passe régulièrement chez elle pour arroser les plantes et relever le courrier, tu vas pouvoir passer la nuit là-bas. Rassure-toi, je n'ai pas oublié ta phobie des voyages en voiture, ce n'est pas loin du tout.

— Ne t'inquiète pas, tu es le seul en qui je peux encore avoir confiance.

— Tu vas voir, tu seras au calme là-bas, la maison est à ta disposition aussi longtemps que tu le désires.

Je ne pus m'empêcher de sourire.

— C'est adorable mais cette nuit devrait suffire. Tu sais bien que je dois partir de bonne heure demain matin pour mon rendez-vous avec Audrey. Mais tu vas rester avec moi, hein ? Tu ne me laisseras pas toute seule cette nuit ?

Il sembla ravi de ma demande.

— Bien sûr que non, tu peux compter sur moi, je ne te quitterai pas d'une semelle. Tu verras, tu ne pourras plus t'en aller.

Comme Alexis l'avait promis, nous parvînmes quelques minutes plus tard devant une adorable maisonnette de conte de fées située à l'orée d'une forêt. Alors que j'atteignais rapidement le perron malgré mes bottes peu adaptées à la campagne, mon ami s'empressa de me dépasser pour m'ouvrir la porte avec une galanterie théâtrale.

— Vous êtes chez vous, belle princesse.

Dès l'entrée, je me sentis en sécurité dans cette maison douillette et hors du temps. La décoration ressemblait bien à celle d'une vieille dame avec ses napperons et ses bibelots d'un autre âge disséminés un peu partout. Sur ma droite, je découvris avec surprise tout un pan de mur recouvert de photos d'Alexis à tous les âges, comme un mausolée dédié à un enfant qui avait empli toute la vie de la vieille femme. Mais qu'en était-il du mari de cette dernière ? De ses enfants ? Alexis semblait avoir été l'unique amour de sa vie, et je ne pouvais m'empêcher de trouver ça incroyablement attendrissant… J'étais perdue dans mes pensées lorsque mon hôte frotta bruyamment ses mains l'une contre l'autre, comme pour redonner un peu de gaieté à cette soirée avortée.

— Alors, ma belle, de quoi as-tu envie ? Veux-tu que je te prépare à manger ? Tu sais que je suis le roi des pastas !

L'épuisement me submergea soudain, emplissant mes paupières de grains de sable irritants. Je ne songeais plus qu'à une chose : tituber jusqu'à un lit, n'importe lequel…

— Je suis désolée pour ton plat de pâtes, Alexis, mais je suis exténuée, je crois que je vais aller me coucher.

Je tentai d'atténuer sa visible déception par un sourire.

— Mon héros aurait-il la gentillesse de m'indiquer ma chambre ?

32

Jeudi

Un horrible mal de tête me fit sortir avec peine d'un sommeil cotonneux. Ma bouche était épouvantablement sèche, mes membres si douloureux que je ne parvenais plus à les bouger. Eh bien, je devais être bien épuisée hier soir pour que deux vodkas pamplemousse aussi légères me mettent dans un état pareil ! Probablement était-ce la tension qui retombait après toutes ces émotions.

Je voulus faire une tentative pour me lever lentement, quand tout à coup je sursautai. Ce n'était malheureusement pas la fatigue qui m'empêchait de bouger, mais quelque chose de bien plus grave : j'étais ligotée ! Mes bras étaient en effet maintenus le long de mon corps par des liens ou du chatterton, mes jambes serrées l'une contre l'autre. Ce n'était pas vrai, les garçons nous avaient retrouvés… Mais alors, qu'avaient-ils fait d'Alexis ? L'avaient-ils blessé ? Assommé ? La panique m'envahit, mais j'eus la présence d'esprit de ne pas ouvrir les yeux. Tous mes sens m'informaient en effet que quelqu'un se trouvait tout près de moi en train de guetter mon réveil, et je préférais lui laisser croire quelques instants encore que j'étais inconsciente…

— Inutile de faire semblant de dormir, tu as toujours été une actrice déplorable.

Malgré mes résolutions, mes paupières se soulevèrent sous l'effet de la stupéfaction : Alexis ? Je le regardai avec ahurissement pointer une arme noire et compacte sur moi, mon esprit tournant à vide comme si l'on avait actionné le bouton « off » de ma capacité de réflexion durant mon sommeil. Je n'y comprenais rien. La veille au soir, je m'étais paisiblement endormie dans la chambre de sa grand-mère, réconfortée par le fait de l'entendre vaquer bruyamment dans la maison comme pour me rassurer, et voilà que je me réveillais en plein cauchemar ! Quelle heure pouvait-il être ? Quelqu'un avait-il commencé à remarquer ma disparition ? Je n'aurais su dire pourquoi, mais j'avais l'impression que la matinée était bien avancée. Mais alors, j'avais été droguée hier soir…

Je regardai instinctivement autour de moi pour tenter de trouver un début de sens à la situation. Manifestement nous étions seuls, aucun bruit ne se faisait entendre dans la minuscule maison. Pour quelle raison m'avait-il amenée ici ? Pour éviter que ses colocataires ne voient ce qu'il allait faire de moi ? Quand je songeais que c'était moi qui l'avais supplié de m'éloigner d'eux ! Dans cette histoire, je me serais décidément trompée de bout en bout… Malheureusement, même s'ils n'avaient rien à voir dans tout ça — ce qui restait encore à prouver —, je ne pouvais guère espérer voir les garçons avertir les autorités, Alexis ne m'aurait certainement pas invitée à l'appartement la veille si cela pouvait mettre en danger ses projets. Plus probablement étaient-ils tous complices… Je tentai de masquer mon inquiétude comme je le pouvais.

— Alexis, qu'est-ce qui se passe ? Pourquoi m'as-tu ligotée dans le fauteuil de ta grand-mère ?

— Je t'avais pourtant avertie dans la voiture que tu ne pourrais plus t'en aller. Tu n'écoutes jamais ce que je te dis !

La plaisanterie lui arracha un bref ricanement sans joie. Comme je restais muette, il reprit :

— Inutile d'être pressée, Margot. J'ai longuement planifié ces réjouissances et cela me décevrait beaucoup d'avoir à brûler les étapes…

Mon cœur se mit à battre la chamade. Je ne reconnaissais plus son sourire désagréable, son ton était froid et monocorde comme j'imaginais que devait l'être celui des psychopathes. Mais le pire était encore son regard vide, comme si le véritable Alexis s'était retiré à l'intérieur de lui-même pour être remplacé par un inconnu malveillant. Pour une raison impossible à comprendre, c'était lui le véritable instigateur de toute cette histoire. Mais ce que je ne comprenais que trop bien en revanche, c'est que j'avais un fou en face de moi, un fou qui ne me ferait aucun cadeau. Sans trop y croire, je tentai de jouer sur la corde affective :

— Alexis, si tu t'asseyais pour m'expliquer ce qui se passe ? Est-ce que je t'ai blessé sans le vouloir ? Parce que je te jure que je n'ai aucune idée de…

— Ta gueule !

En un instant, son visage était devenu écarlate, de grosses veines violettes avaient jailli de manière agressive dans son cou. Cette fois, il me faisait vraiment peur. Il leva les yeux comme pour prendre le ciel à témoin de ma stupidité.

— Je n'y crois pas ! Cette idiote pense encore pouvoir me séduire ! Depuis que Gabriel t'a larguée, tu n'imagines tout de même pas que je n'ai pas remarqué ton petit jeu, tes regards ridiculement langoureux, ta manière de jouer les victimes éplorées pour que je te prenne en pitié… Ma pauvre, tu crèves tellement de trouille de te retrouver célibataire que tu serais prête à sauter sur n'importe quel mec en âge de procréer ! Mais tu ne comprends pas que tu me fais gerber ?

Je pouvais sentir physiquement sa tension, sa colère, je devinais qu'il se retenait pour ne pas me frapper. Mais que lui avais-je fait pour le mettre dans une telle fureur ? Je tentais discrètement de tirer sur mes liens, lorsqu'il se tourna brusquement vers moi avec un sourire mauvais :

— Oh ! après tout tu as raison, j'ai hâte de voir ta tête quand je vais tout t'expliquer. Mais je te préviens que tu ne vas pas aimer, tu crois avoir tout compris mais tu n'as rien compris du tout !

Il s'adossa contre la cheminée, faisant tomber deux figurines sans paraître sans apercevoir.

— Alors, par où commencer… Il y a dix-huit mois environ, Gabriel est venu me trouver. Il venait d'apprendre que Manu s'était suicidé dans le garage de leurs parents. Cela faisait une semaine qu'il n'avait pas dormi, il faisait peur à voir avec sa barbe et ses yeux rougis. Il ne parlait plus que d'une chose : se venger de ta famille.

Je le sentais si près d'exploser que j'hésitais à l'interrompre, mais ce fut plus fort que moi :

— Parce que mes parents avaient accusé son frère à tort ?

Un sourire écœurant éclaira son visage.

— Oui, enfin, je pense que Manu aurait participé comme les autres s'il l'avait pu, mais d'après ce qu'on m'a raconté, il flippait tellement qu'il n'a pas voulu les suivre dans la chambre. Heureusement que les autres, eux, n'ont pas hésité à y aller, dans cette chambre !

Il s'interrompit, comme pour mieux profiter de la joie malsaine que cette image semblait lui inspirer.

— Il faut dire qu'ils étaient raides bourrés, après le pari que Benjamin avait lancé : boire le plus de shots de vodka possible en moins de deux minutes. Et je peux te dire qu'on en boit en deux minutes ! Aujourd'hui on appelle ça le *binge drinking*. Les ados adorent ça, ils sont tellement défoncés qu'ils ne savent plus ce qu'ils font. D'ailleurs, tu seras ravie de savoir que ta sœur n'a pas été la dernière à participer.

Qu'est-ce qu'il essayait de m'expliquer ? Qu'Audrey avait bien cherché ce qui lui était arrivé ? Probablement allait-il me dire ensuite qu'elle n'aurait pas dû mettre une jupe aussi courte…

— Tu ne peux pas savoir à quel point j'ai regretté d'avoir manqué ça, j'aurais adoré participer à leur petite fête… Et encore, je te réserve le meilleur pour la fin. Je me délecte à l'avance de ce que tu vas te prendre dans la gueule.

— Tu me dégoûtes !

— N'exagérons rien. Je ne comprends toujours pas pourquoi tes parents ont fait tout un plat de cette histoire.

D'après ce que les garçons m'ont raconté, ils se sont contentés de s'amuser un peu, ce n'était pas bien méchant…

La colère, l'indignation, m'empêchaient de respirer, je lui aurais sauté à la gorge si je n'avais pas été attachée.

— Malheureusement pour eux, ils sont tombés sur le juge Brezin. Tu le connais bien, je crois, puisque c'est le parrain d'Audrey. On peut dire qu'il a été un modèle d'objectivité ! Après tout, ce n'était que l'ami d'enfance de ton père, l'homme qui a tenu ta sœur sur les fronts baptismaux… Il n'a pas cherché à savoir qui avait fait quoi, il a prétexté que les garçons avaient délibérément bu dans le but de perdre les pédales pour coller tout le monde en prison. Même Manu. Après ça, ils pouvaient tous dire adieu à leurs études, et même à un job décent, à cause de leur casier judiciaire. Il fallait bien qu'on les venge, non ?

Je ne pus m'empêcher de me sentir glacée par cet enchaînement effroyable. Une soirée qui tourne au glauque, des garçons ivres qui dérapent, et toutes ces vies fichues en l'air… Mais une chose était certaine : ils étaient loin d'être innocents.

— Mais alors, pourquoi vous en prendre à moi, à ma famille, si les garçons étaient réellement coupables ? Vous n'espériez tout de même pas que mes parents allaient laisser passer un truc pareil !

La haine que je lus soudain dans son regard me fit instinctivement reculer dans le fauteuil.

— Je te trouve bien insolente pour quelqu'un qui devrait fermer sa gueule ! Pour te calmer, je te propose de jouer à un petit jeu…

Il alla chercher sa sacoche, avant d'en extirper l'une de ces pommes vertes que j'avais toujours trouvées trop acides. Mon cœur accéléra ses battements tandis que j'observais ses gestes avec inquiétude : quel mauvais tour s'apprêtait-il encore à me jouer ? Je frémis lorsqu'il posa brutalement la pomme sur le haut de mon crâne : il n'allait tout de même pas jouer les Guillaume Tell avec son revolver ?

— Tu vas te débrouiller pour maintenir cette pomme en équilibre. Parce qu'au moment où elle va tomber…

Il agita son revolver.

— … bang ! je te flingue ! Essaie quand même de ne pas te faire tuer tout de suite, ce serait dommage ! Bon, maintenant que tu es calmée, reprenons… Tu voulais savoir pourquoi on vous en veut autant ? Mais parce qu'avec tous vos principes à la con vous avez ruiné la vie des garçons ! Le lendemain de… *l'incident*, ils avaient dessoûlé, ils sont allés supplier tes parents de ne pas porter plainte en leur expliquant qu'ils ne savaient plus ce qu'ils faisaient à cause de l'alcool.

— Thibault aussi y est allé ?

— Tu plaisantes ? Le pauvre n'était même pas au courant de ce qui s'était passé chez lui ! C'est d'ailleurs ce qui lui a permis de passer entre les gouttes. Toutes ces années, lorsque tu l'appelais, il était complètement tétanisé, surtout au début quand tu lui demandais pourquoi les garçons ne te répondaient pas. C'est un gentil, il n'osait pas t'envoyer bouler, mais je peux t'assurer qu'il en rêvait.

Son expression se fit mauvaise.

— Mais tes parents, eux, n'ont pas hésité à envoyer bouler les garçons. Gabriel a beaucoup insisté en expliquant que Manu était innocent, que c'était même lui qui avait sauvé Audrey. Il savait son frère fragile psychologiquement et craignait que cette accusation ne le détruise. Il ne s'était pas trompé, d'ailleurs ! Mais tes parents n'ont rien voulu entendre, ils sont partis du principe qu'il avait lui aussi trop bu, qu'il était au courant de ce qui se tramait dans la chambre et qu'il aurait dû intervenir plus tôt. Ton père a donc demandé au juge une sévérité exemplaire, et son cher ami, bien sûr, a obéi…

J'avais envie de vomir. Malgré la menace qui pesait littéralement sur ma tête, je ne pus m'empêcher d'intervenir :

— Tu es en train de me dire que Gabriel a décidé de coucher avec moi une semaine après la mort de son frère, qu'il m'a promis le mariage, uniquement pour donner une leçon à ma famille ?

— Je te connais : avec ton esprit tordu tu es en train de te dire qu'il s'était peut-être attaché à toi, que c'est pour ça qu'il a continué à te fréquenter aussi longtemps. Tu es vraiment irrécupérable, ma pauvre fille !

Alexis semblait prendre un plaisir infini à me torturer, je sentais qu'il faisait tourner les mots avec gourmandise dans son esprit pour les formuler de la manière la plus blessante possible.

— Comme je veux t'éviter de mourir idiote, je vais t'expliquer ce qui s'est réellement passé : Sophie finissait un CDD de deux ans au Japon et tu as tout simplement permis à Gabriel d'assouvir ses besoins sexuels à bon compte pendant tout ce temps. Il paraît que tu ne te débrouilles pas trop mal au lit, d'ailleurs, il déplorait juste que tu passes ton temps à te cacher sous les draps parce que tu te trouvais trop grosse. Qu'est-ce qu'on a pu rigoler avec ça !

Il fallait lui reconnaître une chose : il savait taper là où ça fait mal. Mais il n'avait guère de mérite : je m'étais tellement confiée à lui qu'il connaissait le moindre de mes états d'âme. Je m'étais légèrement relâchée et me ressaisis, le cœur battant la chamade. Cela ne faisait que quelques instants, et il m'était déjà insupportable de rester dans cette position figée…

— Ensuite, une fois la date de son mariage avec Sophie fixée, je lui ai donné l'idée de te faire sa demande bidon en exigeant le secret, et bien sûr tu as plongé. Tu étais tellement prête à gober n'importe quoi pour te faire passer la bague au doigt que ce n'en était même plus drôle.

— Mais qu'est-ce que vous cherchiez exactement ? D'accord, me voir débarquer au mariage de Gabriel va faire gloser quelques semaines à Noyon, et puis les gens vont passer à autre chose, surtout maintenant que Gabriel m'a innocentée. Ça ne justifiait pas cette énergie dépensée pour me tendre ce piège !

— Sauf que dans le genre de business de ton père, la

réputation est primordiale. Et puis tu oublies un peu vite le père de la mariée, le député… Ta famille va pouvoir faire une croix sur les chantiers commandés par la Région jusqu'aux prochaines élections après ton esclandre au mariage. Qui sait même si ce manque à gagner ne va pas faire couler la boîte…

Le décalage entre la tranquillité de son ton et la dangerosité de la situation était effarant.

— Mais toi, Alexis, pourquoi as-tu participé à ce plan ? Après tout, tu n'as rien à voir dans tout ça, tu n'étais même pas là à la soirée et tu as pu obtenir un prestigieux diplôme de Harvard…

Une lueur de haine traversa son regard.

— Disons que j'avais un compte personnel à régler avec toi.

Je ne comprenais pas : jamais nous n'avions eu la moindre dispute, le moindre différend.

— Un compte à régler ? Mais sur quoi ?

Il se rapprocha si brusquement que je faillis faire tomber la pomme.

— Claire, ça te dit quelque chose ? Tu as foutu notre vie en l'air à tous les deux.

Il abandonna sa gaieté factice pour montrer son vrai visage, un masque torturé et grimaçant qui m'effraya plus encore que la gueule noire du revolver.

— Tu l'ignorais sans doute, mais Claire était enceinte lorsque tu m'as dragué à cette soirée. Je venais d'apprendre sa grossesse, nous avions décidé de nous marier très vite, je l'aimais comme un fou. Mais comment aurais-je pu résister à la fille sur laquelle j'avais fantasmé depuis mes 17 ans ? J'étais ébloui, j'avais bu quelques bières de trop, tu as tout fait pour me faire perdre la tête et je n'ai pas vu le piège.

— Je suis désolée, Alexis, jamais je n'aurais pu deviner une chose pareille…

— Ah oui ? Tu n'imagines pas à quel point tu peux l'être !

Il s'interrompit un instant, et je crus bien qu'il allait

tirer. Mais il se contint, et finit par reprendre, l'œil de plus en plus mauvais :

— Une bonne âme s'étant, comme tu le sais, empressée d'aller raconter mon écart à Claire, elle a avorté sans me laisser la moindre chance de m'expliquer. Elle s'était cachée chez des cousins en Hollande, je ne parvenais plus à la joindre, je devenais dingue. Lorsqu'elle est enfin revenue, c'était trop tard, il n'y avait plus ni enfant ni projet de mariage. Mon existence entière avait été détruite en quelques heures, à cause d'une pauvre débile vexée de ne plus m'avoir à ses pieds !

Il avait raison, cet effet papillon avait quelque chose de glaçant… Malgré moi, ma colère s'estompait doucement, je commençais à comprendre son point de vue. Je m'étais toujours considérée comme quelqu'un de bien. Mais quelqu'un de bien pouvait-il réellement causer de telles souffrances ? Une migraine avait pris possession du côté droit de mon crâne, comme pour illustrer l'ambivalence de mes pensées.

— Mais Alexis, si tu me détestes à ce point, comment as-tu fait pour continuer à me fréquenter durant toutes ces années ?

— Tu veux rire ? C'est ce qui m'a fait tenir, au contraire ! Chaque fois que je t'invitais à dîner, ce n'était que pour le plaisir de t'entendre geindre, te lamenter sur tous ces mecs qui te larguaient, sur ta vie de merde… Je n'étais jamais aussi heureux que lorsque tu te trouvais au fond du trou et, par chance, cela arrivait souvent.

Je frissonnai devant son regard halluciné, dément. Il me fallait à tout prix changer de sujet pour le calmer…

— Et pour Sophie, ça s'est passé comme l'a dit la police ? Gabriel l'a assommée accidentellement ?

— Oui, exactement comme il l'a expliqué dans sa lettre, sauf qu'il ne s'est pas aperçu qu'elle n'était pas tout à fait morte. Il m'a appelé dimanche matin complètement paniqué, il pleurait comme un chiard… Je ne sais pas pourquoi, j'ai eu une illumination, je suis allé chez toi pour trouver un truc compromettant à laisser sur le corps et j'ai pris l'un de tes couteaux. Heureusement, je savais par Sarah que tu étais absente et j'ai pu utiliser le double des clés de chez toi que j'avais fait faire à ton insu il y a deux ou trois ans…

Je n'avais pas besoin de me demander pourquoi il me racontait ainsi toute l'histoire : il vivait manifestement un moment particulièrement jouissif pour lui.

— Lorsque je suis arrivé, j'ai tout de suite remarqué que Sophie respirait encore, ce qui fichait tous mes plans à l'eau. Alors j'ai envoyé Gabriel chercher une serviette dont je n'avais pas besoin, et j'en ai profité pour la poignarder avec ton couteau et lui prélever un peu de sang… De toute façon, elle ne nous servait plus à rien, elle aurait causé plus de problèmes qu'autre chose ! Cet abruti n'a jamais su qu'il n'était pas responsable de sa mort, il s'est suicidé pour rien…

Ce récit était si monstrueux qu'il m'en paraissait abstrait, irréel.

— Ensuite, je dois avouer que je suis parti en vrille, je me suis amusé comme un fou. J'ai commencé par sortir le corps de la chambre pour le mettre dans mon coffre de voiture. Heureusement qu'ils avaient loué un cottage dans un *Relais & Châteaux* isolé d'ailleurs, sinon jamais je n'aurais pu le sortir en plein jour… Puis j'ai été inonder ta chambre de sang pendant que Gabriel faisait semblant de chercher sa femme. Je m'en suis même mis sur la tête avant de donner un grand coup de boule dans ta psyché. Tu m'aurais vu, j'étais déchaîné, toute cette haine que je ravalais depuis quinze ans alimentait mon imagination de façon incroyable !

Mon Dieu, comment avais-je pu ne pas m'apercevoir plus tôt qu'il était fou ? Une crampe me montait le long de la nuque, la pomme commençait à vaciller dangereusement et je me raidis tandis qu'il continuait :

— J'aurais adoré pouvoir mettre carrément le cadavre dans ta valise, ça aurait fait une très belle scène, mais ta rue était trop passante et j'ai dû le laisser dans une poubelle…

Je frissonnai, glacée par sa manière de parler de Sophie

comme d'un bout de viande. Puis soudain, je pris conscience avec retard de ce qu'il avait dit un peu plus tôt :

— Comment sais-tu que Gabriel a écrit une lettre ? Je suis certaine de ne pas te l'avoir dit.

Il me regarda avec un sourire narquois, et l'évidence me tomba dessus, accablante.

— Il ne s'est pas suicidé, n'est-ce pas ? C'est toi qui l'as tué ?

— Bravo, je savais que l'approche de la mort pouvait ouvrir l'esprit des gens, mais je n'imaginais pas qu'elle pourrait te rendre intelligente. Je voulais te l'annoncer plus tard, mais oui, c'est bien moi qui ai tué ton connard de Gabriel. Et tu veux savoir comment ? Je suis allé chez lui, je lui ai fait boire un mélange d'anxiolytiques et de somnifères, j'ai attendu qu'il s'endorme et je l'ai pendu. J'ai toujours trouvé ça nul dans les films policiers, mais manifestement ça marche ! Si la police a fait une autopsie, elle a dû penser qu'il avait pris des médicaments pour se shooter et être sûr de ne pas flancher au dernier moment…

— Qui a écrit la lettre, lui ou toi ?

— C'est moi bien sûr !

— Mais pourquoi m'innocenter ? Tu ne voulais pas que je sois arrêtée ? Tu as quand même tout fait pour ça, pourtant…

— C'était mon projet initial, mais je n'ai pas cessé de changer d'avis. Par moments je faisais tout pour te faire croupir en prison, comme cette fois où je t'ai envoyé la photo des vêtements de Sarah pour que tu te dénonces, à d'autres je préférais te faire venir jusqu'ici pour m'amuser avec toi. Et devine quelle option j'ai finalement choisie ? En tout cas, je ne regrette pas ma décision quand je te vois comme ça à ma merci, pathétique…

La peur de laisser tomber la pomme émoussait ma colère, ma concentration. Parce que sa manière de m'observer tel un entomologiste n'était que trop explicite : il attendait avec gourmandise cette chute pour m'exécuter. J'avais de plus en plus mal dans la nuque, dans les épaules, je ne rêvais que de bouger la tête. Je n'allais plus tenir longtemps…

— Et tu sais quoi ? Le plus drôle, c'est que c'est de ta faute si j'ai tué Gabriel. Sans le savoir, c'est toi qui m'as prévenu qu'il était en train de me trahir, tu ne t'en souviens pas ? Tu es venue te plaindre chez *Ladurée* qu'il t'avait fait prendre une drogue la veille au soir pour t'empêcher de me rejoindre, tu étais convaincue qu'il essayait encore de te mettre des bâtons dans les roues.

Un sourire cruel lui déforma le visage, et je fermai malgré moi les yeux comme pour ne pas entendre la suite.

— Alors qu'en réalité c'était tout le contraire. Il était venu te sauver.

— Tu mens pour me faire du mal !

— Même pas. Il t'a bel et bien empêchée de me rejoindre pour t'éviter d'être enlevée. Mais ne te fais pas d'illusions, il est intervenu par pitié, pas par amour. Il culpabilisait de s'être attaqué à quelqu'un d'aussi stupide et crédule que toi, il aurait mille fois préféré sortir avec ta sœur. Il faut le comprendre, elle est nettement plus belle ! Mais elle n'avait pas perdu la mémoire et bien sûr elle se serait méfiée.

C'était évident. Alors, une fois encore, pourquoi ne s'était-elle pas montrée plus explicite en me mettant en garde contre Gabriel ? Je ne pus réfléchir plus longuement puisque Alexis continuait :

— Le salaud ! Comment a-t-il pu me faire un coup pareil ? Il m'a trahi, et je ne pouvais certainement pas le lui pardonner ! Quand je pense que je l'aimais comme un frère…

Il donna un grand coup de pied coléreux dans mon fauteuil, j'eus un mouvement de recul… et la pomme chuta à terre avec un bruit mat. Le temps sembla se suspendre, tandis que nous la regardions rouler lentement à nos pieds. Je sentis mon visage se vider de son sang, la frayeur m'empêchait de respirer. Je fermai les yeux.

Serait-il possible que ma vie s'arrête là ?

*
* *

L'explosion avait eu lieu. Mais c'était une explosion de rire. Un rire fou, sardonique.

— Je rêve ! Cette conne croyait réellement que j'allais la tuer maintenant ! Je donnerais cher pour que tu puisses voir ta tête, j'ai presque envie d'aller te chercher un miroir... Mais tu n'as pas compris que je n'ai pas besoin de prétexte pour t'abattre ? Que je le ferai de toute façon quand je me serai lassé de jouer avec toi ?

Cet homme avait décidément la cruauté d'un chat jouant avec une souris.

— Mais on papote, on papote, et je ne t'ai toujours pas raconté le meilleur...

Un bruit de moteur l'interrompit, et un espoir fou me souleva. Serait-il possible qu'on vienne me sauver ? J'hésitais à hurler pour manifester ma présence, lorsque Alexis se précipita sur moi pour couper mes liens tout en agitant nerveusement son arme.

— Tu restes silencieuse, sinon je vais non seulement te tuer, mais m'en prendre ensuite à ta sœur et à tes neveux. Allez, avance ! Nous aurons tout le temps de finir notre petite conversation plus tard.

Alors qu'il me poussait vers une porte basse que je devinais être celle d'une cave, mon regard tenta d'apercevoir l'extérieur par un espace entre deux volets, ce qui me valut un coup de crosse sur la tempe.

— Qu'est-ce que tu regardes ? Allez, dépêche-toi de descendre cet escalier avant que je ne m'énerve !

Au cinéma, j'avais toujours jugé ridicules ces gens qui se laissent menacer sans tenter de désarmer leur adversaire pourtant à moins d'un mètre d'eux. Mais dans la réalité, les choses s'avéraient nettement moins évidentes ! L'affolement engourdissait mon cerveau, brouillait mes pensées comme les parasites d'une radio mal réglée, mon sens de l'équilibre était si perturbé que je faillis tomber à plusieurs reprises dans l'escalier. Alors que nous parvenions dans une petite salle voûtée encombrée de cartons et de vieux pots de peinture entamés, un haut-le-cœur faillit me faire vomir. L'air était en effet saturé d'une insoutenable odeur d'excréments, de transpiration et d'autre chose, que je devinais être celle de la peur. Quelqu'un avait-il été retenu ici ?

Mes yeux eurent besoin de quelques instants pour s'accoutumer à la pénombre et prendre conscience de la forme recroquevillée à quelques mètres seulement de moi.

Le prisonnier était toujours ici.

— Bon, amusez-vous bien, les filles !

Je tressaillis en entendant la porte claquer derrière Alexis.

Les filles. Il s'agissait donc d'une prisonnière. Une fois notre ravisseur parti, je m'approchai avec circonspection de ma compagne d'infortune, avant de sursauter violemment. Si cette dernière était crasseuse, couverte de sang et d'une matière que je préférais ne pas identifier, je n'eus aucun mal à la reconnaître : Sarah.

La pauvre était ligotée, bâillonnée par trois épaisseurs de chatterton, bien que dans son état ces précautions semblent superflues. Sa peau d'ordinaire déjà pâle était translucide, un hématome violacé gonflait son œil droit, ses cheveux étaient collés par le sang d'une plaie au front. Moi qui la croyais à New York, indifférente à mon sort ! Elle portait un pantalon de jogging noirâtre trop grand pour elle, ainsi qu'un sweat-shirt copieusement taché. Je repensai à la photo que j'avais reçue par MMS. Alexis avait dû lui retirer ses vêtements entre dimanche midi et mardi soir afin de préparer sa mise en scène macabre…

Le cœur battant à tout rompre, je me penchai doucement pour m'assurer qu'elle était toujours en vie. Je n'osais imaginer Alexis suffisamment pervers pour me faire côtoyer son cadavre, mais si l'on considérait les événements de ces derniers jours, rien ne me semblait plus impossible de sa part. Mes doigts se posèrent en tremblant sur sa carotide : elle était vivante, mais son pouls était très faible, elle avait besoin d'un médecin d'urgence. Submergée par un sentiment d'impuissance, je tentai de dégager son col qui l'étranglait, et ôtai le chatterton qui l'empêchait de respirer. Il fallait tenir bon, tout spécialement si quelqu'un était venu nous sauver là-haut… Comme pour lui transmettre un peu de ma vitalité, j'installai avec précaution sa tête sur mes genoux, avant de lui caresser doucement les cheveux.

— Ne t'inquiète pas, ma Sarah, je suis là, je vais nous tirer de là très vite.

— Comme c'est touchant !

Je ne l'avais pas entendu revenir. Je sursautai violemment en prenant conscience qu'Alexis s'était glissé derrière nous tel un serpent, avide du spectacle de notre désolation. Sa malfaisance était désormais physiquement palpable, elle semblait sourdre par les pores de sa peau au point que je me demandais comment j'avais pu ne pas la percevoir plus tôt. Malheureusement, son retour ne pouvait signifier qu'une chose : la personne qui s'était garée devant la maison n'était pas venue nous sauver.

— Alors, Margot, tu as pu discuter avec ta copine pendant que j'accueillais le facteur ?

Un large sourire éclaira son visage.

— Oh non, suis-je bête, cette gourde est presque morte, elle ne peut plus te parler.

A ma grande surprise, je sentis Sarah tressaillir sur mes genoux, signe qu'elle commençait à reprendre conscience. Par chance, j'eus *in extremis* le réflexe de ne pas baisser les yeux vers elle.

— Qu'est-ce que tu lui as fait, espèce d'enfoiré ?

— Ah, enfin un peu de vie ! Eh bien, il en aura fallu, des coups, pour provoquer chez toi un début de réaction ! J'ai bien cru que tu étais complètement décérébrée.

— Parce que tu penses réellement que je ne me doutais de rien ? Arrête pendant qu'il en est encore temps, la police ne va pas tarder à arriver…

J'avais toujours trouvé ce genre de remarque stupide au cinéma, mais c'était encore pire — et tout aussi inefficace — lorsqu'on la prononçait dans la réalité. Alexis devait partager mon avis, puisqu'il éclata d'un rire si tonitruant que sa tête en bascula en arrière. Je le regardai avec une rage impuissante s'essuyer les yeux d'un revers de main puis se moucher dans un Kleenex crasseux qu'il venait de ramasser par terre.

— Oh ! Margot, il n'y a vraiment que toi pour proférer des énormités pareilles sans te soucier du ridicule, rien que pour ça je regrette d'avoir à te tuer… Mais ma pauvre, tu as passé trop de tes soirées de vieille fille devant des séries débiles, tu as oublié que lorsque la police vient sauver l'héroïne au dernier moment, c'est parce que quelqu'un l'a mise sur la piste du coupable. Et en tant que directeur de la communication de la ville, je peux t'assurer que personne n'a jamais eu le moindre soupçon ni posé la moindre question sur moi !

Il se promenait maintenant de long en large, tout au moins autant que l'exiguïté de la cave le permettait.

— Et moi ? Qu'est-ce que tu en sais que je n'ai pas prévenu le flic qui suit mon affaire ? Après tout, on s'entend plutôt bien tous les deux…

Un doute fugace effleura ses traits, sans malheureusement s'y attarder.

— Toi ? Il aurait d'abord fallu que tu te méfies de moi, et tu n'es pas assez intelligente pour ça.

Il minauda de manière obscène :

— Je suis le seul en qui tu puisses encore avoir confiance, tu te souviens ?

Il avait malheureusement raison, je ne voyais pas qui pourrait venir nous sortir de cet enfer. Même le lieutenant Daumas pensait l'affaire résolue après la mort de Gabriel. Si je voulais nous sauver, Sarah et moi, je n'allais devoir compter que sur moi-même… Ma frayeur s'était insidieusement muée en une haine aiguë, je ressentais physiquement le besoin de voir le sang d'Alexis couler, son immonde sourire s'évanouir sous l'effet de la souffrance. Mais pour l'instant, je n'avais que deux armes : mon cerveau et ma parole. Et mes chances de survie dépendaient de la manière dont je saurais m'en servir.

— O.K., tu me hais, mais qu'est-ce que Sarah a à voir avec tout ça ? Pourquoi l'avoir enlevée ? Elle n'y est pour rien, elle !

— Ne me dis pas que tu n'as toujours pas compris qu'elle était notre complice ? Nous avions prévu qu'elle s'arrangerait pour te faire parler après la scène de samedi, puis qu'elle viendrait nous raconter ton effondrement dans les moindres détails…

— Tu mens ! C'est impossible !

— Ah oui ? A ton avis, qui a prévenu Gabriel que tu étais devant chez lui avant la promenade en vélo, qui m'a averti que tu avais quitté ton appart pour que je puisse venir chercher le couteau, que tu te trouvais au *Raphael* pour que je puisse prévenir le photographe ? Elle en avait assez de tes caprices de gamine, de ton égocentrisme, des heures que tu passais à lui parler de toi sans jamais l'interroger sur elle, sur sa vie. Sans oublier le fait qu'elle ne supportait plus de voir son père humilié en permanence par ta famille, obligé de quémander des chantiers…

La main de Sarah serra faiblement la mienne, et j'eus envie de croire que c'était pour démentir les propos d'Alexis.

— Mais ça n'a aucun sens ! Tu voudrais me faire croire qu'elle est ta complice, alors que tu l'as enlevée et battue ?

Il se rapprocha, l'air menaçant.

— Je me contrefous de ce que tu crois, pauvre conne ! Tout comme je me contrefous de ta copine, qui s'est mise toute seule dans la merde. Elle n'avait qu'à pas paniquer en apprenant la mort de Sophie et vouloir tout raconter à la police !

Il entreprit de se curer le nez, ce qui me fit détourner les yeux avec dégoût.

— Ça m'a rendu vraiment furieux contre elle, c'est pour ça que je l'ai un peu… malmenée. Je me suis même demandé un moment si je n'allais pas me débarrasser de Quentin, mais je ne pense pas que ce soit nécessaire, cet imbécile n'a pas compris grand-chose à l'histoire. Comme tu as eu l'amabilité de me prévenir que tu allais le rejoindre à l'appartement lundi, je lui ai envoyé un texto bien mielleux du portable de Sarah, du genre : *Salut, amour, j'ai dû partir à New York en urgence mais ne le dis à personne, je t'expliquerai. Je t'aime.* Et il a tout gobé, ce con. Je doute qu'il ait le moindre soupçon, surtout lorsqu'il saura que tu as tué ta copine avant de te suicider, dévorée par la culpabilité.

Je sentis avec inquiétude que nous en arrivions à la fin de l'histoire : Alexis semblait lassé, prêt à passer à l'acte, et je réfléchis fiévreusement pour trouver un moyen de gagner du temps malgré la panique qui m'embrumait l'esprit. Ma seule chance, c'était de l'énerver pour le pousser à parler.

— Parce que tu crois vraiment que ça va se finir comme tu l'as prévu ? Avec un plan aussi foireux de A à Z, où rien ne tient ?

Il parut interloqué, comme s'il ne croyait pas à ce qu'il venait d'entendre, et je crus un instant qu'il allait se jeter sur moi pour m'étrangler. Mais comme je l'espérais, l'orgueil l'emporta sur la rage.

— Un *plan foireux* ? Je prépare ce plan depuis dix-huit mois, chaque détail a été étudié avec soin ! Sophie, par exemple : comment crois-tu qu'elle a accepté de nous aider pour cette histoire de photo à la sortie du métro ? Nous lui avions raconté que tu harcelais Gabriel depuis votre rupture, qu'il ne savait plus comment se débarrasser de toi. Elle était d'une nature ultrajalouse et n'a pas mis longtemps à se laisser convaincre. Même chose pour le père Pedro, qui est en réalité un pote de boulot de Gabriel. Comme il a détesté son éducation catho trop stricte, jouer un prêtre l'a beaucoup amusé. Tu n'as même pas remarqué les erreurs qu'il a faites, il nous en a pourtant raconté pas mal ! Ça t'apprendra à sécher la messe !

Il hurlait presque. Il émanait de lui une colère brute, une dangerosité crépitante, comme chez ces hommes qui nous font changer de trottoir sans même nous regarder.

Lorsque je le vis observer Sarah comme s'il s'apprêtait à jouer une mauvaise blague, je posai la première question qui me passa par la tête :

— Et les autres garçons, ils étaient au courant ?

Il éclata d'un rire sadique.

— Evidemment que non ! Mais c'est là que ça devient drôle : je me creusais la tête pour te faire sortir de l'appart, et c'est toi qui m'as servi l'occasion sur un plateau en venant gémir dans mes bras !

A présent, je comprenais mieux la réaction de mes hôtes hier soir. Lorsque je les avais surpris en train de discuter, ils parlaient bel et bien de moi, ils devaient se demander comment Alexis avait pu oser me faire venir à l'appartement alors qu'ils avaient fait de la prison pour l'agression de ma sœur.

Je tressaillis en voyant le visage d'Alexis se refermer d'un coup, ses mâchoires se durcir.

— Mais ça suffit ! J'en ai marre de voir ta tronche ! Si je reste, je vais vous flinguer toutes les deux alors que je ne t'ai pas encore raconté le meilleur. Si tu le permets…

Il assortit sa phrase d'une révérence railleuse.

— … je vais sortir me calmer un peu et je reviens. Ne t'inquiète pas, il n'y en a plus pour longtemps.

Plus longtemps pour quoi ? Pour finir son récit… ou pour autre chose ?

33

Une fois Alexis parti, le sentiment de danger se fit un peu moins crissant, ce qui ne m'empêchait pas d'être encore sous le choc d'avoir failli mourir. Mes mains continuaient à trembler convulsivement, je me sentais à la fois glacée et brûlante, mais je ne pouvais me permettre de m'en préoccuper. La seule chose qui importait était Sarah. Je me penchai sur elle pour la réveiller mais elle entreprit de se redresser d'elle-même avec peine, les yeux encore à moitié fermés. Une bouffée de tendresse me submergea.

— Sarah, il est parti, essaie de ne pas t'agiter.

— Margot, écoute-moi, je t'en prie.

Elle semblait si mal en point que j'hésitai à la laisser parler.

— Tu es blessée, ce taré n'y est pas allé de main morte ! Ne bouge pas, j'ai repéré un vieil évier dans un coin, je vais essayer de trouver un récipient pour te donner à boire.

Elle se tortilla malgré le Scotch pour m'agripper la main avec une force que je n'aurais pas soupçonnée dans son état.

— Non, plus tard, laisse-moi te parler pendant que nous sommes seules, c'est important. Ne t'inquiète pas, je ne suis pas si mal en point que ça, je feins même par moments l'évanouissement pour que cette pourriture me laisse tranquille.

Son épuisement ne faisait pourtant aucun doute, son élocution était hachée, pâteuse, ses yeux enfoncés dans ses orbites.

— Tu ne dois surtout pas croire Alexis, je te jure que

je n'ai jamais été leur complice. Si je t'ai menti dimanche en disant que j'allais chez mes parents, c'est parce que je voulais te protéger tant que je n'avais pas compris ce qui se passait. J'en étais malade pour toi de ce qui t'était arrivé, je me disais que tu devais vraiment être à bout pour t'enfuir comme ça de ton appart. C'est pourquoi j'ai appelé Alexis samedi après-midi, en espérant que tu avais pris contact avec lui, je savais que tu le considérais comme un ami proche…

Ainsi, c'était comme cela qu'il avait deviné que je n'étais pas chez moi dimanche matin. Il avait malgré tout pris un risque, puisque j'aurais très bien pu rentrer dans la nuit… Je n'osais imaginer ce qui se serait passé si nous nous étions croisés.

— Tu as également dû l'avoir au téléphone dimanche, puisque tu lui as dit que j'étais au *Raphael*…

— Non, ce n'est pas à lui que je l'ai dit, mais à Gabriel. J'ai gaffé sans le vouloir. Et, bien sûr, il a dû s'empresser d'en parler à Alexis. C'était stupide, j'étais bouleversée, je ne réfléchissais plus correctement… J'avais essayé de le joindre tout l'après-midi du samedi, mais je n'ai réussi à lui parler que le dimanche, juste après t'avoir appelée à l'hôtel. C'est là qu'il m'a tout raconté.

Mon cœur se serra en repensant à cette journée cauchemardesque, tout cela me paraissait à la fois proche et lointain.

— A ce moment-là, poursuivit-elle, j'ignorais que Sophie était morte, mais ça explique sûrement pourquoi il m'a raconté aussi facilement leur plan. Il semblait bouleversé, j'ai naïvement cru qu'il s'en voulait de t'avoir fait un coup pareil…

— Mais que t'a-t-il raconté exactement ?

— Qu'au départ il voulait simplement venger son frère, mais sans bien savoir comment. C'est Alexis qui l'a convaincu de sortir avec toi, de te faire le coup du mariage, il lui jurait que ça allait faire exploser ta famille. Mais Gabriel n'a jamais été d'accord pour faire venir tes proches à son mariage avec Sophie, c'est pourquoi il a tenté de stopper l'engrenage en rompant à deux reprises avec toi. Cela t'a rendue à l'époque très malheureuse, mais à sa manière il ne cherchait qu'à te sauver.

La seconde fois devait être en mars dernier, avant qu'il ne revienne apparemment plus amoureux que jamais… Je m'empressai de chasser le souvenir.

— En tout cas, il ne l'a pas fait.

— Alexis l'a harcelé pour qu'il continue, il lui parlait des heures de son frère, de ce qu'il avait eu à subir à cause de ta famille. Alors qu'en réalité ce pauvre Manu était bien le cadet de ses soucis.

— Alors tu étais au courant pour son suicide ?

— Oui, je l'ai beaucoup vu lorsqu'il essayait de remonter la pente après sa condamnation. Mais je ne pouvais pas t'en parler, tes parents m'avaient suppliée de ne pas le faire en m'expliquant que tu avais assisté à l'agression de ta sœur mais que tu ne t'en souvenais pas. Je regrette tellement de t'avoir caché la vérité, jamais tu ne te serais fait avoir comme ça si je t'avais parlé…

Ma fidèle amie, comment avais-je pu douter d'elle un seul instant ?

— Arrête de culpabiliser, Sarah, tu n'es responsable de rien. Dis-moi plutôt comment tu as atterri ici avant que ce pourri ne revienne…

— Quand Gabriel m'a expliqué qu'Alexis était le cerveau de l'histoire, j'étais écœurée, surtout après la comédie qu'il m'avait jouée la veille en me faisant croire qu'il était inquiet pour toi. Je l'ai rappelé dimanche pendant que tu partais t'engueuler avec la concierge de Gabriel, c'était avec lui que je me disputais lorsque tu es revenue.

Je comprenais mieux la question que j'avais entendue à travers les vitres : *Mais comment as-tu pu jouer la comédie aussi longtemps ?*

— C'est là qu'il m'a proposé ce rendez-vous durant lequel il m'a enlevée. Bien sûr, je me méfiais en y allant mais, comme je te l'ai dit, j'ignorais encore la mort de Sophie et j'espérais pouvoir glaner des infos.

Elle semblait sur le point de défaillir, ses lèvres avaient bleui.

— Il vaut mieux que tu te reposes, on reprendra la discussion quand tu auras repris des forces.

— C'est hors de question, je refuse de mourir sans t'avoir tout expliqué.

Je lui pressai fort le bras.

— Tu ne vas pas mourir, Sarah, je te le jure, on va trouver une solution. Mais pour le moment, tu dois garder tes forces pour la bataille qui s'annonce…

Tandis qu'elle fermait les yeux quelques instants, je digérai ce que je venais d'apprendre. Ainsi, on pouvait très bien élaborer une théorie complètement fausse en cherchant à assembler de force une poignée d'éléments. Je commençais à amèrement regretter de ne pas avoir suivi le conseil de mes proches et d'avoir continué à mener l'enquête. Parce que si je n'avais pas créé toute cette agitation, si je n'avais pas à tout prix cherché à obtenir des réponses, qui sait si Gabriel ne serait pas encore en vie, si Sarah ne déambulerait pas tranquillement comme prévu dans New York ? Bien entendu, Alexis était le principal fautif dans cette affaire, mais je n'avais guère contribué à apaiser les choses.

Sarah rouvrit les yeux avec difficulté tandis que je réfléchissais, et elle prononça quelques mots, si bas que je ne les compris pas.

— Tu es sûre de ne pas vouloir te reposer un peu ?

— Sûre, répondit-elle d'une voix plus forte cette fois. Je ne me sentirai libérée que lorsque je t'aurai tout raconté.

— Très bien, comme tu veux. Je suppose que ce n'est pas toi qui as envoyé le texto de mardi, qui as passé le coup de fil hier à la police pour dire que tu allais bien ?

— Je ne sais même pas de quoi tu parles. Alexis m'a confisqué mon portable dimanche. La seule chose qu'il m'ait obligée à faire, c'est de vous appeler hier, toi, mon père et Quentin, pour vous faire croire que j'étais à New York. Il me menaçait avec son arme, j'ai bien été contrainte de jouer le jeu et de vous mentir.

C'était pour cela qu'elle s'était montrée si distante, qu'elle n'avait même pas évoqué le suicide de Gabriel.

— Le lieutenant Daumas m'a également dit que tu avais téléphoné plusieurs fois à Gabriel ces dernières semaines…

Un instant, elle sembla sincèrement déroutée.

— Ils ont étudié mes relevés ?

Quand tout à coup elle parut se souvenir, ses traits se détendirent sous les ecchymoses.

— Bien sûr, que je suis bête ! On s'est téléphoné plusieurs fois à propos du cadeau de mariage de Sophie, il voulait lui offrir un bijou Boustie. Comme c'est l'un de mes clients à l'agence, je lui ai fait profiter de ma réduction.

Elle me pressa la main une nouvelle fois, comme pour mieux me convaincre.

— Et là encore je ne t'en ai pas parlé, parce que tu n'aurais pas apprécié que je m'investisse autant dans le mariage de ton ex…

— Il reste pourtant une zone d'ombre : ma messagerie a été vidée dimanche matin, et je t'avoue avoir pensé que c'était toi.

Pour la première fois depuis le début de la conversation, Sarah parut gênée, je la sentis s'agiter contre moi.

— En effet, c'était bien moi. Mais encore une fois, je pensais bien faire. Gabriel venait de m'avouer le matin même t'avoir envoyé plusieurs textos d'insultes après son engueulade avec Sophie, j'ai voulu t'empêcher de les lire, j'ai agi sur une impulsion pendant que tu allais te changer dans la salle de bains.

Ça se tenait. Pourtant, j'avais encore une question à lui poser :

— Mais tu m'as quand même menti, tu m'as dit que tu étais seule samedi soir alors que tu te trouvais avec Quentin.

— Dès que j'ai vu le sang dans ta chambre, j'ai compris que c'était grave, qu'Alexis continuait à vouloir te piéger. Je voulais absolument te convaincre de me laisser te servir d'alibi, j'avais deux secondes pour te décider, alors j'ai raconté n'importe quoi.

Elle parut soudain abattue.

— Décidément, je suis une piètre amie, tout ce que j'ai voulu faire pour t'aider s'est retourné contre toi.

— Ne t'inquiète pas pour ça, l'essentiel est que nous soyons ensemble, n'est-ce pas ?

J'avais à peine achevé ma phrase que la porte s'ouvrit. Mes bras se resserrèrent autour de Sarah dans un dérisoire réflexe de protection, tandis qu'elle laissait retomber sa tête sur mes genoux, sans que je sache si elle avait réagi à l'irruption de notre ravisseur ou si elle s'était réellement évanouie d'épuisement.

— Alors les filles, on discute ?

De la salive blanche s'était accumulée de manière répugnante aux commissures des lèvres d'Alexis, le rendant plus inquiétant encore. Mais je me sentais si révoltée, si écœurée, que je n'avais plus peur de lui. De toute façon, je n'avais plus rien à perdre, jamais il ne me laisserait m'en sortir vivante, et la seule qui avait encore une chance de s'en sortir était Sarah. A condition que je sache manœuvrer…

— Eh oui, on a discuté. Sarah m'a raconté la manière dont tu les as manipulés, Gabriel et elle, dans le seul but de me nuire. Je ne comprends pas, si tu voulais à ce point te venger de moi, pourquoi tu ne t'es pas contenté de m'affronter en face au lieu de te comporter comme un lâche et d'envoyer les autres travailler à ta place ?

Malheureusement, Alexis ne sembla pas s'émouvoir de ma provocation.

— Avant de te tuer, je voulais te voir passer par tous les stades possibles de la souffrance. D'ailleurs, maintenant que j'y pense, je me demande si je vais te tuer, finalement, je ne suis plus certain d'avoir envie de te délivrer de ta pathétique existence. Tu imagines les années qui t'attendent ? Tu vas vieillir aigrie, sans boulot ni avenir, rongée de culpabilité pour la mort de Gabriel, sans plus aucun ami à qui te fier…

Une peur panique m'envahit en surprenant le regard appuyé qu'il venait de poser sur Sarah en prononçant ces derniers mots. S'il était aussi déterminé à me nuire qu'il le disait, la pire chose qu'il pourrait me faire à cet instant serait de s'attaquer à elle, et il le savait. Il me fallait impérativement détourner une nouvelle fois son attention.

— Pourquoi m'as-tu envoyée chez Claire hier ? Qu'attendais-tu de cette rencontre ? J'imagine que tu n'espérais pas la voir m'aider !

Il ricana.

— Tu imagines bien ! C'était un cadeau que je lui faisais, je tenais à ce qu'elle voie quelle créature pathétique son ancienne rivale était devenue. Que tu t'humilies au point de venir lui demander son aide, à elle, ça a dû lui faire un plaisir fou !

Un rire amer m'échappa malgré moi.

— Et ça va ? Elle a apprécié le cadeau ?

— Je n'en sais rien, je ne lui parle plus, c'est trop douloureux. Mais j'ai fait en sorte de me rapprocher de l'une de ses amies, c'est comme ça que j'ai appris qu'elle était comme moi, cassée. A cause de toi, de ta stupidité, nous vivons tous les deux avec le sentiment d'être passés à côté du grand amour, de ne vivre qu'une vie de consolation… Rien que ça vaut bien tous les efforts déployés pour échafauder ce plan, tu ne penses pas ?

Son visage se ferma soudainement comme une porte qui se claque.

— Mais cette fois ça suffit, nous avons assez bavassé, il est temps d'en finir.

Horrifiée, je le vis s'approcher de Sarah, une seringue à la main. Je devais absolument trouver une manière de la sauver, mais rien de judicieux ne me venait à l'esprit dans l'état de panique où je me trouvais. Je songeais bien à me placer entre eux pour lui faire un bouclier de mon corps, mais cela ne ferait qu'énerver Alexis et déclencher plus sûrement encore un drame. Ne me restait que l'arme pitoyable de la parole…

— Attends… Tu ne m'avais pas dit que tu me réservais le meilleur pour la fin ?

— En effet, je n'en ai pas encore terminé avec toi, mais

Sarah ne me sert plus à rien et tu sais que j'aime faire les choses méthodiquement, dans l'ordre. Alors ne complique pas les choses, s'il te plaît.

Terrifiée, je le repoussai d'un bras tout en protégeant mon amie de l'autre. Mon cœur battait follement dans ma poitrine, jamais je n'avais eu aussi peur de ma vie.

— Laisse-la tranquille, espèce de taré ! Si tu veux t'attaquer à quelqu'un, attaque-toi à moi, c'est moi qui ai foutu ta vie en l'air, pas elle !

— Inutile d'essayer de me manipuler, tu es si transparente que tu n'as aucune chance. Tu préfères que je la flingue ? A toi de choisir.

Impuissante, je le regardai enfoncer l'aiguille dans le bras de mon amie, qui se ramollit contre moi quelques instants plus tard. Puis il se tourna vers moi d'un air presque curieux.

— Alors, ça fait quoi de savoir qu'on va mourir ?

Il agita sa seringue encore à moitié pleine devant mes yeux affolés.

— Je me souviens d'une de nos conversations après la mort d'une actrice célèbre, tu m'avais expliqué que ce n'était pas la mort, mais la souffrance qui t'effrayait le plus. J'ai gardé l'information dans un coin de ma tête, j'étais certain que ça allait me servir un jour. Et je ne me suis pas trompé, puisque cela m'a donné l'idée d'un nouveau jeu qui va beaucoup m'amuser…

Il s'arrêta quelques instants pour faire durer le suspense.

— Comme tu l'as si bien dit, je n'ai cessé de t'expliquer depuis que tu es là que j'ai gardé le meilleur pour la fin. J'espère que tu y as réfléchi, parce que cela pourrait grandement faciliter tes dernières minutes sur terre…

Je frissonnai, certaine que ce qui allait suivre serait épouvantable.

— Je dois aller faire une apparition à la mairie, sinon les gens vont commencer à s'inquiéter de mon absence, et tu es d'accord, ajouta-t-il avec un rire de fou, ce ne serait pas le bon moment pour que mes adjoints envoient des policiers à ma recherche ! Alors je vais te faire une piqûre pour t'assommer un bon moment. Lorsque tu te réveilleras, nous aurons notre dernière conversation durant laquelle tu m'exposeras ta théorie concernant ce que je peux t'avoir caché.

Ma *théorie* ? Mais je n'avais aucune théorie ! Terrifiée, je le regardai fourrailler dans une boîte à outils, puis en extraire une énorme tenaille d'un air ravi.

— Mais pour pimenter un peu les choses, je vais t'arracher un ongle à chaque mauvaise réponse. Et bien sûr, lorsque je t'aurais arraché les dix, je n'aurai malheureusement d'autre choix que de t'achever, que tu aies trouvé la réponse ou non. Mais pour le moment, dodo ! Qui sait, peut-être la vérité t'apparaîtra-t-elle dans un rêve ?

La peur me paralysait tant que je le laissai me faire la piqûre sans réagir. Une chose était certaine : s'il avait pu tuer Sophie à coups de couteau, il était parfaitement capable de m'arracher les ongles un à un… Lorsque je regardais des reportages sur la Résistance, je me disais invariablement que j'aurais gobé la capsule de cyanure avant même la première torture de la Gestapo tant j'avais peur de la douleur. Que ne donnerais-je pas pour en avoir une sous la main à cet instant !

J'étais consciente de devoir réfléchir à l'énigme d'Alexis, mais l'affolement avait pris possession de mon esprit et m'empêchait d'avoir la moindre pensée cohérente. Seules des questions se bousculaient dans ma tête tandis qu'il quittait la pièce : cette mystérieuse vérité concernait-elle son histoire avec Claire, l'agression d'Audrey, la mort de Gabriel ? Pourquoi était-elle censée me faire plus mal encore que ce que j'avais pu apprendre jusque-là ? Je pressentais que la clé était là, mais mes pensées refusaient obstinément d'aller plus loin.

J'aurais voulu secouer Sarah, l'aider à s'enfuir, mais mes membres se faisaient gourds, mes paupières s'alourdissaient. Il était trop tard, trop tard pour combattre, trop tard pour comprendre. Il ne me restait plus qu'à espérer que mon agonie ne durerait pas trop longtemps…

34

Une terreur inouïe m'envahit lorsque je commençai à reprendre conscience et à me souvenir de la situation dans laquelle je me trouvais. L'affolement embrouillait toutes mes pensées à l'exception d'une seule, qui brillait dans mon esprit d'un éclat implacable : j'allais mourir dans les minutes à venir, et de manière infiniment douloureuse… Il n'y avait pas eu de miracle, l'inconscience ne m'avait pas soudainement apporté la solution à l'énigme d'Alexis, et j'allais maintenant devoir mobiliser tout mon courage pour résister à la torture. A moins qu'il n'ait dit ça que pour me faire mourir d'angoisse à l'avance ? Il était assez fou pour me mener en bateau une dernière fois avant de m'exécuter… La sueur me coulait le long du dos, mon cœur battait à tout rompre contre mes côtes, mais je conservais les yeux fermés par peur d'attirer l'attention d'Alexis. Je tentais malgré tout de réveiller mes neurones anesthésiés par la drogue lorsque j'entendis une voix tout à côté de moi :

— Quelle horreur ! Vous croyez qu'elles sont vivantes ?

Cette fois, j'avais définitivement perdu l'esprit, voilà que j'entendais le lieutenant Daumas ! Mais quand j'ouvris les yeux, ce fut pour le trouver effectivement accroupi près de moi, en compagnie d'un autre policier plus jeune et visiblement choqué par la scène. Son visage s'imposa soudain en gros plan dans mon champ de vision, accroissant encore mon sentiment d'irréalité.

— Mademoiselle Bellière ? Margot ? Ça va ? Vous êtes blessée ?

Je dus marmonner quelques mots pour lui faire comprendre que j'étais indemne, puisqu'il parut légèrement rassuré. A mon vif soulagement, il se pencha aussitôt sur Sarah, l'examina brièvement, avant d'appeler de la main un médecin urgentiste qui patientait un peu plus loin. Mes pensées retrouvaient un peu de cohérence, mes yeux enregistraient la scène autour de moi : les policiers qui menottaient Alexis en haut des escaliers, l'infirmier du Samu qui amenait un brancard pour Sarah. Mais que s'était-il passé durant notre sommeil ? Lorsque j'avais sombré dans l'inconscience, nous étions isolées, perdues, nul ne savait où nous chercher, et voilà que nous nous réveillions dans une cave grouillante de monde ! Sans le poids, la tiédeur du corps de mon amie, je me mis à grelotter convulsivement, au point que mes dents s'entrechoquèrent avec violence. Même l'étrange couverture dorée dont le médecin me recouvrit ne suffit pas à atténuer ce sentiment atroce d'être transie jusqu'aux os. Mais pourquoi mon cerveau ne se déconnectait-il pas charitablement, ne se mettait-il pas en veille comme un ordinateur ? Je me tournai vers le lieutenant :

— Vous m'aviez promis que tout était terminé, que j'étais en sécurité.

Il n'y avait ni révolte ni colère dans ma voix.

— Je sais, c'est ma faute, j'ai laissé de côté certains aspects de l'enquête, ou plutôt je ne m'en suis préoccupé que trop tard.

— Mais comment m'avez-vous retrouvée ?

— Je dois vous avouer que ça a plutôt été un heureux concours de circonstances. Je rangeais les dossiers concernant cette affaire pour les classer, quand je suis tombé sur la chemise contenant les informations que j'avais demandées sur vos anciens amis de Noyon. Je ne sais pas ce qui m'est passé par la tête, je voulais peut-être vérifier que je n'avais rien laissé passer, et j'ai feuilleté rapidement les documents. Quand j'ai découvert une décision de justice qui demandait, il y a vingt ans, l'internement prolongé d'Alexis Royer en hôpital psychiatrique pour troubles psychologiques graves.

Cela a suffi à me donner envie de vous téléphoner pour m'assurer que vous alliez bien, puisque vous m'aviez dit que vous deviez passer la soirée avec lui.

Bien entendu, l'appel avant le dîner hier soir.

— Comme vous ne répondiez pas, j'ai fini par l'appeler directement, mais il m'a dit que vous aviez annulé votre dîner pour rentrer à Paris. Et sur le moment, je l'ai cru... Mais n'ayant toujours pas de vos nouvelles ce matin malgré mes trois messages, j'ai commencé à m'inquiéter et tenté de reconstituer votre emploi du temps de la veille. Vous deviez, m'aviez-vous dit, aller voir votre grand-père, alors j'ai appelé votre mère, qui m'a raconté vous avoir quittée avant le déjeuner. Elle m'a également parlé de votre discussion téléphonique avec votre sœur en début d'après-midi. Ensuite, tout le monde semblait perdre votre trace... J'ai trouvé ça suspect, j'ai donc téléphoné au commissariat de Noyon pour qu'ils passent faire un tour devant chez M. Royer. Ils se sont fait un peu prier, votre ami semble être une personnalité ici, mais ils ont fini par accepter. Et ils sont arrivés devant chez lui au moment précis où il partait en trombe.

Manifestement, il avait dû faire un saut chez lui après être passé à la mairie, pendant que j'étais encore inconsciente. Et cela ne lui avait pas porté chance.

— Ils ont jugé son comportement étrange, il était débraillé, il semblait pressé, énervé... Ils m'ont donc appelé pour savoir quoi faire, et je leur ai demandé de le suivre. Et cela les a menés jusqu'ici. Et là...

Il désigna de la main le policier qui semblait tout à l'heure si choqué par la scène.

— Ce jeune policier particulièrement observateur a remarqué une écharpe de femme par terre, qui ne semblait pas là depuis longtemps. Cela a suffi à me faire prendre la route en urgence pendant que les policiers continuaient à surveiller la maison. Une fois arrivé, j'ai sonné à la porte d'entrée mais M. Royer, au lieu d'ouvrir, a tiré un coup de feu dans la maison, et du coup j'ai forcé la porte. C'était idiot de sa part, mais on peut dire que ça vous a sauvé la vie, parce que sinon nous serions sûrement repartis. Vous et votre amie avez énormément de chance qu'il ait craqué…

Etait-ce ce coup de feu qui m'avait réveillée ? Les larmes me montèrent aux yeux, ce qui sembla le gêner.

— Allez, venez, vous allez pouvoir accompagner votre amie. Ne vous inquiétez pas, le médecin m'a assuré qu'elle allait s'en sortir.

Je quittais la maison pour rejoindre l'ambulance qui m'attendait dehors lorsque Alexis, qui s'éloignait menottes aux poignets, se tourna vers moi et cria :

— Je ne t'ai toujours pas dit le meilleur, Margot ! Ce n'est pas…

Mais ses derniers mots se noyèrent dans l'agitation des policiers autour de nous, sans que je puisse rien y comprendre.

Alors que l'ambulance nous emportait, Sarah et moi, je regardai rêveusement les lumières bleutées illuminer les rues voisines, consciente de ne m'être jamais sentie aussi en vie. J'ignorais ce qui m'attendait dans les mois à venir, mais une chose était certaine : j'étais bien déterminée à profiter du moindre instant qu'il me restait à vivre.

35

Le grand moment était arrivé, cela faisait une semaine jour pour jour que j'avais quitté l'hôpital et j'avais enfin pu organiser cette rencontre au sommet tant attendue avec ma mère et ma sœur dans mon appartement, dont mon père était miraculeusement parvenu à prolonger le bail pendant mon absence. Après réflexion, j'avais en effet décidé d'y rester malgré ce qui s'y était passé. Si je déménageais, ce serait encore quelque chose qu'Alexis serait parvenu à m'arracher, et je n'étais pas prête à lui concéder cette dernière victoire.

Tout en patientant, je repensai à ce que m'avait raconté le lieutenant Daumas lorsqu'il était venu me voir à l'hôpital. Une enquête — manifestement trop tardive — avait permis de déterminer qu'Alexis avait toujours souffert de graves problèmes psychologiques, que tous ses voyages aux Etats-Unis, ses études à Harvard, n'avaient en réalité été que des internements. Seule son intelligence exceptionnelle lui avait permis de donner le change et de berner tout le monde en lisant des quantités d'ouvrages dans sa chambre d'hôpital. Après sa sortie, il était censé être en permanence sous traitement, mais ses meurtres laissaient penser qu'il avait manifestement cessé de prendre ses cachets. Heureusement, il était aujourd'hui de nouveau enfermé, et attendait qu'un juge décide s'il pouvait être jugé ou s'il était déclaré irresponsable et transféré dans un établissement psychiatrique.

De mon côté, cette expérience m'avait radicalement changée, j'avais compris que ce n'était qu'en moi que je pouvais puiser les ressources nécessaires pour avancer. J'avais cessé de rechercher sans cesse l'approbation des autres, de croire que seul l'amour pourrait me rendre heureuse, et bien que blessée par les derniers événements, j'étais bien décidée à aller de l'avant. C'était d'ailleurs pour cette raison que j'avais invité ma mère et ma sœur. Leur silence m'avait coûté très cher, avait même failli nous faire tuer, Sarah et moi, et il était plus que temps que nous ayons une discussion à cœur ouvert. Elles devaient d'ailleurs penser la même chose, puisqu'elles avaient accepté l'invitation sans rechigner, alors même que je leur avais expliqué ce qui les attendait.

Je parcourus la pièce des yeux, avec le sentiment d'être enfin à ma place. J'avais nettoyé l'appartement de fond en comble, jeté sans un regard en arrière tout ce qui était susceptible de me rappeler Gabriel ou le mariage. Et cela m'avait donné la sensation bienfaisante de faire en même temps du vide dans ma tête.

Alors que je regardais rêveusement par la fenêtre, une silhouette voûtée attira mon attention sur le trottoir. Ma mère ! Difficile de ne pas prendre conscience de la souffrance qu'elle avait endurée ces dernières semaines, des racines grises étaient apparues sous ses mèches blondes autrefois soigneusement entretenues, de nouvelles rides s'étaient creusées de part et d'autre de sa bouche. D'après ce que je pouvais en voir, son chemisier écru était mal repassé, l'un des pans sortait même de son pantalon. Depuis le drame, elle donnait toujours cette même impression de s'être habillée dans la précipitation. Audrey, qui avançait à côté d'elle, ne semblait guère plus vaillante, on aurait dit qu'elle marchait vers l'échafaud.

Je rassemblai mon courage : l'heure à venir serait probablement éprouvante, mais nous n'avions que trop retardé ce moment. Et, surtout, c'était le seul moyen pour qu'ensuite tout aille mieux.

*
* *

J'ouvris la porte avant que mes visiteuses n'aient eu le temps de sonner, et les invitai à s'installer dans le salon. Leur tension était palpable : Audrey semblait avoir avalé un sabre et ma mère déchiquetait un innocent Kleenex pour consteller le sol de flocons de papier.

Durant quelques instants interminables, aucune de nous trois n'eut le cœur de briser le silence, avant que ma mère ne se lance courageusement :

— Comment va Sarah ?

— Bien, elle se remet doucement, elle est encore très fatiguée mais ne gardera selon les médecins aucune séquelle physique. Quant aux conséquences psychologiques, elle répète à qui veut l'entendre que cette aventure lui a fait gagner dix ans, qu'elle va pouvoir ouvrir son cabinet de psy plus tôt que prévu. Elle va d'ailleurs donner sa démission à l'agence et se réinscrire à la fac à la rentrée prochaine.

— Je suis sûre qu'elle va faire une psy formidable.

— Moi aussi. Elle est si courageuse qu'elle m'épate…

Un autre silence s'installa, puis ma mère trouva la force d'entrer enfin dans le vif du sujet :

— Ma chérie, tu ne dois jamais oublier que nous n'avons toujours eu qu'un seul but : te protéger.

— Ne t'inquiète pas, maman, je l'ai compris.

— Nous avons parlé au médecin qui t'a suivie à l'hôpital, il craint, si l'on tarde trop, que tu ne puisses plus remonter la pente…

— Si vous tardez trop à quoi ? A me dire ce qui s'est réellement passé autrefois ?

Elle sembla ne pas m'avoir entendue.

— On ne m'a jamais dit que ça pourrait à ce point influencer ta vie, sinon…

— Maman !

C'était Audrey qui venait d'intervenir, en prononçant son premier mot depuis le début de la visite.

— Mon Dieu, Audrey, comment puis-je lui dire une chose pareille après tout ce qu'elle a vécu ?

— Je sais bien que c'est difficile, mais on doit le faire. Tu préfères que je m'en charge ?

L'ancienne Margot aurait peut-être brûlé de curiosité, mais la nouvelle attendait placidement.

— Certainement pas, c'est à moi de le faire !

Un peu de l'habituelle fierté de ma mère avait resurgi, ce qui, sans que je sache bien pourquoi, me rasséréna. Sa voix se fit décidée :

— Margot, si nous ne t'avons jamais parlé de l'agression sexuelle que tu as découverte bien malgré nous, c'est parce que nous avions une bonne raison, une excellente raison même, de nous taire.

Elle continuait à essayer de gagner du temps, mais je la laissai faire. Je savais que, cette fois, elle ne partirait pas d'ici avant de m'avoir tout dit.

— En enquêtant à droite et à gauche, tu as récolté un certain nombre d'éléments qui t'ont permis de dessiner un tableau d'ensemble.

Elle soupira profondément, sortit d'une main tremblante un paquet de cigarettes avant d'ouvrir la fenêtre et d'en allumer une. Je n'en revenais pas : j'ignorais même qu'elle avait fumé un jour.

— Le problème, c'est que ce tableau est complètement de travers.

Un malaise grandissant m'avait envahie, qui me donnait envie de la faire taire d'urgence.

— Ce que tu n'as pas pu apprendre, pour la bonne raison que seule une poignée de personnes sont informées, c'est qu'en réalité la véritable victime de ce viol…

Je fermai les yeux dans un réflexe puéril pour ne pas entendre.

— … c'est toi.

Moi ? Victime d'abus sexuels ? J'avais beau avoir appelé cette explication de tous mes vœux, je ne parvenais pas à comprendre ce que cela impliquait, mon esprit semblait avoir un encéphalogramme plat. Ma mère parut décontenancée par mon absence de réaction, ce qui ne l'empêcha pas de continuer courageusement :

— C'est pour ça que tes agresseurs ont eu une peine aussi lourde, tu n'avais pas encore 15 ans lorsque cela s'est passé. Le juge Brezin était dans la confidence et cela a énormément influé sur sa décision.

— Mais comment l'avez-vous su, puisque je ne m'en souviens pas moi-même ?

— La semaine suivant ton agression, tu nous as parlé de quelque chose. Tu nous as dit t'être rappelé une scène dans la chambre d'amis de Thibault, où Audrey essayait des dessous et avait été… touchée par vos amis avant d'être sauvée par Manu.

J'avais l'impression de me trouver au bord d'un précipice.

— Ce que tu ne t'es pas rappelé, c'est que les garçons sont restés après le départ d'Audrey et de Manu, qu'ils ont refermé la porte et éteint la lumière. Ta sœur ne t'avait pas vue dans la chambre mais, au bout d'un petit moment, elle t'a cherchée partout et a fini par te retrouver. Inutile de te décrire l'état dans lequel tu te trouvais… Comme tu avais tout oublié le lendemain matin à cause du choc et de l'alcool, nous ne savons toujours pas aujourd'hui ce que les garçons t'ont fait exactement, nous pouvons juste te dire que plusieurs traces de spermes différents ont été trouvées sur tes sous-vêtements.

Ma mère avait raconté l'histoire d'une traite, sans respirer ni hésiter, comme si elle se l'était longuement récitée dans son esprit durant toutes ces années. J'éprouvai l'impression d'avoir reçu un coup de poignard dans le ventre. Si mon esprit refusait de croire ce récit, mon corps se mit à trembler convulsivement. Le puzzle cette fois se mettait parfaitement en place, sans aucun effort pour faire s'emboîter toutes les pièces.

— Nous aurions dû te faire aussitôt consulter un psychothérapeute, mais à l'époque cette démarche était bien moins répandue qu'aujourd'hui, on ne parlait pas de ce genre de chose. Nous étions complètement désemparés, tu comprends ? Nous avons finalement pensé que si nous n'en reparlions pas, tu ne te le rappellerais jamais…

— Et pourtant, même si je ne me souvenais de rien, cela a influencé ma vie ! Cette peur de me retrouver dans un espace clos avec un homme, ces crises de boulimie, cette incapacité à vivre des relations sentimentales normales… Tout ça était lié à cette agression, n'est-ce pas ?

— C'est en effet ce que pensent les médecins.

— Et pourquoi m'en parler aujourd'hui ?

— Comme je viens de te le dire, ton médecin nous l'a demandé, c'est paraît-il nécessaire pour que tu puisses aller mieux. Selon lui, tu ne pourras jamais progresser dans ta vie si tu restes dans le mensonge…

Je repensai soudain à l'embarras de Claire lorsque je l'avais interrogée sur l'agression.

— A l'époque, vous m'avez malgré tout emmenée chez le Dr Necker, n'est-ce pas ?

— En effet, mais il a jugé préférable de ne pas t'examiner… de manière intime, il pensait que cela ne pourrait être que traumatisant. Nous avions tellement peur de réveiller des souvenirs douloureux !

Tout devenait épouvantablement limpide. Ce que je comprenais moins en revanche, c'était la manière dont la police avait pu passer de moi à Audrey… Notre système judiciaire ne permettait tout de même pas ce genre de pirouette, même lorsque l'on s'appelait Bellière à Noyon !

— Maman… Si c'est moi que les garçons ont agressée, comment la police a-t-elle pu recevoir une plainte pour un abus sexuel sur Audrey ?

L'embarras sur le visage de ma mère s'accrut encore.

— Comme nous ne voulions pas t'impliquer là-dedans, nous avons demandé à ta sœur de mentir, de dire que c'était avec elle que les garçons avaient dérapé. Après tout, c'était ce qui se serait passé si Manu n'était pas intervenu. Et ce n'était certainement pas les coupables qui allaient se vanter d'avoir agressé une gamine et risquer d'aggraver encore leur cas. Ce que notre avocat est d'ailleurs venu longuement leur expliquer.

Pauvre Audrey, obligée de faire un faux témoignage pour protéger sa petite sœur. Qui l'avait protégée, elle ?

— Et Manu, pourquoi l'avoir accusé s'il était innocent ?

— Audrey et moi avons tout fait à l'époque pour qu'il ne soit pas impliqué, mais ton père était fou furieux, il ne raisonnait plus normalement et voulait voir tout le monde puni sans distinction. Je crois que, s'il l'avait pu, il aurait tué les garçons de ses propres mains.

Ma mère ralluma une cigarette avec la précédente, avant de balancer rageusement cette dernière encore allumée par la fenêtre.

— Tu dois nous croire, ton père et moi avons tout fait pour protéger nos filles du mieux que nous pouvions.

Je savais que c'était vrai. Sentir toutes les informations se mettre en place dans mon esprit était certes douloureux, mais en même temps étrangement réconfortant. Si j'avais toujours su que quelque chose clochait chez moi, j'en connaissais désormais la raison. Ainsi, j'avais été abîmée dès l'adolescence, ce qui avait ensuite conditionné ma vie tout entière. Mais je n'étais malheureusement pas la seule dans ce cas.

— Et pour toi, Audrey ? Ça a dû être terrible d'être regardée dans Noyon comme une victime d'agression sexuelle ! Tu ne peux pas savoir comme je suis désolée.

— Rien n'est de ta faute, Margot, d'accord ? Arrête de culpabiliser. Ce sont les garçons les responsables, et personne d'autre.

Quand soudain le souvenir de la mère froide et distante que j'avais connue à l'adolescence me revint à l'esprit, ravivant ma souffrance. Si tout cela était vrai, si j'avais bel et bien été victime d'une telle horreur, pour quelle raison n'avait-elle pas montré davantage de compassion envers moi ? Elle sembla lire dans mes pensées.

— Si je me suis montrée si distante avec toi après cette histoire, Margot, c'est parce que je ne parvenais pas à gérer la situation, que je ne me pardonnais pas de n'avoir pas su te protéger. Comment ces petits salauds avaient-ils osé toucher mon bébé, la chair de ma chair ? Je me suis renfermée sur moi-même, j'ai tout fait pour prendre de la distance vis-à-vis de toi, toi dont la vue me rappelait sans cesse mon incompétence de mère. Sans le vouloir, j'ai probablement favorisé Audrey dans mon désir de la remercier du sacrifice qu'elle avait fait pour toi, pour nous... Mais de quelle manière aurais-je pu te l'expliquer lorsque tu te plaignais de mon favoritisme ? J'ai voulu bien faire, mais je ne suis parvenue qu'à créer un immense gâchis.

Ses yeux s'emplirent de larmes, ce qui m'affola complètement. Jamais de ma vie je n'avais vu ma mère pleurer, ce qui me poussa à la réconforter malgré le choc :

— Mais tu n'étais responsable de rien, jamais tu n'aurais pu anticiper une chose pareille. C'est moi qui insistais toujours pour accompagner Audrey à ses soirées.

Ma mère et Audrey échangèrent un regard et je me crispai.

— Non, bien entendu, reprit ma mère d'une voix pleine d'émotion. Je sais que je n'ai rien à voir dans ce qui t'est arrivé. C'est ensuite que j'aurais pu réagir différemment. Lorsque tu as tenté de m'en parler.

— Parce que j'ai essayé ? Je croyais que j'avais tout oublié ?

— Tu avais oublié ton agression, oui, mais tu m'as interrogée deux ou trois fois sur les fortes douleurs que tu avais ressenties le lendemain de la soirée à certains endroits de ton corps. Mais je n'ai pas pu supporter de t'écouter, alors je ne t'ai pas laissée te confier, je t'ai même incitée à croire que tu avais tout imaginé...

Elle baissa la tête sur ses mains croisées.

— D'après le spécialiste que j'ai consulté il y a quelques années en constatant tes échecs sentimentaux à répétition, c'est à cause de ce silence que tu as tout refoulé. Si je t'avais laissée parler, nous serions allées voir un thérapeute, et tu n'aurais pas cette vie amoureuse calamiteuse. Tu ne peux pas savoir à quel point je suis désolée, Margot.

Toutes ces émotions, ces révélations… Je ne me sentais plus en état de parler, j'avais besoin de calme pour réfléchir.

— Excusez-moi, je crois que j'ai besoin de me retrouver un peu seule.

A ma grande surprise, ma mère, au lieu d'obéir, s'accroupit à côté de moi et me contempla avec intensité.

— Oh non, Margot, je ne te laisserai plus jamais seule, *nous* ne te laisserons plus jamais seule. Ça va prendre du temps…

Elle tendit la main en direction d'Audrey.

— … mais nous allons enfin nous rapprocher toutes les trois, former une vraie famille avec votre père. Elle sera bancale, mais toutes les familles ne le sont-elles pas un peu ?

Etait-ce son regard pour une fois attentif, chaleureux ? De gros sanglots montèrent enfin dans ma poitrine, des larmes brûlantes se mirent à couler sur mes joues, et je me retrouvai bientôt à pleurer en longs mugissements, telle une petite fille, dans ses bras, la morve au nez. Je pouvais sentir son corps moins ferme qu'autrefois contre le mien, une sensation que je découvrais étonnamment réconfortante.

Lorsque cette crise de larmes fut enfin apaisée, ma mère s'éloigna légèrement en me tenant toujours par le bras, comme pour ne pas rompre le contact fragile qui venait de s'établir entre nous.

— Regarde-moi, Margot. Ta sœur a raison, rien n'est de ta faute, tu m'entends, rien du tout. Et je te le répéterai autant de fois qu'il le faudra pour que tu me croies. Tout va aller mieux à partir de maintenant, je te jure que nous allons nous en sortir, ensemble.

Ensemble. Je n'y croyais plus, et pourtant le mot sonna comme une promesse.

Remerciements

Un grand merci tout d'abord à mon éditrice, Karine Lanini, qui s'est énormément investie pour améliorer l'efficacité de ce livre.

Merci également à Caroline Lépée et Deborah Druba, deux talentueuses éditrices qui m'ont beaucoup aidée à comprendre les subtilités du monde de l'Edition.

Des remerciements émus à toutes les amies qui m'ont soutenue ces dernières années : Yamina, Valérie, Caroline, Sophie, Dominique, Carole, Marion, Sylvie, Françoise, Emilie… Je pense à vous !

Je croise les doigts pour celles qui sont en passe de réinventer leur vie, je suis certaine que de jolis lendemains vous attendent : Jacqueline, Mireille, Krys, Florence…

Une petite pensée pour ma fée, Eliane, nous cheminons côte à côte depuis des années sur le chemin de l'écriture et cela m'est précieux.

Pour ma grande sœur Monique qui a enfin trouvé le bonheur qu'elle méritait, je n'ai qu'un mot : profite !

Un merci spécial à Pierre Soria, qui sait ce que je lui dois

Merci au docteur Krishna Clough et au professeur Laurent Lantieri pour leur exceptionnel talent.

Un énorme merci enfin à mes enfants et à ma famille, qui comprennent et acceptent avec patience ces nombreuses heures passées à écrire.

A tous, MERCI D'ÊTRE LÀ !

CHEZ MOSAÏC POCHE

Par ordre alphabétique d'auteur

NORA ROBERTS	*Par une nuit d'hiver* *La saga des O'Hurley* *La fierté des O'Hurley* *Rêve d'hiver* *Des souvenirs oubliés* *La force d'un regard* *L'été des amants* *Le secret du bayou* *Les amants de Louisiane*
ROSEMARY ROGERS	*Un palais sous la neige* *L'intrigante* *Une passion russe* *La belle du Mississippi* *Retour dans le Mississippi* *Les nuits de Ceylan*
KAREN ROSE	*Le silence de la peur* *Elles étaient jeunes et belles* *Les roses écarlates* *Dors bien cette nuit* *Le lys rouge* *La proie du silence*
DANIEL SILVA	*L'affaire Caravaggio*
KARIN SLAUGHTER	*Mort aveugle* *Au fil du rasoir*
LOUISE VIANEY	*Une mariée de trop*

La plupart de ces titres sont disponibles en numérique.